Gabriele Wohmann
Wäre wunderbar. Am liebsten sofort

Gabriele Wohmann

Wäre wunderbar. Am liebsten sofort

Liebesgeschichten

Piper
München Zürich

ISBN 3-492-03764-X
2. Auflage, 11.–13. Tausend 1995

Gesetzt aus der Walbaum-Antiqua
Gesamtherstellung: Offizin Andersen Nexö, Leipzig
Printed in Germany

Inhalt

Memento mori

Plötzlich leuchtete die Sonne in das meistens etwas düstere Wohnzimmer mit den Gründerzeitmöbeln. Bis vor kurzem hatte Tilli Becker die beiden Truhen aus dunkelgebeiztem Eichenholz mit den vielen Rillen und Schnörkeln und auch die Stühle – weder richtige Stühle noch Sessel – wegen der geraden hohen Lehnen für Renaissanceinventar gehalten. Eine Kunsthistorikerin im Rentenalter, Zufallsbekanntschaft, bestellt, Tilli Beckers Besitztümer zu taxieren, hatte die enttäuschende Aufklärung besorgt.

Die Sonne! rief Rosemarie Siegler. Was für ein verrücktes Wetter.

Aprilwetter im September, ergänzte Verena Rest.

Und wirklich, schon ging ein Regenschauer nieder, und kurz darauf wurde es wieder dämmrig.

Selbstverständlich kein Kommentar von Benjamin Brady. Verena glaubte nicht, daß Benjamin Brady sein wirklicher Name war. Vom Namen bis zur Wortkargheit kam ihr bei Tilli Beckers Errungenschaft, dem beinah noch nicht ältlichen Schriftsteller, der vielleicht Heinz Schmidt hieß, alles inszeniert vor. Seinen Kuchen aß er schweigend. Seinen Kaffee trank er schweigend. Er hatte einfach keine überflüssigen Kräfte, um sie an solche überflüssigen Übereinkommen wie zum Beispiel die Höflichkeit zu verschwenden. Nochmals lobte Verena Tilli Bekkers Kuchenassortiment, sie hob zwei Spezialitäten besonders laut hervor, doch seinen absichtsvoll ernsten Gesichtsausdruck änderte Tillis Dichter nicht, und er empfand auch Verenas Komplimente an die Gastgeberin nicht als sein Stichwort. Er wollte einfach nicht. Künstler verwöhnt man, fertig, aus. Benjamin Bradys Attitüde, diese gnädige Erduldung seines Gelangweiltseins in der Gesellschaft der drei Frauen, stellte ihn zufrieden, und Tilli und Rosemarie auch. Genau so stellten sie sich einen richtigen Schriftsteller vor. Scheu und introvertiert, so ist er nun einmal, hatte Tilli prophezeit, als sie die Freundinnen fragte, ob sie ihren Schützling nicht gern einmal bei Kaffee und Kuchen kennenlernen wollten. Benjamin Brady durfte jederzeit Tillis erste Etage in Besitz nehmen, wenn er den Drang verspürte, eine Zeitlang in Berlin zu leben. Tilli zog sich dann mit Sack und Pack ganz in ihr Parterre zurück.

Scheu und introvertiert, so höhnte es in Verenas aufgeregtem Kopf, von wegen! Alles Berechnung. Was er wirklich ist, dieser sogenannte Benjamin, dieser Möchtegern-Brady, das nennt man allgemein unverschämt. Sie hatte schon lang gewittert, Tilli sei durch die späte Liebe – Tilli sprach von Zuneigung – zu diesem aus Tillis Sicht jungen Mann das Opfer einer ziemlich gerissenen und genau kalkulierten Ausbeutung geworden.

Und schließlich, so unerwartet, daß es sogar Verena beeindruckte, nach seinem letzten Schluck aus der Kaffeetasse und tiefem Inhalieren seiner von Tilli bereitgestellten Zigarette, sprach der künstlerische Fremdling doch. Er sagte, so todernst wie immer und feierlich: Der Regen! Den Regen liebe ich sehr. Ich habe diese ostasiatischen Monsunregen in mich eingesogen. Nun seufzte Brady. Tilli schien sofort zu wissen, warum. Sie rief: Mein Lieber, ich kann es förmlich spüren, wie sehr es Sie nun wieder überkommt, das Fernweh!

Der Angesprochene nickte streng und traurig mit dem Kopf. Er würde vorerst nichts mehr sagen. Zu ihren Freundinnen gewandt fuhr Tilli erklärend fort: Wißt ihr, von Zeit zu Zeit überfällt ihn die Reiselust, und es muß immer Malaysia sein, er muß dann einfach wieder dorthin, wo er seinen bisher größten Roman schrieb. So könnte man dieses Fernweh auch Heimweh nennen.

Und du wirst ihm die nächste Reise finanzieren, dachte Verena. Rosemarie Siegler, eine gutartige Frau, der von jeher Künstler imponiert hatten, bestaunte den schweigenden Mann.

Das war der Roman »Ecce homo«, oder nicht? fragte sie.

Stumm, mit einem Kopfnicken und, wie zum Dank, besonders durch einen langen ernsten Blick gab Brady ihr recht.

Ich fühle es, daß Sie nun lieber wieder eine Weile allein sein wollen, sagte Tilli zu ihm. Sie dürfen sich jetzt zurückziehen. Ihren Freundinnen erläuterte sie, Benjamin Brady sei sozusagen immer im Dienst, die Arbeit in seinem Innern, sie höre nie auf, Gedanken und Einfälle durchströmten ihn, und sie könne merken, wann es so weit war, daß man ihn am besten in die Einsamkeit seiner Ideenwelt entließ. In eine nur äußerlich wahrnehmbare Einsamkeit, denn allein mit sich selber sei er in der intensivsten Gesellschaft mit seinen Wörtern.

Mit meiner Sprache, korrigierte Brady und wirkte zum ersten Mal etwas normalisiert, nämlich gereizt. Tilli hatte sich offenbar einen kleinen Schnitzer zuschulden kommen lassen. Ich habe mich nun einmal dafür entschieden, prinzipiell: Ich muß mit meiner Sprache allein sein, sagte er, wieder ganz der Alte in seinem Künstlerhabitus.

Für »Ecce homo« war er alles in allem zehnmal da unten, in diesem Malaysia. Er hat zehn Anläufe gemacht und sieben Jahre an diesem Buch gearbeitet. Alles andere war ihm egal, ich meine, außer daß dieses Buch gelingt, also irgendwelche Krankheiten und so weiter. Hatten Sie nicht Malariaanfälle, lieber Benjamin? Noch und nöcher, sagte Brady und merkte sofort, wie tief er mit dieser Antwort in einen groben Stilfehler gerutscht war.

Danach nahm er Tillis Angebot an, er stand auf, verabschiedete sich mit angedeuteten kurzen Verbeugungen vor den Frauen und verließ das Wohnzimmer.

Tilli versuchte, ihren schmalzigen Abschiedsausdruck loszuwerden, und fragte die Freundinnen: Nun, wie gefällt er euch? Ist er nicht ein ganz besonderer Mensch? Sehr in sich gekehrt, man könnte sagen: verschlüsselt.

Oh ja, oh ... Rosemarie kam nicht weiter, sie sah sich suchend im Zimmer um, sie hob den Kopf und inspizierte die Zimmerdecke, als schwebten dort oben die geeigneten Wörter, aber bevor von da Hilfe kam, mischte Verena sich dazwischen: Gib mir bitte noch Kaffee, Tilli, und essen, richtig mit Genuß essen, das möchte ich jetzt. Jetzt, wo er weg ist. Dein Dichter ist ein Schock, liebe Tilli. Seine Schweigsamkeit legt sich wie ein gußeiserner Panzer um Leute, die mit ihm in einem Zimmer sind.

Tilli bewirtete Verena und redete dabei eifrig von Benjamin Bradys innerem Erleben, vom Zustrom schöpferischer Kräfte und ähnlichem. Immer, wenn er sehr still ist, müßte er eigentlich für sich sein und schreiben, schloß sie ihre Interpretation ab.

Er muß mit seiner Sprache allein sein, sagte Rosemarie ehrfurchtsvoll. So hat er es doch selbst benannt.

Ja ja, genau so wie gestern abend im Fernsehen bei dieser Gesprächsrunde. Verena sprach mit vollem Mund, weil sie es so eilig hatte. Er benimmt sich hier bei uns genau so wie gestern abend für sein Millionenpublikum, falls es Millionen waren, die ihn ertragen haben. Ich verstehe kein Wort von dem, was hier geredet wird, hat er gesagt, nachdem sich ungefähr zehn Minuten lang die anderen Gesprächsteilnehmer überaus verständlich miteinander unterhalten hatten.

So geht es ihm eben, wirklich, rief Tilli. Er ist so, wirklich. In sich abgekapselt.

Ach was, alles Attitüde, sagte Verena. Er ist ein narzißtischer Mensch, und wenn er nicht dran ist, wenn er nicht irgendwo die Hauptrolle spielt, fühlt er sich hundeelend. Als er dann nämlich selbst dran kam, der Moderator endlich seinen neuesten Wälzer in die Kamera hielt, da wurde er außerordentlich gesprächig, und von nun an verstand er jedes Wort.

Es tut mir leid, daß du ihn so einschätzt. Tilli machte einen bekümmerten Eindruck.

Rosemarie, um zu trösten und Streit zu schlichten, ehe er richtig aufkäme, meinte, von Künstlern könne man nicht verlangen, daß sie sich wie normale Sterbliche benähmen.

Sind wir das, normale Sterbliche? Verena lachte. Und er ists nicht? Er ist was Besonderes?

Das glaube ich ganz sicher, sagte Tilli fest.

Erst die Nachwelt wird es wissen, sagte Verena. Sie milderte ihren Ton. Tilli, hör zu. Ich will nicht, daß du dich womöglich von ihm ausnutzen läßt. Er ist ja nicht dumm, er hat herausgekriegt, daß er von dir so gut wie alles haben kann. Wirklich, ich meine es nur gut.

Das ist lieb von dir, aber deine Befürchtungen sind

unbegründet. Tilli hatte kühl und hoheitsvoll gesprochen. Wechseln wir das Thema.

Beinah verschluckte Verena sich an ihrem Kuchenstück, weil sie es so eilig hatte, ihrer alten Freundin Tilli zuzurufen: Endlich! Dein Freund hatte mich die ganze Zeit über abgelenkt, aber jetzt weiß ichs endlich, woran mich dein Haar erinnert. Deine Frisur sieht aus wie eine Portion aufgeweichtes Zitroneneis. Du gehst nicht mehr zu Mario?

Mario war der Lieblingsfriseur im Stadtbezirk, er arbeitete im Studio Figaro Stemmler.

Mit beiden Händen, die zu ihrem Körper nicht paßten, rohen Fleischstücken glichen – Tilli war eine zierliche Person – griff die Angesprochene sich an den kleinen Kopf, aber ohne die Frisur zu berühren. Zitroneneis! Dann sieht dein Haar aus wie zerlaufene Schokolade. Weißt du, ich finde, wir sollten uns unserem Alter stellen. Wir sollten dazu stehen. Jedermann sieht, daß wir keine jungen Dinger mehr sind.

Macht dir der Mario das jetzt so? fragte Rosemarie.

Wir sehen alle drei wie Angebote auf dem Buffet eines Konditors aus. Verena lachte. Du, Rosemarie, bist ein Nußtörtchen.

Ich hatte diesmal die Angelika, antwortete Tilli auf Rosemaries Frage.

Bei Mario sah deine Frisur mehr wie ein Schaum aus. Also Baiser. Verena lachte. Es ist jetzt kompakter.

Ich denke, auch ihr zwei solltet mit dem Färben aufhören, sagte Tilli. Gewiß, ihr seid entschieden jünger als ich, und es macht jünger, gefärbtes Haar, zugegeben, aber bei dir zum Beispiel, meine liebe Verena, erkennt man deutlich die Schädigung durch zu viel Chemie. Jetzt gerade, im Gegenlicht. Dein Haar kommt mir mürbe vor. Paß auf. Rosemaries ist vermutlich widerstandsfähiger.

Verena seufzte. Sie machte ein schmerzverzerrtes, unglückliches Gesicht.

Ich habe dich doch um Himmels willen nicht gekränkt, das wäre schrecklich, das wollte ich nicht, rief Tilli bestürzt, während Rosemarie zufrieden mit den Fingern in ihrer Frisur herumwirtschaftete.

Aber nein! rief Verena. Ich hab zu viel gegessen, das ists. Das ist immer so bei mir. Zuerst das Glück beim Essen, danach die Traurigkeit. Furchtbares Bereuen.

Sie brauche sich um ihre Figur keine Sorgen zu machen, sie könne doch essen, so viel sie wolle, es schlage doch nichts an bei ihr: Die Freundinnen versuchten, Verena zu beruhigen. Das Kuchenthema brachte sie auf Gudrun Schreiner. Alle drei hatten sie vor kurzem besucht, aber getrennt. Gudrun lebte im Ostteil der Stadt, in der einstmaligen DDR.

Es geht mir immer noch so, sagte Verena, daß ich es früher eigentlich gemütlicher bei ihr fand. Schwer zu erklären, warum. Das Gebäck war schlechter, aber irgendwie habe ich auch das genossen.

Ein gutes Gewissen hatten Tilli und Rosemarie nicht dabei, aber sie mußten zugeben, es gehe ihnen wie Verena. Und übrigens denke sogar auch Gudrun selber an frühere Zeiten mit Heimweh. Freiheit hin, Planwirtschaft und Unterdrückung her, aber man habe gewußt, wo oben und unten war. Ja, ein Leben könne jetzt scheitern, eine ganz neue Erfahrung.

Zu mir hat sie gesagt, was sie außerdem jetzt vermißt, erzählte Rosemarie. Ich sags mal in ihren eigenen Worten: Es beeindruckte die Menschen, mit denen ich zusammentraf, wenn ich im Westen war, und dann, nach zwei drei belanglosen Sätzen anmerkte: Ich komme aus der DDR. Wildfremde Menschen sahen mich daraufhin sofort besorgt an. Sie sahen dann erst überhaupt genauer hin. Sie betrachteten mich, ich bin ihnen aufgefallen ... Sie wurden mitleidig und sehr respektvoll.

Na gut, das ist nun vorbei. Verena klang energisch und etwas gereizt. Ich habe damit gerechnet, daß die meisten von unseren ehemaligen Brüdern und Schwestern wehleidig würden.

Es fehlt die Geborgenheit, sagte Tilli, um einzurenken.

Schöne Geborgenheit! höhnte Verena. Jetzt heißt es Geborgenheit, vorher Zuchthaus.

Man kann es den Menschen nicht recht machen, sagte Rosemarie.

Aber du mußt auch bedenken, Verena: Eine so radikale Umstellung, die ist sicher nicht leicht zu verdauen.

Oh, verdauen! Erinnere mich nicht wieder an diese Kuchenmengen, die ich verschlungen habe. Das kommt alles daher, daß ich vorher, als der Dichter unter uns weilte, derart krampfhaft an mich hielt. Verena, nun beim üblichen Cognac, den es immer nach dem Kaffee gab, redete rasch. Ja, Tilli, und du auch, Rosemarie, euer heißgeliebter sowjetischer Präsident hat uns diese damalige DDR wie Müll vor die Haustür gekippt, und während die ihre Nostalgie pflegen, weil sie jetzt nicht mehr wissen, wo oben und unten ist, müssen wir blechen. Tausend Milliarden, falls die genügen.

Wir sollten solidarisch sein, sagte Rosemarie.

Teilung heißt teilen oder so ähnlich, hat das nicht unser Bundespräsident gesagt? Tilli blickte die Freundinnen an. Verena erwiderte den Blick nicht, aber

Rosemarie nickte eifrig. Er spricht immer so wunderbar, findet ihr nicht?

Rosemarie fand das auch, Verena fand es nicht. Verena wünschte sich auf einen anderen Planeten, dann fragte sie: Wo steckt denn heut eigentlich dein kleiner Hund? Tilli, ich hätte ihn vor lauter Dichterbesuch fast vergessen, den lieben kleinen Kerl, den kleinen Chanel.

Er schläft, Tilli sprach mit gesenkter Stimme, als fürchte sie, den Hund aufzuwecken. Er liegt nebenan und schläft. Es sind jetzt alles in allem elf verschiedene Medikamente, die er täglich einnehmen muß.

Verena stand auf und betrachtete im Nebenzimmer das Ecksofa, Chanels Schlafstätte neben seinem ausgestopften Vorgänger. Der Vorgänger lag platt da, körperlos, und seine Augen blinkten munter. Er machte einen lebendigeren Eindruck als Chanel. Tilli nannte ihn, seit er so alt und ziemlich krank war, ihren kleinen *Memento mori*, und »Mori« rief sie ihn auch neuerdings. Er war ein Spitz mit langem Stammbaum, aber mittlerweile sah er zerfetzt und heruntergekommen aus. Er wirkte wie hinten abgeschnitten. Sein Anblick deprimierte Verena. Sie schnalzte leise mit Daumen und Mittelfinger, aber der Hund wachte nicht auf. Verena hoffte, er werde nicht ausgerechnet heute sterben. Ihren kleinen Kameraden zu verlieren, würde für Tilli schrecklich sein. Er war ein richtiger Freund. Verena schrieb bereits in Gedanken an ihrem Kondolenzbrief. Ein Spießgeselle, ein Spielgefährte. Ob sie auch erwähnen sollte, Benjamin Brady, Tillis Dichter und Schützling, werde Chanel niemals ersetzen können? Glotz mich nicht so raffgierig an, sagte sie leise zu Chanels Vorgänger, dem platt aufs Sofa gestreckten Skalp mit dem lebendigen Gesichtsausdruck. Der Vorgänger war nicht weiß wie Chanel, er stammte aus Asien und hatte ein schwarz und braun gestreiftes Fell, das nicht wie bei Chanel vom Körper abstand, sondern, vermutlich durch die Präparierung, flachgepreßt am Körper lag. Neulich hatte Verena geträumt, drei oder vier solcher Hundemumien hätten sich auf Tillis Sofabank gähnend hin und her geräkelt. Sie mußte jetzt sofort an etwas anderes denken, und zwar, ehe der Ekel aus dem Traum wieder aufkam. Machs gut, sagte sie leise zu Chanel und ging ins Terrassenzimmer, wo nun in der Fensternische Tillis Jugendstillampe brannte. Wie früh es jetzt schon dunkel wird.

Ach, schaut nur, der Mond, wie hübsch, wie gut er zwischen deine Fichte und den Nußbaum paßt.

Tilli und Rosemarie blickten aus der Glastür zur Terrasse, und nun entdeckten sie auch den Abendstern.

Gestern waren in der Zeitung Nahaufnahmen von der Venus, berichtete Verena.

Die Freundinnen riefen »oh« und wie interessant das sei, und in ihren Zeitungen hätten sie keine solchen Abbildungen gesehen. Die Venus, Rosemarie ließ schwärmerisch das Wort auf der Zunge zergehen. Meine Eltern hatten sich auf der Venus verabredet. Nach dem Tod wollten sie sich auf der Venus wiedertreffen.

Damit ists ja wohl nichts, sagte Tilli. Auch ich war enttäuscht, eigentlich über unser ganzes Sonnensystem. Alle diese Planeten scheinen unbewohnbar zu sein. Die Venus ist zu heiß. Der Mars ist, glaube ich, zu kalt. Die andern alle sind erst recht nichts.

Die Krater auf der Venus sehen wie Fußpilz aus. Die ganze zerklüftete Landschaft wie Fußpilz, sagte Verena. Oder andersherum: Mykotische Fußzehen sehen wie Nahaufnahmen von der Venus aus.

Die Freundinnen lachten zwar, aber sie lachten nicht vergnügt. Du bist immer ziemlich niederziehend, liebe Verena, urteilte Tilli.

Rosemarie, der das zu streng war, meinte: Sie ist kritisch, sie war immer sehr kritisch.

Verena und Rosemarie, Mitte Fünfzig und gleichaltrig, waren Schulfreundinnen und einander jahrzehntelang nicht mehr begegnet, bis beide, unabhängig voneinander, Tilli kennengelernt hatten. Tilli, die im nächsten Jahr einundsiebzig Jahre alt würde, gab nun nicht mehr diese Gymnastikstunden, die Verena und Rosemarie wieder zusammengeführt hatten, aber sie war beweglich geblieben, und ihre Übungen machte sie für sich allein, dreimal am Tag, am ausgiebigsten nach dem Aufstehen. Nicht mehr alle Übungen, doch die wichtigsten.

Im Zimmer über ihnen wurde ein Möbelstück verrückt. Tilli erläuterte: Er verstellt seinen Schreibtisch. Das macht er öfter. Er machts immer dann, wenn seine Handlung irgendeine Wendung nehmen muß oder so was ähnliches. Er spürt, hier brauche ich einen Wechsel, und um leichter drauf zu kommen, räumt er den Schreibtisch anderswo hin.

Eigenartige Menschen, diese Künstler, sagte Rosemarie. Ihre Wangen waren von Kaffee, Kuchen, Cognac und vielem Reden, Zuhören gerötet, und Verena, die sich an die Vergleiche aus der Konditorei erinnerte, fand Rosemarie nun erst recht einem Nußtörtchen ähnlich, die untere Hälfte mit rosigem Marzipan bestrichen.

Wißt ihr, sagte Verena, als Männer sind Künstler keine richtigen Männer. Das ist jetzt bestimmt meine letzte Zigarette.

Oh ja, ich nehme auch noch eine letzte, sagte Rosemarie. Ich muß nach Haus.

Wie meinst du das? fragte Tilli. Ich verstehe kein Wort. Benjamin ist ein Mann, was denn sonst? Er ist zum Glück kein Bierkutschertyp, ich meine, ein Berserker, das ist er nicht. Er ist weich, er ist empfindlich.

Ich glaube nicht, daß er weich ist, sagte Verena. Nein, er ist nicht weich. Aber er ist trotzdem kein richtiger Mann. Künstler sind einfach nicht sexy. Schriftsteller sinds nicht, Maler auch nicht, bei Komponisten kenne ich mich nicht aus, Bildhauer sind vielleicht noch am ehesten sexy, oder eben: Männer. Sie haben es mit Schwerarbeit zu tun, sie müssen körperlich kräftig sein. Vermutlich sind hauptsächlich Schriftsteller nicht sexy.

Das sind auch sehr viele andere Männer nicht. Rosemarie machte diese Feststellung und danach ein überraschtes, verlegenes Gesicht, dessen Ausdruck nicht leicht zu deuten war.

Es war, fand Verena, plötzlich unzufrieden, dieses sonst immer diszipliniert freundliche Naschwerkgesicht, in dem alles so gewissenhaft angeordnet war. Wahrscheinlich denkt sie an ihren Mann, vermutete Verena, dann sagte sie: Da hast du natürlich recht, andere Männer sind sehr oft auch überhaupt nicht sexy, aber Künstler sind es eben nie. Schriftsteller. Am wenigsten: Lyriker.

Und Männer welcher Berufe sind … Tilli zögerte. Sie wollte das Wort nicht aussprechen: sexy. Es wäre das erste Mal gewesen. Welche sind es?

Polizisten, Wirtschaftsbosse, Banker … aber auch nicht immer. Verena lachte. Während die Freundinnen die Köpfe schüttelten und so taten, als interessiere Verenas Thema sie nicht mehr, als sei ihnen das alles zu abwegig, nahm Verena sich noch einen Cognac. Sie erzählte: Mir ist dieses Phänomen neulich ganz klar geworden. Ich sah einen alten Film, eine von diesen wundervollen Hollywood-Komödien aus den dreißiger Jahren, und Gary Cooper spielte einen Maler. Gary Cooper, ausgerechnet! Ausgerechnet einen Maler. Er hätte ebenso gut, das heißt ebenso schlecht einen seiner Freunde spielen können, den Schriftsteller zum Beispiel, sie waren ein männliches Künstlertrio in diesem Film, oder auch den Musiker, und er wäre genauso fehlbesetzt gewesen. Ich sage lieber: vergeudet. Es war in dieser Rolle so schade um seine absolut herrliche Männlichkeit. Natürlich wars trotzdem ein Genuß, einfach, weil ich Gary Cooper sehen konnte, aber es war dauernd schade um ihn. Ein Mann wie er würde doch niemals etwas so Mädchenhaftes machen wie ein Leben lang Gedichte schreiben. Verena fiel – auch weil im Zimmer über ihnen wieder der Schreibtisch verschoben wurde – Benjamin Brady ein, und sie fügte hinzu: Oder, nach werweißwievielen Anläufen und Probefahrten in die Karibik oder sonstwohin einen Roman, und daran auch noch jahrelang rummurksen, oh nein, das läge ihm nicht. Ich kanns einfach nicht besonders männlich finden.

Verenas Freundinnen bekundeten, schon lang nicht mehr von einem derartig überholten Männerbild gehört zu haben, und erst recht nicht aus Verenas Mund. Sie galt in dieser Runde als die Progressive, und vieles hatten Tilli und Rosemarie von ihr gelernt: Dinge neu zu sehen, zeitgemäß, umzudenken. Verena gab zu, aus ihr spreche das Unbewußte. Der Instinkt. Das Triebhafte. Mit dem Verstand würdige sie ja die Geisteswesen und sie sei auf der Seite der Sensiblen.

Aber plötzlich bekommt man Lust nach richtigen Männern.

Verena, du siehst so aus, als hättest du schon wieder Hunger. Einen Mann kann ich dir nicht servieren, aber ich habe Hühnchenschenkel im Eisschrank, sagte Tilli.

Und was ist mit Frauen? Mit Frauen als Künstlerinnen? Sind die auch nicht sexy? fragte Rosemarie.

Verena ging im Zimmer auf und ab, und durch die offene Schiebetür, vor der sie kehrt machte, um wieder in Richtung Gründerzeittruhe und Fernsehapparat zu laufen, am Tisch mit den Freundinnen vorbei, warf sie einen Blick auf das Stilleben mit dem schlafenden, weiß in der Dämmerung schimmernden Memento-mori-Hündchen Chanel und dem plattgewalzten asiatischen Vorgänger. Ihm wenigstens schien es gut zu gehen. Obwohl es fast dunkel war, erkannte Verena das verschlagen lustige Glitzern seiner Augen.

Bei Frauen ist es ähnlich, allerdings nicht so eindeutig, sagte Verena. Ich habe mir auch noch nicht so viele Gedanken drüber gemacht. Also, was Frauen als Künstlerinnen betrifft …

Sie wirkte unschlüssig, aber plötzlich blieb sie stehen, sie rief: Wartet! Ich weiß ein Beispiel. Kürzlich in Ulm, wir saßen nach meiner Veranstaltung noch ein bißchen in einem Bistro-Café oder wie das affektierte kleine Lokal sich nannte, es gehörte zur Volkshochschule, also dort redete ich mit einer jungen Frau, es war eine attraktive Frau, schöne Haare, eine schöne Kopfform, also, sie sah richtig gut aus, sie war mit Geschmack angezogen, supergute Schuhe zum Beispiel … und dann sagte sie, sie müsse mir etwas gestehen. Ja, was? Sie schreibe Gedichte, nur so nebenbei, aber jetzt im Herbst verstärkt. Kaum wußte ich das von ihr, da fand ich sie auch schon etwas doof. Ich meine, sie sah von da an etwas doof aus. Sie lächelte, aber ich fand, sie grinste, und zwar verlegen und überheblich zugleich, stolz und mitleiderregend. Ein saublöder Beruf, schloß Verena, die es wissen mußte.

Die Freundinnen schwächten ab, trösteten. Der Beruf des Künstlers ist für mich das Höchste, das Äußerste, bekundete Rosemarie schwärmerisch, und Tilli, die erst seit ihrer Liebe zu Benjamin Brady so dachte, stimmte ihr zu. Und du, liebe Verena, siehst weder mitleiderregend noch doof aus oder verlegen und was es noch alles war.

Ich bin auch kein Prototyp und außerdem *gestehe* ich keinem, besonders im Herbst Gedichte zu schreiben, sagte Verena. Aber nun muß ich wirklich aufbrechen. Wir sind länger geblieben als sonst, stimmts, Rosemarie?

Oh ja, wir haben uns ganz schön verspätet, sagte Rosemarie. Es ist einfach zu gemütlich bei dir, Tilli.

Wie schön für mich. Tilli stand auch auf und geleitete die beiden in den etwas düsteren Gang, von dem aus rechts eine gewundene Treppe ins erste Stockwerk abzweigte, links ging es zur Haustür. In diesem Gang roch es immer ein wenig nach Hund. Der Geruch stammte wahrscheinlich aus einem Regal, in dessen zwei Fächern Chanels Spielzeuge aufbewahrt waren, Plastiktiere, Bälle, Waschlappen, alte Handschuhe. Verena mußte an Chanel denken. Während sie schon ihren Mantel zuknöpfte, sagte sie:

Ich sollte Chanel »Auf Wiedersehen« sagen, was meinst du, Tilli?

Das wäre lieb von dir, aber ich denke, er schläft noch, sagte Tilli.

Von oben hörte man jetzt wieder das Tischrücken, lauter als vorher im Wohnzimmer.

Heute muß seine Handlung aber viele Kehrtwendungen nehmen, kommentierte Verena.

Wahnsinnig interessant, flüsterte Rosemarie.

Blöder Wichtigtuer, Nichtsnutz, total unsexy, dachte Verena, aber diese Schmähungen reduzierte sie auf den Satz: Ich vermute, er will auf sich aufmerksam machen.

Meine Liebe, sagte Tilli, ich hingegen vermute, er ist eine ganz andere Art Künstler, als du ihm unterstellst. Und als du selber bist.

Mag sein, sagte Verena. Ja, ich hoffe, ich bin sicher, daß du recht hast.

Im Zimmer mit der Sofabank war es inzwischen ganz dunkel geworden. Aber der Lichtschein, der durch die offene Schiebetür bis zum ausgestopften und zum nicht ausgestopften Rassehundchen drang, reichte aus, eine Veränderung zu offenbaren. Chanel, der vorher in sich zusammengekauert geschlafen hatte, streckte nun alle vier kleinen Beine von sich, lag platt da wie sein Vorgänger, aber auf der Seite, nicht bäuchlings wie der Skalp, der allerdings keinen Bauch mehr hatte. Chanels spitzer winziger Kopf war nach oben gereckt. Seine hinten abgehackte Figur wirkte eingeknickt. Chanel, das war nur noch ein weißlicher Schimmer auf der dunklen Sofabank.

Heute nicht mehr, heute nicht mehr, für heute wars genug. Verena wollte die Fernsehnachrichten nicht verpassen. Sie fand sich etwas gemein, obwohl sie glaubte, es sei in Tillis Sinn, den toten *Memento mori*, ihren Gefährten der letzten fünfzehn Lebensjahre, ohne die Gesellschaft ihrer Freundinnen zu betrauern. Sie wäre wohl besser allein, wenn sie ihn vorfände. Als Verena zurückkam in den Gang, lief in einem synkopischen Hüpfschritt Benjamin Brady die Treppe hinunter. Er hatte sich einen Schal locker kunstvoll um den Hals gewunden.

Aha, der abendliche Rundgang, sagte Tilli zu ihm,

der schweigend mit einer Kopfbewegung zugleich die Frauen begrüßte und Tilli zustimmte.

Wie gehts ihm, fragte Tilli Verena. Tilli sah plötzlich zerknittert aus. Die Zitroneneisfrisur war eingesackt. Gehts ihm gut? Schläft er?

Es geht ihm gut. Er schläft, ja. Es geht ihm besser als uns allen zusammen, antwortete Verena.

Aufgebauscht

Ich wußte, es müßte darüber geredet werden, das war absolut unvermeidlich. Ich selber müßte die Sprache darauf bringen, ja, ich. Obwohl, wie ich ihn kenne, Magnus wahrscheinlich sogar das Verschweigen vorgezogen hätte. Aber es konnte einfach nicht unerwähnt bleiben, verstehst du? So ganz und gar kannst du es nicht verstehen, nie in deinem Leben so ganz und gar wie Magnus.

Hedda machte eine Pause, sie seufzte: vor Rührung, so hörte es sich an, und auch ein bißchen ungeduldig, nicht glücklich. Sie fühlte sich nicht wie sonst, sie lebte in den Augenblicken, an die sie jetzt dachte, war fast eine Abwesende.

Was Liebe ist? Ha! Ich weiß es jetzt wirklich gründlich, sagte Hedda.

Das hoffe ich.

Hedda lachte etwas schrill: Das hoffst du? Ganz schön ahnungslos von dir. Also, wir hatten diese Frau schließlich in ihren Zug befördert. Beim Einsteigen brauchte sie, beladen mit Gepäckstücken wie sie war und in diesen unsäglichen, geradezu gehunfähig machenden tollen Schuhen, klar, da brauchte sie Magnus, der ihr die Stufen raufhalf in den Wagen und ihren Koffer und die Tasche hochhievte, und bis zuletzt machte sie, trotz ihrer Ungeschicklichkeit, einen divahaften Eindruck, sie war ein Star in ihrem leuchtenden Mantel mit der fusseligen Kragenkrause, und Stars brauchen ja auch immer eine Menge Unterstützung, nun, sie hatte Magnus.

Hedda geriet beim Erzählen mehr und mehr in die Bilder, an die sie sich erinnerte, sie entfernte sich noch weiter, bis auf ihre Stimme verschwand sie aus der Gegenwart. Ich wußte, ich müßte davon zu reden anfangen. Magnus würde es vielleicht erwarten, wenn auch nicht wünschen, er hätte vielleicht ein bißchen Angst davor. Er hats nicht gern, wenn mich Sachen wie diese deprimieren, er nennt sie Äußerlichkeiten, aber er ist klug, er kennt mich bestens, er fühlt sehr deutlich, daß es sich um mehr als um Äußerlichkeiten handelt. Magnus, du, er hat wirklich Verständnis. Er versteht was von Frauen.

Na schön, wenn du meinst.

Hedda überhörte die Ironie. Mit keinem andern als mit Magnus steckte sie jetzt unter der Decke.

Brings hinter dich. Und brings hinter mich. Red schon weiter.

Gut, sagte Hedda. Wir fuhren nach Haus, wir vermißten sie beide ein bißchen, was komisch war, denn sie hatte uns auch angestrengt, vor allem Magnus, den Ärmsten, stundenlang war er von ihr interviewt worden. Ich habe die beiden so zwei- oder dreimal besucht, um zu fragen, ob sie was wollten, Kaffee oder Wasser oder sonstwas, und ich dachte beim Weggehen ganz verwundert: Hedda, du hast wirklich und wahrhaftig einen Ehemann, den du ohne Risiko mit einer Frau alleinlassen kannst, die ihm ziemlich dicht mit bis über die Oberschenkelmitte hochgerutschtem Rock gegenübersitzt, höher gehts nicht mehr, nichts als Beine, attraktive große interessante Beine in dreifarbigen Strümpfen, und die außerdem noch fast zwanzig Jahre jünger ist als du. Du kannst ihn mit so einer Frau, die drei Blusenknöpfe zu viel nicht zugemacht hat, alleinlassen. Das sagte ich mir. Aber hauptsächlich dachte ich natürlich an ihre Haare. Sie hat eine Botticelli-Frisur. Sie hat mindestens ein halbes Kilo Haare mehr auf dem Kopf als ich.

Hedda machte eine unwillige Bewegung, entwand sich, beschwichtigen war zwecklos, machte sie widerborstig, und sie war wieder nicht wirklich anwesend. Sie war nicht an Ort und Stelle. Red mir das nicht aus, ich hab keinen Komplex und auch keine fixe Idee, es ist wie es ist, und Magnus weiß es, und er teilt mein Leid, wollte sie noch sagen, aber hier siegte ihre Eitelkeit.

Kurzum, Magnus hätte es zwar nie erwähnt, aber er wäre doch ins Grübeln darüber gekommen, wenn ich überhaupt nicht von ihren Haaren gesprochen hätte.

Also, du hast davon gesprochen. Und wie weiter?

Von jetzt an wurde Hedda einsilbig. Sie habe erwähnt, die Haare der Interviewerin seien beachtlich. Aber statt der Madonnenfrisur sei ein kurzer Schnitt zu dem länglichen Gesicht vielleicht vorteilhafter. Magnus habe widersprochen.

Anscheinend hatte Hedda die Lust verloren, weiterzuerzählen. Um so besser. Aber jede andere Lust schien sie ebenfalls verloren zu haben. Sie sei müde. Sie schloß die Augen. Jemandem, der nicht da war – und sie überlegte, wer das ganz bald sein könnte, ein Mensch fürs wahre Anvertrauen –, erzählte sie allerdings die ganze Geschichte. Hör zu: Magnus, der meine Haarmisere kennt wie kein zweiter Mensch auf der Welt, meinen Haarkummer, den er zu seinem macht, und der mir meine vier bis sieben Haarscheitel auf dem Oberkopf zukämmt und mit Essenzen verkleistert und so weiter, er, den ich mit einer fast zwanzig Jahre jüngeren Frau alleinlassen kann, er sagt zu mir, nachdem ich die Haarunmengen dieser Frau gerühmt habe, vorsichtig gerühmt, nicht ganz so schwelgerisch wie mir zumute war, und meinen Neid ließ ich auch durchblicken, er also sagt … Hedda unterbrach ihre Erinnerung. Wem kann man etwas so Wundervolles berichten? Welcher Freundin? Eine solch umwerfende Liebespointe?

Sie entschloß sich dazu, wieder zu sprechen: Du mußt bedenken, ihre Haare, alles echt, es sind wirklich von Natur aus dermaßen viele und schöne Haare, die sich großartig biegen und beugen und die sanft wogen, nichts ist manipuliert, und was sagt Magnus, nachdem ich diese Haare gewürdigt habe? Er sagt, ohne die Stimme zu heben, er sagt es so, als denke er jetzt erst darüber nach, und eigentlich sei es ihm egal: Na ja, sagt er, es ist irgendwie aufgebauscht. Er sagt doch tatsächlich: Es ist aufgebauscht! Kannst du ermessen, was für eine Liebesleistung darin steckt? Stell dir so etwas von Liebe vor. Hedda wartete mit dem Körper und der Seele auf eine Reaktion. Magnus wußte genau, daß alles echt ist, nichts aufgebauscht. Er hat es für mich so hingestellt, verstehst du? Eigentlich können mir nur Männer imponieren, wie er einer ist, treue Männer, die es sehr gut meinen. Ich weiß jetzt wirklich, was Liebe ist.

Ich weiß es auch. Heddas Freund drückte seinen Körper gegen ihren. Der kam ihm kühl vor, aber er war nicht kühl, nur für ihn. Er zog die Decke hoch über sie beide. Nur: Mit ihm steckte sie ja seit dieser dummen kleinen Geschichte von den Haaren irgendwelcher Frauen überhaupt nicht mehr unter einer Decke.

Ich will mit Ihnen fahren

Der Mann hatte nur noch ein paar gelbliche Zahnüberreste in seinem platten Mund zwischen eingezogenen Lippen und war daher sehr schwer zu verstehen. Ich habe bei jeder Äußerung bis zu vier Mal »wie bitte« fragen müssen. Er war ungefähr vierzig oder fünfzig – schwer zu schätzen bei seiner Vernachlässigung – und mir seit der Rolltreppe zum Bahnsteig gefolgt. Er strich dann um die Bank herum, auf die ich mich gesetzt hatte, um ein paar Beobachtungen zu notieren: Ihn beobachtete ich. Er wiederholte: Darf ich mit Ihnen fahren? Ich möchte mit zu euch kommen. Wenn Sie es sagen, komme ich sofort mit zu euch. Ich hatte ihm vorher seine Frage, ob ich allein sei, mit »nein« beantwortet. Ich bin verheiratet. Ich sprach laut wie zu einem Schwerhörigen. Und er würde sich wundern, nicht wahr, mein Mann, er würde sich sehr wundern, wenn ich einen andern Mann mitbrächte. Er würde das nicht erfreulich finden.

Aber er schien sich zu freuen. Er lachte anzüglich. Spannungen zwischen Männern und Frauen kapierte er. Er war mittleren Grades geistig behindert. Früher hatte er einen Beruf, er hat es zumindest behauptet. Ich war im Hochbau tätig. Ja, ich bin gern auf dem Bahnhof. Ich komme täglich auf den Bahnhof, ein paar Mal am Tag.

Ich stand von der Bank auf, ging hin und her, immer weiter hin, weg von ihm, und immer kürzer her, in seine Nähe; er ist mir bei diesen Gängen nicht gefolgt.

Aber er tat mir genauso leid wie er mir lästig war. Er hat mich überhaupt nicht interessiert, und doch blieb ich immer mal wieder bei ihm stehen, denn außerdem saß er jetzt neben meinem Gepäck, und jedesmal sagte er, er wolle mit mir fahren.

Dann brauchen Sie eine Fahrkarte. Und ich werde im Zug keine Zeit haben, mich zu unterhalten. Ich muß arbeiten.

Er lächelte verständnislos und nickte und wollte mitfahren. Ich käme sofort zu euch. Ich würde auch bezahlen.

Sie haben hier in Koblenz sicher Leute, die Sie kennen, redete ich ihm zu.

Nein, ich habe keinen.

Aber eine Wohnung.

Ja ja, eine Wohnung.

Wie lang bleiben Sie auf dem Bahnhof?

Nachher gehe ich in die Stadt. Da sehe ich mich um.

Wie schön. Das ist immer interessant, eine Stadt. Ich hoffte, ich hätte ihn abgelenkt, und er würde nicht mehr mitfahren wollen.

Sie sind so freundlich, sagte er. Ich hätte Sie gern als Mutter. Er blickte bettelnd zu mir herauf, von der Bank neben meinem Gepäck aus.

Ihre Mutter? Dann hätte ich aber früh anfangen müssen mit so was. Ich lachte, wenn auch keineswegs so nett wie mit jemand Vernünftigem. Andererseits kränkte mich die Übertreibung meines Alters durch ihn fast gar nicht.

Früh anfangen, ja ja, wiederholte der Mann. Und auch, daß er mitkommen wolle.

Denken Sie doch, mein Mann, der wäre sicher böse. Eifersüchtig, fügte ich hinzu, ihm zuliebe.

Von Eifersucht mußte er schon gehört haben. Aber

seinetwegen war noch kein Mensch je eifersüchtig gewesen. Auf einmal tat mir seine Mutter leid, ob sie das verdiente oder nicht. Er war überall im Weg und lästig, und mir wurde er langweilig. Sie tat mir leid, wenn sie auch wahrscheinlich eine schlechte Mutter gewesen war.

Der Mann lief mir hinterher, als mein verspäteter Zug angekündigt wurde. Ich drehte mich nicht mehr nach ihm um.

Der Zug fuhr ein, ich winkte ihm flüchtig zu, und um ihn bei der Weiterfahrt nicht sofort zu vergessen, überlegte ich, wie ich mich ein bißchen kasteien könnte. Ich hatte Hunger, also aß ich nichts. Trotzdem, über irgendwas vergaß ich ihn, und zwar ziemlich bald.

Nachmittags zu Haus war meine Familie, als der halb blöde Mann mir wieder einfiel und ich von ihm erzählte, ärgerlich über mich.

Du hättest überhaupt nicht mit ihm reden sollen, kein Wort: So lautete, nach einigem Hin und Her, ihr Fazit. Schlechtes häusliches Klima. Der Depp da vom Bahnsteig, dachte ich, er hat mich freundlich gefunden.

Reisefieber

Ich trenne mich so ungern von dir. Ich könnte verzweifeln. Es ist einfach schrecklich. Ich bins leid. Kitty warf sich wieder auf den bettwarmen Ira und schmuste in seinem Gesicht herum. Er wußte, das war kein Theater, sie hatte jedesmal dieses furchtbare Reisefieber, war krank davon. Immer dasselbe, knurrte er, streichelte ihr glühendes aufgeregtes Gesicht. Das alte Lied. Wochen vorher bist du mutig und du willst weg, und ich sag dir, daß du bleiben sollst, aber du verkündest, wie unwiderstehlich die weite Welt dich lockt. Kitty klagte sich an: Ich weiß, ich weiß. Es ist schrecklich mit mir. Sag alles ab. Ruf Moira an. Ihr dummes Connecticut kann mir gestohlen bleiben. Ebenso Georgia. Ich sag auch Georgia ab. Ich bleib bei dir.

Bis in die Mittagszeit hing Kitty zärtlich an Ira, sie spielte kleines Kind, trippelte auf Schritt und Tritt hinter ihm her.

Ich nehme die Post mit, sagte Ira, der sich auf den Weg ins Institut machte. He, wieso hast du an diesen komischen Brinkmann geschrieben? Ira klang argwöhnisch.

Kitty haßte es, daß er die Adressen ihrer Post prüfte, aber in ihrem Jammer am Tag vor der Abreise blieb sie sanft. Er und seine Frau haben mich so dringend nach Mexico eingeladen, und …

Und? Ira stand drohend da, die eine Hand auf der Klinke der Haustür, in der andern hob er das Couvert hoch. Es sah aus, als wolle er gleich zuschlagen. Und? Und es verlockt dich, dorthin zu fahren. Du widerst mich an, wirklich. Er schlug die Haustür hinter sich zu.

Kitty rief ihm hinterher, aber er konnte sie ja nicht mehr hören: Vielen Dank! Hundsgemeiner Kerl, das war die beste Methode gegen mein Reisefieber.

Ja, es verlockt mich, nichts wie weg, murmelte sie leise.

Man kann nicht alles haben

Moment Moment Momentchen! zwitscherte Ina hinter ihm her. Was war denn jetzt schon wieder verkehrt? So hatte Ben sich seinen ersten Besuch bei ihr – diesen Gnadenakt, hatte sie das verdammt nochmal vergessen? – ganz und gar nicht vorgestellt. Gleich bei der Wohnungstür, als er durch Inas engen Flur ins Freie des großen Zimmers stapfen wollte, die Tür stand offen und Ina zu dicht vor ihm, mußte er sich zurückpfeifen lassen, seine Schuhe ausziehen und in bereitgestellte Pantinen umsteigen, was ihm überhaupt nicht gefiel. Ein demütigender Vorgang, dem er sich kindisch fügte. Diesmal wars der falsche Sessel, in den er sich setzen wollte, oder? Nein, dem Sessel wurde nur eine Decke übergestülpt, dann hieß es »So, jetzt!«, und Ben durfte Platz nehmen, ja, Ina sagte »Platz«, aber Ben kam sich sowieso schon wie ein Hund vor. Nicht gerade schmeichelhaft, wie sie ihn einschätzte, und Ben sagte etwas in der Richtung. Daß für ihn ein Schonbezug benötigt würde, ob er etwa zu schmutzig sei, und so weiter. Er grinste dazu und fand sich tolpatschig.

Die Reisekleidung, erklärte Ina. Und ich habe die Sesselchen gerade erst frisch beziehen lassen.

Aha, machte Ben.

Ina, unermüdlich heiter, gab in einem fort den Ton an. Wohin war sie denn entschwunden, die literarische Jammersuse, Ina, die mit dem allgemein üblichen Alltag nicht zurechtkam, nicht ohne die rot unterstrichenen Sätze aus Bens Büchern, und die über jedem banalen Vorgang den Kopf hängen ließ? Heiter goß sie für sich Tee und für Ben Kaffee in Tassen mit grünem Kleeblattmuster. Praktisch veranlagt war sie auch, sie hatte ihre zwei Getränkeangebote in Thermoskannen gefüllt. Und was war mit ihrem hochempfindlichen Magen: So unbeschwert dürfte ein Mensch, dem zum ersten Mal der heißersehnte brisante Gast gegenübersitzt, nicht beim Kuchen reinhauen, so munter nicht mampfen. Ben vermißte Respekt, Verlegenheit. Kerzen, wohin man sah. Kerzen fand Ben überflüssig, aber immerhin paßten alle diese Flämmchen zum Titel Anbetung, unter dem er hier aufgekreuzt war. Ben ärgerte sich, weil Ina selbstsicher futterte, während er von ihrem trockenen Backwerk nichts hielt, es schmeckte gesund und etwas ranzig und hatte die Konsistenz einer alten Matratze.

Schütten Sie mir Ihr Herz aus, Ben! Ina beugte sich vor. Ich verdanke Ihnen so viel, Ben, ohne meine Lieblingsstellen aus Ihren Büchern wäre ich verloren.

Das war der alte Ton, brave Ina. Doch die Hemmungen, ihn anzuwenden, was war mit denen?

Wie ein Häufchen Elend, sagte Ina, so wäre ich ohne Sie.

Stattliches Häufchen. Zwischen vielen kleinen Dekken und Firlefanz und Schonbezügen, Kerzen, Photos ragte Ina ziemlich imposant auf, ihr Busen war beachtlich, gute Hüften, ein vielversprechender Hintern. Eine große, gewölbte Frau. Dem Gesicht – schmale Lippen, alles ein bißchen verkniffen – nützten recht eindrucksvolle große blaue Augen. Ben zündete sich eine Zigarette an, wollte damit loslegen, sich wohler zu fühlen, endlich souverän und als Herr der Lage, Herr über Ina, von der zu oft scheue, lebensschwache und Bens

Therapie bedürftige Post kam, er inhalierte tief und lehnte sich zurück und gewann die Oberhand, da aber sprang Ina auf und rückte rasch zwei Kerzen näher zu ihm hin. Eine dritte Kerze postierte sie auf einem Tischchen dicht neben seiner Sessellehne. Zu allem Unglück fing es gleichzeitig an, in Bens Bauch zu rumoren.

Hier wird sonst nicht geraucht, aber die Kerzen helfen. Kerzen sind nicht nur wunderschön, Kerzenlicht, Kerzen helfen auch gegen Gerüche. Sie schlukken den Rauch. Ina erklärte, sie bekomme ihre wütenden Kopfschmerzen vom Tabaksqualm. Nachdem eine leichte Verstimmung ihr Gesicht kurz gegen ihn verschlossen hatte, richtete sie es gewissermaßen neu ein, sie räumte physiognomisch um, lächelte dann ihr Beichtstuhllächeln von vorhin. Ben, Sie sind nicht glücklich. Ich spüre das.

In diesen Momenten hier bin ichs wahrhaftig nicht, dachte Ben grimmig, vor allem, als er sich selber verachtete, weil er Ina zuliebe zitierte: »Kurzes Leben! Lange Hoffnung! Nichtig Glück und dauernd Unglück!«

Oh Ben!

Nun ein Schuß Jean Paul? Ja, los: »Ich hatte das Glück, unglücklich zu sein.«

Ina wiederholte versonnen: Das Glück, unglücklich zu sein … oh Ben! Sie wackelte mit dem Oberkörper, als friere sie, wobei zu Bens Verwunderung ihr Busen stabil und unerschüttert blieb, und zu ihrem hingehauchten Sprechen paßte nicht gut, daß sie ihn anstrahlte und am Kuchenrest in ihrem Mund weiterkaute. Ben besann sich auf Hiob: »Der Mensch ist zum Unglück geboren.« Ina sagte, sie frage sich, was sie ohne seine lebensrettenden Sätze wäre. Nichts, nichts.

Ben widersprach: Doch. Sie wären mindestens das Häufchen Elend, von dem vorhin die Rede war. Er lachte. »Da, wo du nicht bist, da ist das Glück!« Rachlustig setzte Ben eins drauf. Das Gerumpel in seinem Bauch rutschte tiefer, drückte auf die Blase. Wie brachte man poetisch und mit seidenweichem Schwulst in der Stimme vor, daß man ein WC aufsuchen wollte?

Oh Ben! Was wären wir ohne die Dichtung. Ohne die Kunst. Ina seufzte und hatte immer noch Appetit.

Ben hoffte, sie würde wieder die Thermoskanne mit dem Kaffee hochhalten, fragender Ausdruck, gewölbte Augenbrauen, »Darf ich?« sagen – das wäre dann sein Stichwort für eine Replik à la »Eher das Gegenteil wäre opportun« oder sonstwas mit Kaffee, diesem Treibstoff, der raus wolle. Aber Ina dachte jetzt nicht an Kaffee und Nachschenken, sondern erzählte, sie habe seit ihrer letzten kleinen Sendung an ihn wieder drei kurze Gedichte zustandegebracht. Wenn es nicht zu unverschämt ist, würde ich sie Ihnen gern zeigen.

Warum nicht. Ben war froh. Nun wollte sie was von ihm, das verschaffte ihm ein wenig Freiheit. Er überwand sich und sagte sportlich: Vorhin beim Mantelaufhängen habe ich das WC entdeckt.

Ah, es gefällt Ihnen, das kleine Emailleschild? Ina freute sich.

Sicher, sicher, sagte Ben. Er erinnerte sich an ein blumiges Oval mit der Inschrift »Streng geheim«. Er zerquetschte seine Zigarette in einem Keramiktellerchen und merkte Inas diese Tat begleitendem Blick an, daß das Keramiktellerchen soeben entweiht wurde. Er stand auf. Was sein muß, muß sein.

Da stand auch Ina auf, trat dicht an ihn heran, ließ die Arme hängen. Oh Ben. Ja, was sein muß, muß sein. Sie legte den Kopf zurück, als erwarte sie eine ärztliche

Untersuchung, und die Lider schienen ihr schwer zu werden. Sie machte den Eindruck einer Frau, die darauf hofft, in Trance zu fallen.

Wahrhaftig, lieber Himmel, sie erwartet, daß ich sie umarme. Ben räusperte sich. Er trat einen Schritt zur Seite. Dichtung hin, Kunst her, der Kaffee treibt. Während er das sagte, gebot er sich, geh los, kein Wort mehr, mach dich auf den Weg.

Ina bekam sich verblüffend rasch wieder in den Griff. Ah ja. Sie klang verständnisvoll. Wo der Kaiser zu Fuß hingeht.

Ben kam sich blamiert vor, die Lage war unerträglich albern. Er bewegte sich auf die Tür zu.

Moment Moment Momentchen! Ina zwitscherte nicht nur, sie flatterte auch, hob die Arme und überholte ihn in einem Hüpfschritt nach Vogelart, eine Kerze in der Hand. Sie öffnete die Tür zum WC und betrat es als erste. Sie zündete die Kerze an und stellte sie auf die Ablage unter einem Hängeschränkchen mit Spiegeltüren.

Gegen allfällige Düfte, nicht wahr? Sie kicherte.

Ich habe hier keine großen Pläne, sagte Ben.

Man weiß nie. Ina lächelte ihn an. Und nun lasse ich Sie wohl besser allein. Nur zu! Nehmen Sie sich Zeit. Momentchen! Wie unpraktisch ich doch bin! Ich habe nicht an frische Handtücher gedacht! Sie schimpfte sich und kramte in einem kleinen Schrank herum. Ah nein, nicht dieses hier. Dieses hier ist rosa, aber ich hab auch ein blaues, ein bildhübsches hellblaues Gästetuch. Rosa ist was für kleine Mädchen und hellblau …

Verdammt, sie wankt und weicht nicht, sie macht mich zum Trottel. Ben schwitzte, sein Herz litt unter Platzmangel, und er durfte nicht vergessen, die Forderungen in seinen Eingeweiden zu kontrollieren. Warum geniere ich mich, und sie tut es nicht, warum genießt sie, die eben noch eine Umarmung erwartet hat, nun auch diesen Moment in ihrem Toilettenkabinett voller Nippes und mit der brennenden Kerze? Wo ist sie hin, die verschreckte Tränenliese ihrer Huldigungspost?

Mit dem hellblauen Frottiertuch in der Hand vor Ben aufgebaut fragte Ina: Wie ging das noch mit den zwei Unglücklichen, die schwachen Bäumchen gleichen und sich im Sturm aneinanderlehnen? Ina starrte blau und gewaltig in Ben hinein. Er hatte den Eindruck, der kleine Raum werde zunehmend enger.

Voltaire, murrte er. Er gab sich einen Ruck und blies die Kerze aus.

Oh, ich störe! rief Ina. Sie sehen es ja selber, ich bin so ungeschickt! Sie möchten jetzt sicher allein sein.

Das wäre besser.

Ina sah plötzlich so verschüchtert aus, wie es sich gehörte. Es gelang ihr trotzdem, mit der Flatterbewegung davonzuschweben.

Ich bin übrigens nicht unglücklich. Meistens nicht, rief Ben ihr nach.

Mir können Sie nichts vormachen, rief Ina zurück, schon klang sie wieder siegessicher. Es gibt jetzt ein wenig Musik. Musik entspannt die Lage. Ich dachte an die »Unvollendete«, ich dachte, sie paßt irgendwie zu uns. Oder mögen Sie lieber »Das musikalische Opfer« hören? Auch das paßt.

Schmalziges Lachen diesmal. Leise drückte Ben die Türklinke hinunter, drehte den Schlüssel im Schloß um. Ich habe hier keinerlei Pläne, keine großen und keine kleinen. Da wo du bist, da ist das Unglück. In der ganzen verdammten Wohnung keine Pläne. Ben eilte sich mit seinen Verrichtungen. Währenddessen tönte Schubert durch die Türritzen. Und plötzlich, ganz nah,

Inas Stimme: Ich wußte Bescheid, Ben, so etwas weiß man, ICH, ich weiß so was.

Was wissen Sie? fragte Ben. Er drehte den Wasserhahn zu, obwohl er mit dem Händewaschen noch nicht fertig war. Das Geplätscher war ihm peinlich. Ina schien endgültig übergeschnappt zu sein.

Ich sehe Ihr Karma, Ben. Sie haben mit dem Gastrointestinaltrakt Probleme. Ganz so wie ich. Wie verwandt wir einander sind.

Hab ich nicht, widersprach Ben, dem leicht schwindlig wurde.

Ina mußte sich davongeschlichen haben, ohne seine Antwort abzuwarten. Ben hörte wieder nur Schuberts Harmonien. Schnell schleuste er sich aus dem WC und rief triumphierend: Zurück! Ina sollte merken, daß er wirklich ohne große Pläne ins »Streng geheim« eingetreten war. Er fand sich dennoch schwachsinnig. Auch daß er wieder im Sessel mit der durch ihn verrutschten Hundeschondecke landete, mißfiel ihm.

Aufstehen, kommandierte Ina vergnügt, etwas lauter als Franz Schubert.

Wie bitte?

Aufstehen, bitte! Wir machen den Bio-Test. Legen Sie sich flach dorthin. Ina deutete auf eine karierte Wolldecke, die sie auf dem Teppich ausgebreitet hatte.

Das habe ich nicht vor. Ben war zwar aufgestanden, aber er legte sich nicht auf die Decke.

Ben, es geschieht zu Ihrem Besten. Ich vermute bei Ihnen eine Milchallergie, wissen Sie, irgendsowas in Richtung Allergie, vermutlich, nein, sicher gegen Milch. Ich habs auch, sie habens in einer Naturheilklinik herausgefunden. Und wir machen jetzt bei Ihnen diesen Test.

Ich glaube nicht an solchen Hokuspokus, sagte Ben.

Nicht bis jetzt, nicht, bis wirs gemacht haben. Sie werden glauben, korrigierte Ina mit fester Stimme. Auch ich war vorher skeptisch, Sie wissen, die Skepsis ist meine zweite Natur.

Das sah Ben ganz anders, aber er schwieg.

Seit diese Naturheilkundler so manches über mich herausgefunden haben, und mit was für wirklich wundervoll sanften Methoden, keine bitterböse Chemie ...

Natur ist auch Chemie, und Chemie ist überall in der Natur, sagte Ben.

Als habe sie ihn gar nicht gehört, fuhr Ina fort: Seitdem weiß ich, die Milch ist dran schuld, bei mir.

Woran? Ben dachte: Womöglich an ihrem Hang, Gedichte zu schreiben, Literatur zu lieben? An ihrer Veranlagung zum unglücklichen Menschen, der sie zu sein behauptete – woran von Minute zu Minute weniger zu glauben war. Ihresgleichen war verdammt gut dran, fand er.

An Nebenhöhlenerkrankungen. Ich war so oft erkältet. Jetzt bin ich es auch, leicht erkältet, aber doch anders erkältet. Ina atmete tief durch. Es war eine solche Pein, jedesmal, und nun, seit ich die Milchprodukte meide, wirklich, ich bin ein anderer Mensch geworden. Sie schien ein wenig zu erschrecken und verbesserte sich schnell: Was die Nebenhöhlen betrifft. Sonst bin ich natürlich dieselbe geblieben. »Zum Unglück geboren ...«, und »Da, wo du nicht bist, ist das Glück.« Gings nicht so?

Das Unglück, sagte Ben.

Sie legen sich also jetzt flach hierhin, strecken die Arme nach hinten, wies Ina den im Sessel sitzenden Ben an. Der Oberkörper müßte eigentlich freigemacht werden. Ina schüttelte sich ein bißchen und ruckte mit den Schultern, zog den Kopf ein, sie klappte die rechte

Hand vor den Mund und hinter diesem schlechten Versteck kicherte sie – aber es genügt auch, wenn Sie nur das Hemd aufknöpfen. Ganz sachgerecht kann ich den Test hier sowieso nicht durchführen, ich verfüge nicht über die notwendigen Ingredienzen. Ich muß nämlich etwas auf die Hautstelle legen, unter der sich die Thymusdrüse befindet. Also, bitte, machen Sie doch mit, Ben.

Franz Schubert war auch dagegen, das wußte Ben mit aller Entschiedenheit. Aber Ben, der sich endgültig als Feigling charakterisierte – ein Seinszustand, der ihm offenbar in dieser Wohnung von höheren Mächten zugedacht war – lag nun auf der Decke, das Hemd aufgeknöpft, und bloß mit einem feixenden Gesicht konnte er Ina beweisen, daß er den ganzen Zinnober als Ulk betrachtete. Was nicht der Fall war. Ihm fiel keine vergleichbar idiotische Situation ein, in die er wie hier aus Mangel an Gegenwehr geraten wäre. Etwas Kühles landete auf seiner Brust, es fühlte sich nach gehacktem Fleisch an. Dann, beim Auswechseln des mutmaßlichen Hackfleischs, glaubte er, eher eine Teewurst auf seiner Haut zu spüren. Bei beiden Produkten, so lang sie auf ihm ruhten, zog Ina an seinen ausgestreckten Armen und machte beim abschließenden »aha« einen befriedigten Eindruck. Sie stellte fest: Der rechte Arm ist länger. Wie bei mir. Wir sind nicht nur Seelenverwandte, Ben. Sie dürfen jetzt das Hemd zuknöpfen und wieder aufstehen. Der Beweis ist erbracht: Milchallergie. Keine Milchprodukte mehr in Zukunft. Aber die brauchen Sie nicht zu entbehren, Sie müssen auf nichts verzichten. Milchprodukte lassen sich wunderbar durch Sojakombinationen ersetzen.

Ben rappelte sich auf. Das wird nicht nötig sein. Er klang jetzt energisch, wie um sein Nachgeben zu tilgen, die Scharte auszuwetzen. Ich hab nie Probleme mit den Nebenhöhlen gehabt.

Dann ists sonstwas im Körper, das nicht stimmt. Etwas unsicher hörte Ina sich zwar an, aber ihr Gesichtsausdruck war so unerschütterlich illoyal wie der eines Arztes, der sein spielverderberisches, Lebensfreude einschränkendes Verdikt gern los wird.

Sie haben mir nie von dieser Seite Ihres Wesens geschrieben, sagte Ben. Er fuhr sich mit den Händen durch seine Haare, die vom Liegen auf der Decke verrutscht waren. Sie sind ja richtig resolut und patent – ich aber mußte ja wohl mit einer eher …

Ina unterbrach ihn: Mit einem eher ätherischen Wesen rechnen, ja?

Mit einer eher existenziell bedrohten Person, ja, sagte Ben.

Oh Ben, rief Ina und ließ sich schwer ins Sofa fallen. Plumps, da saß sie, klopfte Kissen zurecht, Kerzenflammen flackerten in der Zugluft, die durch Inas Art, sich hinzusetzen, entstanden war: Alles gar nicht ätherisch. Ben, das bin ich in erster Linie, bedroht, ja, ätherisch, existenziell bedroht, wie es schöner als Sie kein Mensch sagen kann. Aber das gerade ist es ja, meine Lebensschwäche ist es, die mich dazu zwingt, jeden Strohhalm zu ergreifen, nach Hilfe zu suchen, in der Literatur, wie Sie wissen, bis hin zu den natürlichen Heilkräften des Pflanzlichen, des Wunders der Schöpfung. Wir kommen zur Zeit immer mehr zurück zu dem, was unsere Vorvorfahren wußten, zum Frauenvorwissen … Sie wollen doch nicht schon gehen?

Ben zog seinen Mantel an. Er hatte ihn, ohne bei der leidenschaftlich bekennenden Ina aufzufallen, aus der Garderobe geholt und schlüpfte in die Ärmel, während

Ina die karierte Decke zusammenfaltete. Bei dieser Tätigkeit wirkte sie konzentriert und selbstvergessen, und erst als sie damit fertig war, fiel Bens Entschluß, sie zu verlassen, ihr wieder ein. Ben klopfte seine Taschen ab auf der Suche nach Zigaretten, Streichhölzern, wurde fündig.

Keine Angst, ich werde erst wieder draußen im Auto rauchen. Er lachte.

Aber die Kerzen brennen doch noch. Sie können hier rauchen, wenn es ohne nicht geht. Inas Augen flehten groß, blau: ein Hypnoseversuch.

Es regnet, sagte Ben nach einem Blick auf die Straße. Ihm fiel nichts anderes ein.

Wenn Engel reisen, weint der Himmel.

Ina lächelte ihn betrübt an, und zum ersten Mal tat sie ihm leid, wenn er sie auch immer noch für verrückt hielt, verrückt auf eine listige Weise. Es gab auch angenehme Verrückte, hatte er immer geglaubt und für die Stinknormalen nie etwas übrig gehabt. Aber Ina, war sie nicht fast gefährlich? Eine höchst problematische Mixtur? Warum tat sie ihm trotzdem plötzlich leid?

Schubert ist auch fertig hier, sagte er wie zum Trost und deutete in die Zimmerecke, in der Schubert verstummt war.

Schubert kann jederzeit wieder loslegen, antwortete Ina.

»Das Unglück ist dort, wo du nicht bist«, zitierte Ben, der wieder dachte: Falsch! Da wo du bist, da ist das Unglück. Genau hier drin in dieser Wohnung.

Oh Ben. Inas Stimme fiel diesmal von einem höheren Ton zu einem tieferen hinab. Eine traurige kleine Kirchenglocke, die zur Beerdigung rief. Vorher hatte sie immer mit dem »oh« unten angefangen, den »Ben« in die Höhe geschraubt. Dahinter das Feuer der Ausrufezeichen. In ihren großen Augen glänzten Tränen. Tiefblaue Seen. Wirklich schöne Augen, stellte Ben fest.

Ich hatte Krabbencocktails für den frühen Abend und Champagner, Ben!

Wirklich bemerkenswerte Augen.

Das sind weißgott keine Milchprodukte. Ben lachte. Zwar dachte er wieder: Verdammt, sie gibt den Ton an, sie ist nicht unterzukriegen. Denn er sah, daß Ina heruntergebrannte Kerzen durch neue ersetzte. Und spürte er jetzt nicht ihre Hände sanft, aber sachlich an seinem Mantelkragen? Man kann nicht alles haben, dachte er, er sagte: Ich machs schon selber, und zog den Mantel wieder aus.

Mal sehen, ob es sich machen läßt

Das war es ja gerade, was sie so verdächtig machte. Sylvia pfiff vor sich hin, sie machte ein gleichmütiges Gesicht, schlenderte zu ihm herüber – alles Tarnung. Achim fragte mißtrauisch: Was ist das, was sich vielleicht machen läßt? Von was hast du immer wieder gesagt: Mal sehen, ob es sich machen läßt? Was denn?

Ach so. Sylvia tat gelangweilt. Sie gähnte, mußte aber gar nicht gähnen. Stimmt ja. Das Übliche. Ines hat mal wieder gedrängt, ich solle um einen Tag verlängern. Sie besuchen, wenn ich schon in der Gegend wäre und so weiter.

Achim fragte: Und warum hast du gesagt, daß es sich vielleicht machen läßt?

Sylvia ließ sich in den Sessel fallen, aus dem sie sich vor zwanzig Minuten – die Telephonate mit ihren Freundinnen dauerten selten unter zwanzig Minuten – aufgerappelt hatte. Sie seufzte. Um Ines hinzuhalten. Sie nicht sofort zu enttäuschen.

Komische Taktik, murrte Achim. Sie lasen weiter in ihren Sonntagszeitungen, einer merkte vom andern, daß er nur so tat, als lese er. Plötzlich sagte Sylvia: Und es ließe sich ja auch machen.

Wie bitte? Achim warf seinen Zeitungsteil hin und richtete sich auf, blickte Sylvia streng an. Was meinst du damit?

Es ist allgemein üblich, daß Leute sich besuchen. Freunde besuchen Freunde, Freundinnen besuchen Freundinnen, wenn es sich machen läßt, sie sind irgendwo, hängen einen Tag dran, einfach dann, wenn es sich machen läßt.

Ja: wenn! sagte Achim dunkel.

Ja: wenn. Eben. Sylvia klang höhnisch. Es wird allmählich als komisch empfunden, daß ich jedesmal, wo immer ich zu tun habe und jemand Nettes kenne, umgehend zurück nach Haus fahre.

Wen kümmert das? Was andere komisch finden, hat dich noch nie gestört. Du trägst diese abgewetzten Hosen da, und es ist dir egal, wie deine Fingernägel aussehen und dein Mantelkragen …

Jajaja, schon gut, rief Sylvia. Alle Leute haben irgendwelche andern Leute irgendwo und sie besuchen sie.

Und du weißt, wie lang hier keine Fenster mehr geputzt worden sind.

Andere Leute putzen auch Fenster und besuchen trotzdem irgendwelche andern Leute. Das alles läßt sich machen, nur bei uns nicht. Komisch.

Find ich auch komisch.

Nur nicht zum Lachen.

Wir wollen doch immer so schnell wie möglich wieder zusammen sein, sagte Achim, nach langem kaltem Schweigen.

Natürlich, sagte Sylvia.

Sie hatten beim Essen weder das Essen noch einander gern genug. Schade um den Sonntagabend.

Achim ließ Sylvia beim Geschirrspülen allein in der Küche. Er nahm sich das Kursbuch vor.

Was soll denn das bedeuten? fragte Sylvia. Hörte sie sich aufgeregt an, unterdrückte sie eine Vorfreude?

Nur mal sehen, ob es sich machen läßt. Achim blickte nicht auf. Als Abstecher, fügte er hinzu. Ohne Übernachtung.

Das ist mir zu viel Hin- und Hergehetze, sagte Sylvia.

Aber zu Haus schläfst du doch am besten.

Stimmt. Die meisten Leute schlafen zu Haus am besten. Trotzdem machen sie mal irgendwas weniger Bequemes.

An der letzten Station des Tages, vor dem Abschied für die Nacht, im Badezimmer beim Zähneputzen, sagte Sylvia, nicht leicht zu verstehen mit der Bürste und der Zahncreme im Mund: Eigentlich sind wir immer zusammen, oder? Es gibt wenige Menschen, die dermaßen viel zusammen sind wie wir, oder?

Gottlob ja, sagte Achim.

Sie bleibt sehr kurz

Sie bleibt ja nur kurz. Ralf hatte beherzt gesprochen, aber sein Blick auf Tina, von der Seite her, war vorsichtig. Ob kurz oder lang, was spielte das für eine Rolle? Er fing neu an. Ich konnte ihr das nicht gut verweigern. Sie hat vier Stunden Aufenthalt bis zur nächsten Maschine, und davon gehen ja an Fahrzeit ab ...

Tina unterbrach Ralfs Rechenkünste, sie rückte ein wenig an ihm, er stand ihr dauernd im Weg, und sie wußte, das war, aus Sorge, aus Angst vor ihr, sein Übereifer. Lauter Verstellungen. Sie mußte mit dem Wassereimer an ihm vorbei. Er sah ihr zu, wie sie draußen auf der Terrasse das Vogelbad auffüllte, und er liebte sie, gewohnheitsmäßig und wie neu entflammt in einem. Sie ist ein solcher Schatz, sie ist schon ein richtiges kleines Universum. Gestern ihr Einfall: Wie komisch, daß Menschen von sich selber *ich* sagen. Ich fände es weniger peinlich, wenn ich es wie als Baby machte und sagte: Tina will das und das. Und sie wunderte sich darüber, daß sie ihn mit *du* anredete. Aber zurück zur Sache. Ralf wurde allmählich nervös.

Verstehst du, sie hat die Angewohnheit, mich zu umarmen, social kissing, du weißt schon, es ist üblich. Nicht, daß du dich wunderst. Sie standen im Garten. Ralf vergaß, in den Schatten zu gehen, und er schwitzte. Sie springt ein bißchen an mir hoch, sie ist klein.

So klein wie ich?

Etwas weniger klein. Ralf folgte Tina in die Küche. Er lachte hysterisch-künstlich. Wie schrecklich schlecht er doch die Angelegenheit natürlich vorbringen konnte. Dein Kuchen erinnert mich an den Acker draußen am Südring. Ich meine, die Farbe. Gewürzkuchen, hmmm, machte er, als habe er schon gekostet.

Ich hoffe, sie mag ihn, sagte Tina.

Das wird sie, beteuerte Ralf so vehement, als gehe es um eine weltbewegende Frage. Es gibt dann noch die Gewohnheit, daß wir ein bißchen intim sind, nichts Besonderes.

Wie bitte? Tina sah ihm jetzt ins Gesicht. Es war in diesem Augenblick ein blödes Gesicht.

Alles ganz kurz, erklärte Ralf. Versteh das bitte. Am besten also, du verziehst dich, läßt dich gar nicht weiter blicken. Sie dreht ziemlich leicht durch, kapiert?

Ja aber ... Tina sah ihn fragend an, schnitt den ackerfarbenen Kuchen auf.

Ralf verstaute das dritte Gedeck wieder im Schrank.

Du hast ihr überhaupt nichts von mir erzählt. Tina stellte die Diagnose.

Hab ich doch, behauptete Ralf. Ich habs wirklich, Tina. Nur nicht, daß du hier wohnst.

Wo sollte ich sonst wohnen? Ralf?

Ich hab lediglich nicht erzählt, daß wir verheiratet sind. Ralf stand mit hängenden Armen da. Ihm fiele als nächstes nur noch ein, die Küche zu zertrümmern. Auf der Terrasse verscheuchte eine Amsel einen Grünfink, um zu baden. Sie sah so aus, als hätte sie gar keine Lust zu baden.

Sie bleibt sehr kurz, sagte Ralf.

Kann ich helfen?

Nicht mehr lang, und es würde ihnen auffallen. Ich hielt mich auf ungefähr zwei Meter Distanz, verdächtig genug, und außerdem zog ich dieselben Kurven und Schleifen durch den Park. An einem Tag mit Spaziergängern wäre es leichter gewesen, hinter dem Paar her zu sein, in Hörweite. Aber heute, bei Nieselregen, im nassen schweren Herbstlaub, heute brauchte man ein Motiv, um sich draußen herumzutreiben. Das Paar hatte seinen Streit und war darin selbstvergessen. Mich deckte vorerst die trübsinnige Konzentration der beiden auf ihr Problem. Der junge Mann sagte fast gar nichts, und es klang dann wie abgetrotzt, manchmal auch böse: Es tut mir ja leid. Seine Freundin redete ununterbrochen mit einer vom Weinen geschüttelten Stimme, aber obwohl sie ziemlich laut klagte, bekam ich nur Vorwurfsfetzen mit. Wahrscheinlich war sie hübsch, von hinten sah sie gut aus, schöne Haare von der Farbe der im Verwelken dunklen, Auberginen ähnlichen Magnolienblütenblätter. Sie war ein bißchen größer als ihr Freund, hatte mutige gamaschenartige Hosen an, darüber eine Parka, so wie er. Ich hätte sie gern von vorne gesehen. Sein Gesicht vermutlich blaß und verstockt vor Kummer, ihres gerötet, wie abgelutscht von Tränen, auf die ich, bei aller Einfühlung in ihr Elend, neidisch war, auch darauf, wie offen, beinah brutal sie den jungen Mann anklagte. Jetzt hörte ich sie wieder gut: Das darfst du nicht. Du darfst mich nicht anbrüllen. Es tut mir ja leid, wiederholte der Bursche und fügte etwas Kurzes hinzu, das ich nicht verstand. Du verletzt mich, rief seine weinende Freundin. Ja, oh ja, bestätigte ich sie stumm, als sie zum Fazit kam: Dann bin ich schon lieber allein. Vielmehr: alleine, sie sagte »alleine«, sie stammte nicht aus der Gegend. Jetzt bist du dicht vorm Ziel, ermutigte sie mein inneres Zureden. Mach dich frei, sei wieder allein, fang von vorne an. Laß ihn ziehen, er brüllt dich an. Jetzt war ich entschlossen, das Paar zu überholen und mich dann, einen Schritt voraus, zu ihnen umzudrehen, um sie zu fragen: Kann ich irgendwie helfen? Ich war ganz schön aufgeregt, als ich meinen Entschluß zur Tat machte. Sie sahen ungefähr so aus, wie ich sie mir vorgestellt hatte. Kann ich helfen? Wir blieben stehen, einander gegenüber. Ich lachte oder lächelte, sportlich-freundschaftlich. Halten Sie mich bitte nicht für indiskret, aber ich bin gut im Friedenstiften.

Das hast du wirklich gemacht? Ulli unterbrach meine Erzählung. Sie vergaß mal wieder, daß sie in ihrem viel zu kurzen Rock besser nicht die Beine übereinanderschlüge. Sie ist nicht mehr jung genug für derart kurze Röcke.

Sie macht so Sachen, versicherte mein Mann, wegen Ullis Oberschenkeln nicht so finster, wie er es ohne sie gewesen wäre. Ich sah jetzt die Szene in den Braun- und Gelb- und Violettfarben des nassen Parks vor mir und in die feindselig vor mir verschlossenen Gesichter des Paars. Ulli und meinem Mann erzählte ich: Dem Burschen machte ich klar, wobei ich ruhig und freundlich blieb, daß er seine Freundin entehrt, indem er sie anschreit.

Ja, ich sprach von Entehren.

Durch das düstere Gesicht meines Mannes erkannte ich mich in der Parkszene. Würden Sie uns bitte in

Ruhe lassen, hatte der Bursche gesagt. Wie Sie wollen. Ich war schnell weitergegangen, aber nicht schnell genug. Die junge Frau, kein Weinen gluckste mehr in ihr, sagte scharf: Die spinnt ja.

Und wie gings weiter? wollte Ulli wissen.

Beide haben sich bei mir bedankt, erzählte ich. Ja, sogar ihr Freund, obwohl ich doch seiner Freundin geraten hatte: Nehmen Sie das nie wieder zurück, Ihre Einsicht, lieber allein zu bleiben als sich dem entehrenden Geschrei auszusetzen. Wirklich, sie dankten mir.

Man sollte sie als Parkpsychologin einstellen, sagte Ulli.

Beim Davonlaufen vor dem Paar hatte ich den Eindruck, nicht vom Fleck zu kommen. Es regnete so wenig wie vorher, aber ich spannte den Schirm auf, dann hielt ich ihn nicht über mich, sondern spielte mit ihm herum, damit der junge Mann und seine Freundin mich für jemanden hielten, der vergnügt mit sich beschäftigt sie ganz und gar und sofort vergessen hatte.

Also ich hätte das nicht hingekriegt, sagte Ulli.

Überholvorgänge beim Spazierengehen muß ich üben: In der Phantasie falle ich kopfüber hin. Ich lachte und hatte diesmal nicht geschwindelt.

Du spinnst ja wohl. Ulli lachte auch.

Allerdings, sie spinnt ein bißchen, sagte mein Mann.

Ich machs kurz

Ah – wie schrecklich! Das ist ja heute wieder einmal ganz furchtbar. Wer hält das noch aus. Ich sollte den Anfang mit dem Aufhören machen. Die Frau in der ersten Reihe, rosa Gesichtsfarbe, sie immerhin glüht ja. Nicht alt, nicht jung. Verehrungsvoll. Nach dieser entsetzlichen Veranstaltung wird sie mir eine Last sein. Schüchterne Leute sind oft sehr penetrant. Ich werde viel zu nett mit ihr umgehen. Sie wird mir einen schmalen Gedichtband, dessen Publikation sie selbst bezahlt hat, aufdrängen und täglich darauf hoffen, daß ich ihr etwas darüber schreibe. Irgendwann, aber nur, wenn Sie wirklich wollen, wird sie sagen.

Der Lyriker blätterte in seinem eigenen Gedichtband auf der Suche nach ein paar von den gereimten Sachen. Sie kamen besser an, einfach weil sie melodiöser waren und dadurch die Zuhörer erleichterten, aber langweilig fand er sie auch in dieser unglückseligen Stunde, und er genierte sich, beäugt von den paar Leuten im Halbrund – oh, wie sehr er ein Halbrund aus Stuhlreihen haßte! – in seinem Buch herumzufahnden. Wie albern, ein Leben lang nichts anderes gemacht zu haben als Gedichte. Die verehrungsvolle Frau schriebe ihm noch heute nacht. Sie kommen mir vor wie ein Hochseilartist, der ohne Netz arbeitet. Schauerlich schön gefährdet.

Ich verspreche es Ihnen, ich machs kurz. Warum lacht keiner? Verdammt unmännlich, so ein Leben. Lassen Sie sich bloß jetzt keinen Gedanken an beispielsweise einen Piloten durch den Kopf gehen! An einen Wirtschaftskapitän, einen Kranführer. Ich langweile sie samt und sonders, aber die meisten sind ziemlich stolz darauf, nachher auf dem Heimweg, daß sie durchgehalten und Kultur inhaliert haben. Sie sitzen geduldig da. Einmal wird es ja aus sein, es wird nicht ewig dauern. Diese paar Wenigen auf ihren Stühlen, dieses andächtige Häufchen. Es sind diejenigen, die sich für mich entschieden haben und nicht für den berühmten Bergsteiger im größten Saal der kleinen Stadt. Vielen Dank fürs Zuhören!

Die Maus

Harold sah sich im Hotelzimmer um, und weil er damit zufrieden war – Harold schätzte Hotelketten, man wußte, woran man war, brauchte keine individuellen Knauserigkeiten und dummen Einfälle eines privaten Eigentümers zu befürchten –, wurde er seine Ankunftsnervosität schnell los, fühlte sich eingelebt. Die Sachen waren rasch an Ort und Stelle auf dem Schreibtisch, der Ablage für Utensilien im Bad und auf dem Nachttisch neben dem Bett verteilt. Harold probierte alle Lichtquellen aus, orderte zwei zusätzliche Kopfkissen und wartete mit der üblichen Mischung aus Vorfreude und Anspannung auf Majas Telephonat. Immer achtzehn Uhr fünfzehn, Harold hatte gerade noch Zeit für einen Jim Beam-Whisky aus der Reisetasche, und er zündete sich eine Gitane an: Brächte er Maja diesen Aschenbecher mit? Sie sammelte kleine Beuten aus Hotelraubzügen, harmlose Sachen, und vor allem war sie auf Aschenbecher scharf. Harold beobachtete bei sich lauter Anzeichen für gute Stimmung. Er gestand es sich nicht gern ein – sein unterbewußtes Bekenntnis ließ er wie ein Nebengeräusch leise ablaufen –, und er blieb doch verschmitzt dabei, ha, kleines Geheimnis, nicht schlimm, daß er gar nicht ungern von Zeit zu Zeit auf Dienstreisen, sofern er angenehme Hotelzimmer antraf, so wie dieses hier, ohne Maja auskam und ihre Telephonate zwar dringend brauchte, aber, wenn sie sich verabschiedet hatten, erleichtert wie nach erhaltener Absolution auflegte. Der Jim Beam wärmte sein

Herz. Es schlägt für dich, Maja, sagte Harold leise und lachte in sich hinein.

Spielregelverstoß, als Maja, pünktlich wie immer, nach dem gewohnten Abfragen – Gehts gut? Dir auch? Alles in Ordnung? Wie war die Reise? – verdächtig beiläufig sagte: Deine Mutter hat Probleme mit dem Magen.

Der adrenalisierte Harold hörte unwillig zu. Aufgeregt wegen der alten Frau, seiner Mutter, wütend auf Maja, weil sie ihn störte. Beides zu Unrecht. Maja hätte nichts vom schlechten Befinden seiner Mutter erwähnt, wenn es nicht noch viel schlechter gewesen wäre und sie nicht in diesem kühlen Ton so tun müßte, ihm zuliebe, es sei nichts weiter.

Reg dich nicht auf. Maja lachte. Sie hat doch tatsächlich angenommen, der Arzt käme zu ihr ins Haus, wegen dieser Magensache. Maja lachte wieder.

Das paßte überhaupt nicht zu Harolds Mutter. Man mußte sie immer regelrecht aus ihrer Bescheidenheit herauspuhlen, wie Shrimps, dachte Harold und sah weißes Krebsfleisch und rote Schalen vor sich.

Harold versuchte, seine Zufriedenheit, die fast ausgelassen gewesen war, zurückzuerobern. Er war darauf trainiert, Sorgen um andere Menschen aus seinem Bewußtsein zu boxen. Auf den Abend beim Kollegen Kaufmann hatte er sich gefreut, und das wollte er nun wieder tun. Mit den Kaufmanns: Keine geistige Anstrengung, von seiner Seite aus eher Gönnerhaftigkeit, und Frau Kaufmann beschränkte sich darauf, gut zu kochen, reichlich aufzutischen und ihn, Harold, anzuhimmeln. Wie angenehm. Aber ach – leider sagte er sich, trotz Ego-Training und wider Willen, immer wieder: Der Abend ist hin, er ist verdorben. Er fühlte sich schuldig. Wie oft hatte er in eigentlich liebevoller und weicher Gemütsverfassung an Gott gedacht, gebetsartig mit der Ermahnung: Vergiß nicht, Gott, meine Mutter hat sich immer auf dich verlassen. Enttäusche sie nicht, sie ist sehr alt. Laß sie einschlafen. Harold fühlte sich wie ein Verbrecher, ein Mutter-Mörder. Wahrscheinlich hatte er seit längerem gehofft, es gehe ohne Krankheiten und Scherereien ab beim Tod seiner Mutter, und zwar dann, wenn er sich auf einer seiner Dienstreisen befände. Es ging alles so sanft zu, sie sah geradezu vergnügt aus, so wie schon lang nicht mehr, ließ er sich von Maja in seinen Tagträumen berichten.

Die Kaufmanns lenkten ihn ab, nur noch ab und zu spürte er seine Sorge, aber nicht einmal ungern. Geistigen Spitzensport erwartete hier keiner von ihm, sogar Lisel Kaufmann nicht, obwohl sie ihn verehrte. Fast peinlich Karl Kaufmann gegenüber, fand Harold, doch der ließ ihre Schwärmereien gutmütig zu und schien geradezu erleichtert, den Romantikanteil, der im Zusammenleben mit einer Frau notgedrungen anfiel, an jemand anderen zu delegieren, alle diese Bedürfnisse einer Frau, über irgendwelche Dichter oder Dirigenten zu reden. Es gab eine kubanische Suppe, die nahezu schwarz war. Lisel kannte Harolds Passion für fremdartiges Essen, überschätzte es aber gelegentlich, und diese Suppe war ihm etwas unheimlich. Danach süße Kartoffeln und dazu wieder etwas fast Schwarzes, Bohnen mit geschnetzeltem Fleisch, mehrere Salate. Weil Harold, nach dem Jim Beam im Hotel, dann bei den Kaufmanns schon mindestens einen Apéritif – diesmal Tequila – zu viel getrunken hatte, und jetzt gab es auch noch Bordeaux zum Essen, eine edle Sorte – nur die Edlen senken den Cholesterinspiegel: Lisel schaute Harold verklärt an – wurde er sentimental und er dachte nun schon an seine Mutter wie an eine Tote, was ihn sehr aufrührte, er ertappte sich beim Wunsch, sie habe alles überstanden, die Mühsal der letzten beinlahmen Jahre. In seinem beduselten Zustand traute er sich Klarsichtigkeit zu und empfand keine Schuld. Denn handelte es sich bei seinem Wunsch nicht um einen frommen Wunsch? Ja, fromm, in der wahren Wortbedeutung. Harold wurde ziemlich religiös. Unalkoholisiert haßte er es, sich anderen anzuvertrauen. Auch Lisel, die heute abend wie Mozart frisiert war, bis auf den Zopf, auch ihr gönnte er, wenn er nüchtern war, so wenig wie möglich Intimes; aber jetzt mußte er einfach loslegen und er erzählte: Schlechte Nachrichten von zu Haus. Meiner Mutter geht es nicht gut. Habs vorhin am Telephon von meiner Frau erfahren. Ich mache mir verdammt nochmal Sorgen.

Harold fand es, seit er nicht mehr wirklich jung war, bei weitem nicht so alterslos jung, wie er sich sah, stets ziemlich lächerlich, von seiner Mutter zu erzählen. Wohltätige Befreiung von einer solchen Sperre hier am Eßtisch mit den Kaufmanns. Harold nahm einen großen Schluck und fühlte sich in Verehrung angenommen, was Lisel betraf: geliebt.

Sie Ärmster, Sie möchten sicher nochmal zu Haus anrufen, um zu erfahren, wie es jetzt steht. War der Arzt da? Lisel rückte, wie um sich zu verschönern, an Mozarts wellenförmig gegliederter Frisur.

Harold log, als er behauptete, der Arzt sei dagewesen, aber erst nach Majas Anruf. Er hatte sich überhaupt nicht danach erkundigt, fiel ihm ein. Wie hatte Maja sich ausgedrückt: Deine Mutter hat angenommen, der Arzt käme zu ihr ins Haus. So ungefähr. Und dazu gelacht, etwas spöttisch.

Lisel seufzte Harold schwer an, und über die Tischplatte hinweg, stärker als der Duft ihrer Speisen und auch ihres Parfums, das ihn jedesmal beim Essen störte, traf ein warmer mulmiger Schwall, schwer zu identifizieren, seine Nase. Er hatte Leute mit Mundgeruch gekannt, die später an Krebs gestorben waren. Krebs? Seine Mutter hatte in ihrem langen Leben nie Magenprobleme gehabt, genau so wenig wie Mundgeruch. Harold beruhigte sich, und ein weiteres Glas Bordeaux stiftete neuen Frieden. Es tat ihm gut, Lisel vorsorglich zu bedauern.

Als er die wundervolle, mit kandierten Früchten verzierte Schokoladentorte sah, mußte er sofort wieder an seine Mutter denken. Er fühlte sich sehr jugendlich beim Ausruf: Dieses Prachtstück von einer Torte wäre was für sie. Genau diese Torte. Meine Mutter und ein Wunderwerk wie dieses, lieber Himmel!

Wenns der Magen ist, wäre ihr mit der Torte nicht gedient, meinte Karl Kaufmann.

Ach, schon der Anblick! Harold lachte. Ich vermute, sie würde auf der Stelle gesund. Sie ist immer sehr naschhaft gewesen. So eine Torte, die könnte man geradezu als Test einsetzen.

Wir sind alle satt, wir drei hier an diesem Tisch, stimmts? Lisel schaute großäugig auf ihren Mann, so als wolle sie ihn hypnotisieren. Und weil wir alle so satt sind, bringen Sie, lieber Harold, diese Schokoladentorte morgen Ihrer Mutter mit.

Aber nein, das kommt nicht in Frage, protestierte Harold.

Kein Widerspruch! Lisel lächelte streng und mild zugleich. Sie nehmen die Torte mit, und wir begnügen uns mit Eis. Ich habe Vanilleeis da, das erfrischt nach all dem heißen schweren Zeug, es ist überhaupt die viel bessere Idee, Eis, findest du nicht auch, Karl?

Karl Kaufmann war längst willensmäßig da, wohin der Blick seiner Frau ihn verwiesen hatte.

Und dazu kann ich Brombeeren auftauen, sagte Lisel.

Nach noch einigen höflichkeitshalber simulierten Abwehrmanövern akzeptierte Harold das Angebot. Zwar haßte er es, wenn man ihm unterwegs Geschenke aufdrängte, die kompliziert zu transportieren waren, aber dieses hier verlockte ihn. Lisel Kaufmann verpackte die Torte geschickt und versenkte sie in einer schicken Plastiktüte mit der Aufschrift BEAR CANOE CANADA. Harold wußte noch nicht genau, was er mit der Torte anfangen sollte. Die Mutter, das Magenproblem und die Torte. Und wenn sie nicht gestorben ist, dann lebt sie noch heute, sagte er auf dem Heimweg halblaut. Er war ziemlich betrunken. Ob Karl Kaufmann mitgekriegt hatte, daß Lisels Abschiedskuß auf Harolds Mund gerutscht war? Indem ich die Torte mitnehme, in diesem zusätzlichen Gepäckstück, das mir die Rückreise morgen abend nach der Sitzung erschwert, alles für sie, wenn ich das mache, indem ich es mache … Ein Paar drehte sich nach ihm um, trotzdem sagte Harold laut: Dann bedeutet das: Ich habe gehofft, daß sie noch lebt.

Eine Torte? rief Maja. Von deiner Verehrerin? Selbstgebacken? Na wunderbar. Wie wars denn?

Warum fing Maja nicht von sich aus an, von der kranken alten armen Frau zu reden, von der Mutter mit dem Magenproblem. Wie wenig einfühlsam. Harold litt unter seinem Kater und unter Majas Gleichmut, dann aber erschrak er. Sie schnitt ja die Torte auf! Er wagte nicht vorzubringen, die Torte sei seiner Mutter zugedacht. Der Kaffee war sowieso wie bei jeder Rückkehr Harolds schon fertig. Harold wartete mit der Frage nach der Patientin. Er würde cool bleiben.

Ich mache mir nichts aus Schokoladentorte, aber diese hier ist erstklassig, sagte Maja.

Harold täuschte Juxstimmung vor und fragte: Ist sie eigentlich tot oder was?

Ich hab sie wirklich in der Falle gehabt, erzählte Maja ernsthaft. Aber sie tat mir verflucht leid, kann ich dir sagen. Sie sah mich so vertrauensvoll an, irgendwie gläubig, sie glich einer kleinen grauen Nonne. Und sie war quicklebendig in der Falle. Eine komische Falle.

Da wußte Harold, daß Maja die Maus meinte, der sie seit Wochen nachstellten.

Ich hab sie wieder rausgelassen, sie ist sofort davongeflitzt.

Irgendwas mit der Falle stimmt nicht, demnach, sagte Harold, und sein Mut sank.

Die Fabian-Photos

Was machst du da? Unnötig zu fragen, denn er sah ja, was sie machte. Christa sammelte die Photos ein, auf denen sein eigenes Schnappschußgesicht ihr Tun und Lassen im unordentlichen Atelier freundlich bewachte. Fabians Herz schlug Alarm, falls es das Herz war und nicht der Verstand. Eine körperliche Panik, wie auch immer.

Du sollst dir kein Bild machen, nicht wahr? Gleichsam sportlich lachte Christa ihn an. Ein aufgesetztes Lachen, fand Fabian. Aber deine Mutter läßt du gleich dreimal rumstehen, knurrte er. Mütter machen sich gut. Sie werden es nicht komisch finden, wenn ich Photos von meiner Mutter um mich habe, erklärte Christa. Anstatt hier ein bißchen aufzuräumen, schaffst du meine Photos weg. Fabian wollte böse werden, und es fiel ihm leicht, diese Absicht zu verwirklichen. Er war böse, er würde zornig. Er mochte keine Heuchelei, und Christa neigte dazu, sie neigte zu Anpassung, schlimmer: Koketterie. Ein Regenstoß schlug gegen die hohe Fensterscheibe. Die Webers, Inge und Lutz, kämen zum ersten Mal, brächten Schmutz herein, und zwischen Christa und Lutz vermutete Fabian eine dieser blöden, riskanten Tändeleien, von denen Christa bis auf ihr Sterbelager nicht ablassen könnte. Sie werden das Haus besichtigen wollen, sagte Christa. Und es wäre ein bißchen albern, wenn du bei mir überall rumständest. Schließlich leben wir miteinander, oder? Nur von Abwesenden stellt man Photos auf. Aber doch nicht vom eigenen Mann.

Warum nicht? Warum sollst du es wie andere machen? Fabian fand es etwas peinlich, auf seinem Anrecht als Zimmerschmuck zu beharren. Aber Lutz sollte ruhig sehen, wer hier der Herr im Haus war.

Geht doch keinen was an, wie gern ich dich habe. Christa umarmte ihn. Ich bin lieber diskret.

Das ist es nicht. Du stellst jetzt die Photos wieder auf. Stell sie sofort wieder auf. Er hatte vor, die Tür zuzuknallen, und tat es.

Christa rief ihm nach: Dein Selbstbewußtsein möchte ich haben. Genierst du dich eigentlich gar nicht?

Selbstbewußtsein? Der Arme, dachte sie. Er ist bloß verdammt schlimm dran, verdammt ehrlich. Es ist die Eifersucht.

Aber die Webers wollten ihr Atelier gar nicht sehen, sie hockten einfach, ohne sich sonstwo umzuschauen, auf ihren Stühlen am Tisch und mampften Christas Gemüsegericht. Lutz wirkte in der Viererkonstellation einfallslos und blieb fade bis auf die Bemerkung, Christa sähe noch immer wie ein Schulmädchen aus.

Das liegt an der Aufmachung, sagte Inge mit einem Lächeln wie beim Zahnarzt.

Tuts weh? fragte Christa.

Was denn? Inge wandte sich Fabian zu und fragte: Wievielmal ist sie sitzengeblieben, die Schülerin?

Ich bin glücklich, daß ihr euch wohlfühlt, rief Christa in die kalte Stimmung. Kein Wunder. Ich hab kambodschanisch gekocht. Alles mit Marihuana gewürzt.

Sie ist niemals sitzengeblieben, sagte Fabian.

Christa sprang vom Tisch auf und trieb die andern an: Jetzt solltet ihr aber mein Atelier sehen. Sie lief voraus, um alle Fabian-Photos wieder dort aufzustellen, wohin sie nun einmal gehörten.

Ich mag ihn dick

Für wen soll das sein?

Sie zuckte zusammen, plötzlich stand er hinter ihr in der Küche. Du kannst einen ja zu Tode erschrecken! Sie lachte, um abzulenken. Das mißlang offenbar, denn er sagte: Zu Tode, ja, das paßt. Du kannst einen zu Tode mästen.

Es ist für mich, log sie und verrührte die fünf Löffel Zucker, bei denen er vermutlich mitgezählt hatte, im Milchgießer.

Sie sah ihm an, daß er ihr nicht glaubte. Sie lächelte ihm zu, und er lächelte nicht zurück. Er war blaß, und sie würde ihn umbringen.

Sie gab sich gleichmütig. Und selbst wenn es für dich wäre, ab und zu ein bißchen Zucker wäre kein Beinbruch.

Er schrie sie an: Es ist das Grab selber, Zucker!

Du hast doch das Medikament, das wissenschaftlich neu entwickelte Medikament ... sie brach ab, weil er sie so entgeistert anstarrte, als erkenne er in ihr ein Monstrum, zum ersten Mal in den zwölf gemeinsamen Jahren.

Du mußt den Verstand verloren haben. Er griff nach dem Milchgießer und leerte seinen hübschen weißen, mit Vanillezucker verrührten Inhalt, die liebevolle mörderische Köstlichkeit, in den Ausguß des Spülbeckens. Sie wagte keinen Einspruch, vorerst.

Er ging aus der Küche und ließ sich im Wohnzimmer in seinen Sessel fallen, legte die Beine hoch, versteckte sich hinter der Zeitung. Zahm war sie ihm gefolgt. Es war wirklich für mich. Keine Reaktion von ihm. Was willst du statt dessen zum Frühstück? erkundigte sie sich und fand sich töricht, denn die Frage kam einem Geständnis gleich. Und in die Milch zu seinen Cornflakes könnte sie ja, wie sie sowieso immer vorgab zu tun, Süßstoff träufeln.

Appetit vergangen, knurrte er.

Der Sonntag ist im Eimer, klagte sie.

Ach, wieder mal! Er klang höhnisch. Kein Wunder. Frag dich nur nicht allzu lang, warum er im Eimer ist, der Sonntag, und durch wen.

Sie vermutete, daß sie es war, die mehr litt, nicht er. Komisch, dachte sie, ich bin es, die einen Fehler macht, und doch fühle ich mich unschuldig, zu Unrecht gekränkt. Das sah sie ihm an: Kein Frühstück, um so besser. Er nähme ab, und genau das entsprach seinem Plan. Bei Diabetes, hatte der Internist gesagt, ist jedes Übergewicht ein zusätzlicher Risikofaktor.

Sie machte unkonzentriert ein bißchen Ordnung im Zimmer, trieb sich in seiner Nähe herum. Obwohl es doch schlauer gewesen wäre, für eine Zeitlang irgendwo sonsthin zu verschwinden. Denk mal an Leonhard, fing sie an.

Ich lese, sagte er.

Leonhard wars egal, wozu die Ärzte ihn verdonnerten, es war ihm einfach schnuppe, er fands besser, nach seinem Geschmack zu leben, so lang es eben ging. Er wollte lieber richtig leben, mit allem Drum und Dran. Lieber tot sein als dieses öde dämliche Kasteiungsdasein …

Und ich möchte lieber nicht so wie er schon mit Mitte vierzig abkratzen, sagte er.

Die Menschen sind verdammt verschieden. Diesmal

hörte sie sich kratzbürstig an, richtig eklig und gehässig. Sie war darauf aus, ihn zu treffen, sie wußte, sie konnte Leute verletzen. Es gibt diese Vollblutmenschen und auf der anderen Seite diese faden ängstlichen Diätfritzen. Immerzu besorgt um ihr bißchen Leben. Sie war jetzt in Fahrt und genoß es, gleichzeitig verabscheute sie sich, und er tat ihr leid.

Er schwieg, würde lang schweigen. Darin war er ihr weit überlegen, in der Ausdauer, den Mund zu halten.

Nachmittags fand sie beim Zeitunglesen auf einer Todesanzeige ein Gedicht über den Tod. Sie mußte immer wieder daran denken, als sie im Garten Laub zusammenharkte, und hätte gern mit jemandem darüber gesprochen. Der Dichter riet dem Menschen, den er liebte, vor ihm zu sterben. Er wollte ihm den verwaisten Heimweg vom Abschied am Grab zurück in den Alltag ersparen. Sollte sie die Anzeige ausschneiden und auf sein Kopfkissen legen, zur Versöhnung? »Stirb früher als ich ...« fing das Gedicht an.

Erfreulich: das Telephon klingelte. Es war eine Freundin. Sie unterhielten sich eine Zeitlang über dies und das, dann fragte sie die Freundin, und zwar laut genug für ihn, der im Nachbarzimmer an seinem Schreibtisch saß: Ein Dichter ist drauf gekommen, daß, wenn zwei sich lieben, der viel besser dran ist, der früher stirbt. Der erste beim Sterben ist besser dran. Wie gefällt dir das? Ich fands ungewöhnlich, hab nie so gedacht, aber jetzt leuchtet es mir total ein. Ich meine, immer vorausgesetzt, es ist die wahre große Liebe zwischen ihnen.

Es war ihr egal, was die Freundin sagte, irgendwas wie »Geschmackssache«, und sie müsse drüber nachdenken. Sie selber redete laut weiter: Üblicherweise wird ja der Tote bejammert.

Witwer und Witwen aber auch, wandte die Freundin ein. Überhaupt wollen Liebende gemeinsam sterben. Denk an Romeo und Julia. Tristan und Isolde. Die Freundin lachte.

Ist das einwandfrei? erkundigte er sich beim Abendessen. Es gab zum Nachtisch Heidelbeeren mit Milch.

Aber ja, sagte sie.

In die frühzeitig zubereiteten Heidelbeeren, die er auch glücklicherweise immer mit der Gabel zerquetscht haben wollte, war der viele Zucker eingedrungen. Das Ganze ein schöner süßer Matsch, Vollmilch färbte ihn violett.

Süßstoff, Magermilch, alles wie es sein soll, erläuterte sie. Ich finde, wenn man sich an Magermilch gewöhnt hat, schmeckt sie eines Tages voll. Fast schon rahmig.

Und nachher würde sie den heißen Espresso auf zwei Löffel Zucker gießen, und er würde wieder glauben, er tränke Espresso mit Süßstoff. Sie fühlte sich behaglich und doch ein bißchen traurig, aber sie sah ihn gern seine Heidelbeeren genießen. Ich weiß nicht, warum ich das tue, dachte sie. Warum ernähre ich ihn falsch? Ich liebe ihn. Ich mag ihn dick.

Diabetiker sind das Letzte, sagte sie, ich meine, diese Aufpasserei, ich meine, sie sind zu bedauern.

Exakt, sagte er. Aber mit diesem Diätnachtisch läßt sichs leicht ertragen. Er lächelte ihr zum ersten Mal an diesem dummen Sonntag zu, führte den nächsten Löffel zum Mund und schadete sich, den Tee um fünf mitgerechnet und den Pudding mittags, zum dritten Mal mit reichlich Zucker, er irrte sich zum dritten Mal sehr gründlich.

Wäre wunderbar. Am liebsten sofort

Wieder gab Bella der Filigranlampe aus vergoldetem Metall einen Schubser, und unter dem sachten Schaukeln zuckten Schattenflecken über die matt beleuchtete Tischdecke, über die Biergläser, die kleinen Schalen mit Gewürzen und exotischen Speisen, und das Fladenbrot, ohnehin hell und dunkel gesprenkelt, sah verwirrend aus. Walter wurde ganz schwindlig davon, auch etwas übel, es war wie Seekrankheit, aber den jungen Frauen am Tisch im dämmrigen »Taij Mahal« machte es Spaß.

Ich fühle mich wie verzaubert, schwärmte Bella mehr Walter an als ihr Licht- und Schattenspiel, und er hielt es tapfer durch, ziemlich lang in ihr hübsches glühendes Lächeln zu schauen, manchmal sogar auch in ihre Augen, dunkelbraune runde Augen zum rötlich blonden Haar: eine liebreizende Wucht. Er mußte dieser zärtlichen Gewalt ausweichen, blickte zu Silke, was einem Überwechseln aus der Schwüle (Bella) in die Erfrischung einer sauerstoffhaltigen hellen Brise (Silke) gleichkam. Aus der Schwüle in die Kühle. Bella: der geheimnisvolle dumpfige Regenwald am Amazonas. Silke: gelöschter Durst.

Es gibt diese Schwingungen auch zwischen Menschen, begann Bella.

Das hier ist aber mehr eine Kleckserei, meine Liebe. Laß die Lampe nicht mehr hin und her baumeln, bat Margo. Uns Alten wirds ganz schwummrig davon.

Margo war Walters Frau. Wenn sie sich und ihn als

»Alte« älter machte, schadete ihr wie ihm das gar nichts bei den allerdings wirklich sehr viel jüngeren Freundinnen. Sie hingen Margo an, sie verehrten sie, Margo war als Exponentin weiblicher Selbständigkeit ins Rampenlicht gerückt, als sie noch in Babyställchen herumkrakeelt hatten, und an Vormittagen nach Abendgeselligkeiten wie dieser im indischen Restaurant telephonierten sie und bedankten sich dafür, Margo überhaupt treffen zu dürfen, sie je kennengelernt zu haben, sie huldigten Margos Ausstrahlung und rühmten sie als »total tolle Frau«, und Walter ließen sie grüßen: Ganz ganz ganz herzlich, grüß ihn von uns. Vergiß es nicht. Margo hatte eine Menge bewundernder und ziemlich junger Freundinnen. Davon profitierte Walter, er wurde mitgeliebt. Er fühlte sich wohl, schöne junge Frauen weckten ihn richtig auf, sie machten ihn schlagfertig und auf den verschiedensten Gebieten kompetent, er konnte über alles reden, bestand als der Kenntnisreichste in jeder Runde, er war gerührt über die größeren und die kleineren Busen der Freundinnen und über ihre glatten weißen Hälse, und galant, witzig. Manchmal legte er auch eine Ruhepause ein, ließ die anderen über ihren Frauenkram reden, und dann fühlte er sich wie ein großer, von allen geschätzter Hund, an den sich immer einmal wieder jemand erinnerte, um ihn zu bewundern, zu streicheln, anzulachen.

Am heutigen Abend störte ihn nur Irmgard. Warum saß sie so stocksteif und stur und hölzern auf ihrem Eckplatz zwischen Bella und ihm, konnte sie nicht ein einziges Mal auftauen und ein bißchen mitmachen? Und wenn es bloß Heuchelei wäre, etwas Getue nach der Art der andern müßte doch auch sie hinkriegen. Aber meistens vergaß er, daß sie überhaupt da war. Margo übernahm es, sich um sie zu kümmern, und anscheinend brachte sie auch ein paar trockene Sätze aus ihr heraus. Es war ihre Idee, Irmgard mitzunehmen.

Bella ließ die Lampe wieder schwingen, sie und Silke waren schon ein bißchen betrunken und in einem Schwebezustand. Bella verkündete, sie sei in einer wundervollen Trance, Silke fühlte sich somnambul. Sie lächelten Walter an, schmachtend. Er sagte: Es ist ungefähr so, wie wenn man bei Sonne im Auto durch eine belaubte Allee fährt. Der zu schnelle Wechsel von Licht und Schatten. Gar nicht ungefährlich.

Oh, machten die Freundinnen. Es klang geradezu verzückt. Gefährliches gefiel ihnen jetzt besonders gut.

Man kriegt epileptische Anfälle davon, sagte Margo. Sie griff nach der Lampe, brachte sie zum Stillstand.

Und Ulla war eine sehr anziehende aufgeweckte junge Frau, nicht so verschmust wie Bella und Silke, und Hanni war geistreich und leidenschaftlich, Gesine lustig und hübsch anzusehen, Didi streckte immer so kindlich ihren kleinen Körper, wenn sie Walter umarmte, Elvira beeindruckte ihn, sie war stolz und hatte einen attraktiven Gang, und Monika hatte die schönsten Haare.

Hast du eigentlich mal wieder was von Trude gehört? Irmgard hatte gefragt, und unwillig schreckte Walter aus der wohligen Registratur der Margo-Anhängerinnen auf. Trude: ach du lieber Himmel! Die andere trübe Tasse, seine zweite Schwester, nicht pedantisch und etepetete wie Irmgard, eher sogar etwas schlampig, aber auf ihre Weise auch wenig aufmöbelnd.

Nein, nichts, natürlich nicht. Walter hatte überhaupt keine Lust, jetzt und hier in diesem betörenden indischen Stimmungsgesumm mit Irmgard in die Familienödnis einzusinken.

Ich denke, ich breche besser allmählich auf, sagte

Irmgard, und wahrhaftig zwang sie sich ein migräneartiges Lächeln ab. Sie beachtete den indischen Kellner nicht, der ihr eine Schüssel mit Duftreis unter die Nase halten wollte. Danke nein. Es hörte sich frostig an. Ich möchte zahlen.

Aber Sie sind unser Gast, rief Bella.

Vielen Dank, sagte Irmgard mit einem penetranten Nachdruck auf jeder Silbe. Und dann: Danke, nein, vielen Dank, als Silke vorschlug, sie schnell nach Haus zu fahren. Rufen Sie mir bitte ein Taxi, sagte sie zum Kellner, der sein Haar zu einem kleinen Zopf im Nacken zusammengebunden hatte.

Walter wußte nicht, ob er sich nach Irmgards Aufbruch besser fühlte oder vielmehr weniger gut. Ihm kam ihr Fehlen deutlicher vor als ihre Anwesenheit. Nur gut, daß Margo ihm alle Erklärungen abnahm: Sie ist noch nicht lang Witwe. Und etwas spröde war sie immer. Ich besuche sie manchmal, und eines Tages, denke ich wenigstens, kann ich sie auflockern, erzählte Margo den Freundinnen.

Wenn *du* das nicht schaffst, wer sonst, sagte Bella schwärmerisch. Und beide fanden, Walters Schwester könne sich glücklich schätzen, wenn eine total tolle Frau wie Margo sie besuchte. Walter bezweifelte, daß seine Schwester sich deshalb glücklich schätzte. Er lächelte ziemlich gequält, gab den Freundinnen recht und dachte: Mit diesem Lächeln sehe ich Irmgard ähnlich.

Auf dem Parkplatz des »Taij Mahal« drückte Silke sich an Walter. Zwei Küsse, nein, nochmals zwei: den alkoholischen Getränken sei Dank. Walter hatte Silke, die kühle Sauerstoffhaltige, noch nie so anschmiegsam unbefangen wie an diesem Abend erlebt. Bella ließ ihn nach der ersten Umarmung kurz los, sie sah ihm ins Gesicht, wie um ihn und ihre eigene Widerstandskraft zu prüfen, um daraufhin festzustellen: Nein, ich kann nicht anders, es muß sein, also: zweite Umarmung, auch mit Küssen, rechts und links und beide Male ziemlich nah an Walters Mundwinkeln. Zwei warme Frauengesichter, zwei Lampions, leuchteten sanft und zutraulich in der Dunkelheit. Plötzlich mußte Walter, wie im Kontrast zu diesem Abschied, an seine beiden Schwestern denken. Die jungen Freundinnen seiner Frau waren allesamt viel reizender, anziehender, liebenswürdiger, viel freundlicher und umgänglicher als diese Schwestern. Nicht nur, weil sie viel jünger waren, sondern im Wesen. Nie geküßte, nie umarmte Schwestern. Walter dachte es unsentimental und ohne Mitleid. Irmgard war bis zu den Zähnen mit Korrektheit bewaffnet. An Trude kam man nicht heran. Margo hatte früher versucht, ein Minimum an Kontakt mit ihr zu halten, dann aber aufgegeben. Spröde Familie, komische Familie, meine Familie. Andere Frauen rissen sich um Nähe zu Margo, und er, Walter, war aufs Angenehmste in diese Bewerbungen einbezogen; seine Schwestern hingegen, die Margo und ihn doch leicht hätten haben können, zeigten die kalte Schulter. Kein Interesse. Gut, habe ich auch nicht. Null Interesse. Wie ihr wollt. Walter wünschte, sie nun wieder zu vergessen. So wie sie aus dem Dunkel aufgetaucht waren, die zwei strengen sonderbaren Frauen, seine Schwestern, so sollten sie auch wieder darin verschwinden. Er mußte jetzt die Abschiedsszene verkürzen – schon wieder war er umarmt worden: von welcher eigentlich? – um nicht später für Ausschweifungen der harmlosesten und liebreizendsten Art zu büßen. Obwohl die Freundinnen Margo anbeteten und Margo das wußte, fühlte Walter sich jedesmal detektivisch überwacht bei den zärtlichen Übertreibungen. Ist ja nur der Abfall, der

Trostpreis, dämpfte er sein Gewissen. Er fand nicht, daß Margo Grund zur Eifersucht hatte, und darum wollte er sie ihr ersparen. Macht wohl Spaß, die Abknutscherei? hatte sie einmal gefragt. Er mußte ein wenig aufpassen. Margo kam der Wahrheit ganz schön nah.

Bellas Wunsch nach einem baldigen nächsten Treffen beantwortete er mit: Wäre wunderbar. Am liebsten sofort. Dabei empfand er sich als die Puppe eines Bauchredners, nur als Sprachrohr, fand sich reichlich töricht. Aber er und Bella lachten miteinander wie Verschwörer. Silke hatte nichts gehört und sagte: Hoffentlich auf bald! Walter fiel nur wieder die Antwort ein, die er gerade eben Bella gegeben hatte: Wäre wunderbar. Am liebsten sofort. Silkes hellblonde Frisur, die in der grünen Lichtquelle der Reklameschrift vom »Taij Mahal« ausblich, erinnerte ihn an Springkraut, wie es aussieht, nachdem man alle Kapseln gesprengt hat. Grünliche kurze Locken sprangen um ihr weißgrünliches Gesicht. Walter mußte an ein Aquarium denken, an Durst und Wäßrigkeit.

Auf der Rückfahrt sagte Margo: Besonders wohl gefühlt hat sie sich nicht, nicht in dieser Gruppierung, deine Schwester.

Also hatte ich mal wieder recht. Walter erinnerte Margo an seine Vorausschau. Es war ein Fehler, sie dazuzubitten.

Wir müssen es trotzdem weiter mit ihr versuchen, sagte Margo.

Warum müssen wir das? Wir haben es früher nicht getan, als sie ihren Ernst noch hatte, warum sollten wir es jetzt tun?

Weil sie jetzt ihren Ernst nicht mehr hat. Weil sie eine Witwe ist.

Walter vermutete insgeheim, weil Irmgard eine Witwe war, interessiere sich Margo neuerdings für sie, und ihr neues Verpflichtungsgefühl sei mehr eine Tarnung der Neugier. Im »Taij Mahal« hatte Silke von einer älteren Kollegin berichtet, die bei allen Bewerbungen um eine Professorenstelle nicht vom Platz 3 wegkam. Platz 3 sei der schlimmste Platz überhaupt, entwürdigend, lieber gar keine Plazierung als die auf Platz 3, aber diese Kollegin biete, trotz bester Qualifikation, beim sogenannten Vorsingen stets bloß Theorie, sie greife sogar auf ältere Publikationen zurück und so weiter, Walter hatte nicht gut genug aufgepaßt, Silkes Fazit jedoch behalten: Sie bestraft sich selbst. Er sagte: Irmgard bestraft sich selbst.

Margo lobte ihn: So tiefschürfend bist du sonst gar nicht. Sonst drückst du dich vor derartigen Diagnosen. Aber es stimmt, sie bestraft sich selbst. Sie könnte sich was einfallen lassen, so wie meine Freundinnen, sie könnte uns was kochen, man braucht uns bloß einzuladen, schon sind wir da.

Margo hatte sich in den ersten Monaten nach Ernsts Tod um Irmgard zu kümmern versucht. Sie fand nie heraus, ob Irmgard sich über ihre Besuche freute. Bin ich willkommen? Ich weiß es nicht genau. Manchmal habe ich gedacht, es könnte etwas Herzliches zwischen uns entstehen. Aber einmal war Margo bei Regen durchnäßt dort angekommen, und sie hatte Irmgard angeboten, lieber gar nicht erst einzutreten. Sie hat angenommen, stell dir das vor, erzählte sie Walter. Ich kann so was einfach nicht kapieren. Vielleicht hatte sie einen anderen Grund als die Angst um die Säuberlichkeit ihrer Wohnung, wer weiß, vielleicht war jemand da, jemand zu Besuch, den ich nicht sehen sollte. Margo lachte, sie glaubte sowieso nicht daran.

Irmgard doch nicht, sagte Walter.

Sie kamen zu Haus an und schalteten sofort den Fernsehapparat ein. Walter begab sich auf die Reise durch verschiedene Programme, Margo rief ihm vom Bad aus zu: Und wenn du wüßtest, wie sehr ich ihr immer schmeichle! Ich habe gesagt: Seit ich dich kenne, habe ich deine Beine bewundert. Wirklich, du hast schöne Beine, die klassischen Frauenbeine, habe ich ihr gesagt. Und ich rühmte ihre Stimme. Sie hat eine schöne Stimme, und das mit den Beinen war auch ernst gemeint. Daraufhin sind wir sogar bis hin zu einem Gespräch über Religion vorgedrungen, ich habs dir ja erzählt. Margo setzte sich in ihren Fernsehsessel, Beine hoch, neben Walter. Irmgard sehnt sich danach, an Gott zu glauben, ich fühle so was.

Walter fühlte wenig Neigung, immerfort über seine Schwester nachzudenken. Vergiß nicht, wie du dich beim letzten Mal geärgert hast, als sie anrief und du dran warst und sie wie immer sofort gesagt hat: Kann ich den Walter haben?

Margo mußte zugeben, ja, sie hatte sich geärgert. Erstens waren das schlechte Manieren, es war feindselig oder hörte sich so an, und zweitens, vor allem, lag Mißachtung darin, ein pädagogisch gemeintes Mißtrauen. Beim letzten Telephonat Irmgards ging es um ein Medikament, das Irmgard nach Ernsts Tod gebraucht hatte, um ihre Nerven in Schach zu halten, und sie wußte, Margo nahm dauernd derartige Medikamente. Nun wollte sie nicht von Margo, sondern von Walter, als sei der ihr Vormund, in Erfahrung bringen, ob es ratsam sei und nicht womöglich riskant, Margo das Medikament zu vermachen, sie selber lasse lieber die Finger davon, lieber schlage sie sich so durch. Also, darüber hatte sie lieber mit Walter verhandeln wollen, obwohl doch Margo es war, die sie besuchte und die ihre Beine und ihre Stimme würdigte und mit ihr darüber sprach, wie angenehm es wäre, an Gott zu glauben. Ja, das war wirklich kränkend gewesen.

Sie ist nun mal verdammt pflichtbewußt, sie steckt in einem Korsett der Korrektheit, sagte Margo und verschwieg, daß sie seit der Sache mit dem Medikament an eine Freundschaft mit Irmgard nicht mehr glaubte. Irmgard hatte die beste Chance nicht genutzt, mit Margo ein Geheimnis zu teilen. Es nicht einmal versucht. Margo gab Irmgard als einen Menschen, mit dem man vertraut werden konnte, auf. Und von da an, erinnert an diese Verletzung, ging sie mit Walter lieber den Abend im »Taij Mahal« durch, so weit er nicht Irmgard betraf, während sie einer Gruppe von brasilianischen Siedlern zuschauten, die in Indianergebiet vordrangen, und Ärzten, die Indianer löffelweise mit Lebertran fütterten. Es war angenehm langweilig, die beste Voraussetzung für das Abstreifen der Tageseindrücke und gutes Einschlafen.

Post von Irmgard, rief Margo, eine Drucksache an dich.

Es war ein paar Tage nach dem Abend im indischen Restaurant, und sie hatten seitdem nicht mehr von Irmgard gesprochen, nicht einmal mehr an sie gedacht.

Schau an, seit wann schickt sie Briefe?

Drucksachen. Sie hat Zeit wie sonst was und schreibt nicht einmal ein paar Zeilen dazu.

Ich hätte nicht einmal vermutet, daß sie überhaupt Briefumschläge und Briefmarken besitzt.

Walter schaute ins Couvert. Darin steckte ein zusammengefalteter Zeitungsausschnitt. Es war die böse Kritik, über die er und Margo sich vorgestern geärgert hatten.

Warum schickt sie die an dich? Warum schickt sie die nicht mir? Margo schüttelte den Kopf, schnalzte mit der Zunge. Ich kanns und kanns nicht fassen. Es ist doch mein Buch. Und warum schickt sie die Kritik überhaupt? Meinst du, sie ist boshaft? Und wenn ja, warum denn zu mir?

Sie ist korrekt, verflucht korrekt, sagte Walter. Sie denkt, ich bins, der die Kritiken sammelt, auch diese saudummen.

Er mußte an Silkes Bemerkung über die Kollegin auf Platz Nummer 3 denken. Sie bestraft sich selbst. Margo, wie bei Gedankenübertragung, sagte: Sie stellt sich selbst ein Bein. Verdirbt es mit mir. Kann sie mich eigentlich nicht leiden? Warum habe ich massenweise Freundinnen, und deine Schwestern, alle beide, können mich nicht ausstehen?

Kann sein, daß sie dich beneiden. Irmgard ist wahrscheinlich eifersüchtig, sie kann nicht aus ihrer Haut, und du kannst es, sagte Walter, aber Margo steckte ja ohnehin nicht in Irmgards Haut.

Jetzt geb ichs wirklich mit ihr auf, beschloß Margo, und das tat Walter doch ein bißchen leid, kurz bedauerte er seine Schwester, aber war er nicht hauptsächlich erleichtert? Schwierigkeiten loszuwerden, unlösbare Probleme, tat immer gut.

Abends, zwei Tage später, Margo kochte ihr Spezialgericht »Mexican Visions«, klingelte zweimal kurz hintereinander das Telephon. Beim ersten Mal ging Walter dran. Es war für Margo, aber die eindrucksvolle Elvira nahm gern mit ihm vorlieb. Beim zweiten Mal, Margo hatte eine Pause im Kochprozeß, ihre Vision mußte vor sich hin schmurgeln, erbarmte sie sich, doch nun wurde Walter verlangt.

Walter, für dich, rief sie, und als er in die Nähe kam,

Mißtrauen im Gesicht, flüsterte sie: deine Schwester Irmgard. Sie hat nur »Guten Abend« gesagt und dann gleich »Kann ich bitte den Walter haben.«

Und weil Walter, der sich über die sich selbstbestrafende ältere Schwester ärgerte, ein paar Minuten vorher Elviras Frage »Sehen wir uns demnächst« mit »Wäre wunderbar, am liebsten sofort« beantwortet hatte und dabei an Elviras großartigen Mund mit dem beim Lachen wie eine aufgeklappte Schmuckkassette strahlenden Gebiß dachte, sagte aus Versehen, obwohl er doch mürrisch und voller Groll gegen sie war, zu seiner Schwester das gleiche, sein alter Fehler: Wäre wunderbar. Am liebsten sofort.

Verdammt, es ging um ihre alten Barockstühle und um ihre Uhren. Die Stühle wollte sie verhökern, die Uhren sollte er reparieren. Er konnte keine einzige Uhr reparieren, und von Antiquitätenpreisen hatte er wenig Ahnung.

Wie bitte? fragte Irmgard streng. Das wäre wunderbar? Und auch noch: sofort? Bist du ironisch oder was ist?

Weiß ich auch nicht, sagte Walter.

Also, sofort würde es mir gar nicht passen, sagte Irmgard.

Hammerzehen

Sie wirkte sofort vertrauenerweckend auf ihn. Im Sitzen füllten ihre Schenkel in den dunkelblauen Hosen das ganze Polster auf dem Platz hinterm Steuer, das sie mit ihren rundlichen weißen Händen nur leicht berührte. Trotzdem, fett war sie nicht, sie war kräftig und eine versierte Autofahrerin, die sich bei zügigem Tempo auf die Fahrbahn konzentrierte und sich doch gleichzeitig mit ihm unterhalten konnte. Daß sie die Strecke bis zu ihm, immerhin ungefähr 300 Kilometer, schon hinter sich hatte, war ihr, als sie nun mit ihm zurückfuhr, überhaupt nicht anzumerken. Im Verkehrsfunk hatte sie von Staus rings um die großen rheinischen Städte gehört, und deshalb entschied sie, die Sauerlandlinie zu nehmen.

Aber ist das nicht ein Umweg? Es war ihm trotz seiner Zutraulichkeit nicht ganz geheuer, und er fand, sie kämen, trotz guter Reisegeschwindigkeit, nicht schnell genug aus Hessen heraus, aber als sie sagte: So bin ich auch hier herunter gekommen und in nur etwas mehr als drei Stunden, machte er es sich in einer Hingabe an sie als Chefin des Unternehmens bequem. Gut gelaunt bezichtigte er sich als Analphabeten, was das Autofahren anging.

Verpaßt, es zu lernen, als ich noch im Lernalter war.

Dem folgte die übliche Anspielung auf sein jetziges Alter, und angenehmerweise machte sie die ebenso üblichen Mätzchen der Abwehr nicht mit. Für ihn, sie war erst vierunddreißig, war er ein älterer Mann, doch bei Männern galt das Älterwerden, speziell in den Augen junger Frauen, als Vorzug. Sie sagte das. Er hatte es zwar gewußt und oft erfahren, aber gut tat es jedesmal wieder. Auch, daß Menschen wie er, Menschen aus dem Geistesleben, meistens nicht Auto führen und das auch gar nicht nötig hätten. Es sei außerdem alles andere als blamabel. Jeder Idiot könne Auto fahren, jeder Trottel. Wer aber könne schon über das *Endliche und Unendliche* sprechen?

Ich werde es nicht zu kompliziert machen, versprach er ihr, die seinem Vortragsabend furchtlos entgegensah. Also hielt er seine Beteuerung für töricht. Schließlich hatte sie ihn engagiert, und dann, als er mit ihr telephonierte, um kurzfristig abzusagen, weil die Streiks der ÖTV den Verkehr lahmlegten, kurz entschlossen bestimmt, sie werde ihn abholen. Ja, aber selbstverständlich, sie hatte gelacht, den ganzen weiten Weg zweimal, und wenn sie am nächsten Tag wieder streiken, fahre ich Sie wieder nach Haus und dann zurück. Was könnten die Menschen in Friesoythe mit Spinoza anfangen? Bei seiner Zusage hatte er sich kaum Gedanken darüber gemacht, sondern ihren Veranstaltungskalender flüchtig durchgeblättert. Sie bot ihrem Publikum ein gemischtes, aber nie anspruchsloses Programm an, nur die Philosophie, die kam nur einmal und in Verbindung mit seinem Namen vor. Jetzt, mit ihr im Auto, war ihm die Sache ein bißchen mulmig.

Aber die Fahrt und ihre Gesellschaft, die fing er an zu genießen. Obwohl sie ihn gebeten hatte, nicht zu rauchen. Doch war das so sachlich über ihre Lippen gekommen und auch wohlbegründet – ihr wurde schlecht, sie bekam Migräne vom Tabakqualm im Auto – und weil sie außerdem versprochen hatte, sie werde für Rauchpausen an Raststätten sorgen, war er ihr nicht böse, und sonst wurde er immer bei Rauchverboten böse.

Elli hätte mich gefahren. Elli ist meine Frau. Das war gelogen, Elli hätte ihn nicht gefahren. Während er hinausschaute, selten aus dem Seitenfenster, meistens geradeaus durch die Frontscheibe, wunderte ihn, was bei anderen Leuten so alles möglich war, sogar selbstverständlich. Elli und er, sie zogen eine weite Strecke wie die nach Friesoythe – den Ortsnamen hörten sie zum ersten Mal in ihrem Leben, als sie Post von da bekamen – für ein Hin und Her innerhalb von zwei Tagen gar nicht erst in Erwägung. Elli hätte ihn ganz und gar nicht gefahren. Sie hätten kein einziges Wort darüber verloren. Überhaupt nicht erst einen Gedanken daran verschwendet. Aber die junge Frau am Steuer dachte sich nichts dabei.

Er sagte: Sie hätte mich gefahren, nur dummerweise hat sie dieses Malheur mit ihren Zehen. Sie kommt rechts in keinen Schuh rein.

Was ist das denn, das mit den Zehen? fragte sie.

Hammerzehen. Er sprach das Wort ungern aus. Es war ihm peinlich. Ellis Hühnerauge an einer dieser dämlichen *Hammerzehen* ließ er weg. Es sollte das erste und das letzte Mal sein, er würde kein Wort mehr über Ellis blöde Füße verlieren. Von Hammerzehen war bei ihm zu Haus seit Wochen unentwegt die Rede. Wenn Elli mit wem auch immer telephonierte, und sie telephonierte und seufzte sich durch den Tag, Hammerzehen waren immer ein thematischer Bestandteil des Gesprächs. Und er hatte ihr gesagt: Ich kanns eigentlich nicht besonders ästhetisch finden, wenn du dauernd und bei jedem diese Hammerzehen erwähnst. In aller Breite. Und manchmal lieferst du noch das

Hühnerauge als Zugabe. Aber Elli besaß einfach kein Gespür für so was. Vor dem Kummer mit ihren Hammerzehen klagte sie ihr Elend mit Hämorrhoiden und Divertikeln und werweißwas in alle Welt hinaus, Oberbauchspasmen, Diarrhöe, was immer anstand und aktuell war und meistens sogar unappetitlicher und unattraktiver als Hammerzehen, die im Vergleich mit den andern Übeln sogar ziemlich gut abschnitten. Betrübt dachte er an seine arme Elli, mit dem gleichmäßigen Summen des Motors verglich er seinen Groll.

Hammerzehen habe ich auch, sagte seine Chauffeuse unbefangen. Zwei hab ich davon. In Sportschuhen, so wie ich sie trage, gehts. Sie nahm den rechten Fuß kurz vom Gas, hielt ihn seitlich halbhoch, damit er ihren Schuh begutachten könne.

Meine Frau hat ihre operieren lassen, aber das Problem ist nicht weg. Er sah die grünlich-bräunlich verkrusteten Wunden an den rosigen molligen Füßen seiner Elli vor sich. Warum war bei ihr alles so unüberwindlich düster? Die Frau neben ihm hatte Hammerzehen, na und? Er fühlte sich unbeschwert, wenn er an die Hammerzehen in ihren Sportschuhen dachte.

Der jungen patenten Frau am Steuer gefiel zuerst das Siegerland, dann das Sauerland, ihm nicht, aber angesteckt von ihr begann er, die Landschaft auch nicht übel zu finden, und dann fiel ihm auf, als sie nach rechts abbog und eine Raststätte ansteuerte, wie ausgelöscht sein Verlangen nach einer Zigarette gewesen war, aber weil er Lust hatte, mit ihr an einem Tisch beim Kaffee zu sitzen, erhob er gegen die Pause keinen Widerspruch.

Immer noch Sauerland, sagte er bei der Weiterfahrt. Die Berge müssen aber allmählich weg. Er schaute auf die Uhr.

Wir sind gut in der Zeit, beruhigte sie ihn. Läuft prima alles.

Wieder fühlte er sich vollkommen sicher, und dieses Gefühl nahm bei ihm den Rang des äußerst Ungewöhnlichen an, es war das verwunderlichste Gefühl, das er seit Jahren erlebte, und er spürte, wie sehr er nach dieser Sicherheitsempfindung jeden Tag in jeder bewußten Minute verlangte. In jeder bewußten *alltäglichen* Minute, mußte er, um ehrlich zu sein, hinzufügen. In den Abteilungen des Tags, die er mit Elli und nicht, jenseits der Grenzen ihrer beschwerlichen seufzerverquollenen Welt, an seinem Schreibtisch zubrachte.

Aus den Augenwinkeln betrachtete er das Profil der jungen Frau. Er wünschte, er könnte sich ein bißchen in sie verlieben, und das müßte zu machen sein, aber da sagte sie: In weniger als einer halben Stunde sind wir da. Haben Sie gemerkt, alles flach, schon längst. Und Sie werden genug Zeit haben, sich im Hotel zu erholen. Wir hatten Glück, kein Stau und gar nichts.

Was anderen Leuten so alles gelingt, dachte er wieder. Sie ziehen Sportschuhe an, so eine Fahrt ist ein Klacks, sie wissen sich zu helfen, sie fischen nicht im Trüben, sie sind im Tageslicht. Er würde es Elli sagen, sie würde nicht darauf achten, die verwundeten Zehen bejammern, und er und sie wären wieder die einzigen Menschen auf der ganzen weiten Welt. Er hoffte, daß diese dumme Pute von der ÖTV-Spitze auch für den nächsten Tag Streik befahl.

Ein Mann, ein Tablett, Selbstbedienung im Café: das Glück

Und was ist für Sie das Glück? Die junge Journalistin kippte das tannenzapfenförmige Mikrophon der um Jahrzehnte älteren Schriftstellerin vor den Mund. Trotz einiger im Interview erlittener Niederlagen – die Jubilarin war nicht bereit, dem Alter die gängigen Verklärungen anzudichten, sie zog nicht Bilanz, hielt keine Rückschau und blickte auch nicht voraus in die verbleibende Lebenszeit: lauter Enttäuschungen – lächelte die junge Journalistin wieder mit zuversichtlichem Respekt, das braungebrannte Freizeitgesicht wie stellvertretend pathetisch, die ältere Schriftstellerin an.

Die rückte nervös in ihrem Sessel herum, verzog das Gesicht. Auch diese Frage schien ihr nicht zu passen. Sie machte: Puh! Muß das sein? Das Glück?

Ich wüßte es wirklich schrecklich gern. Die junge Journalistin behielt ihr Lächeln bei, es wurde insistierend.

Sie brauchen mich nicht mit so viel Ehrerbietung anzusehen, sagte die ältere Schriftstellerin. Man wird nicht, durch so einen blöden runden Geburtstag, von einem auf den andern Tag reif oder was weiß ich was. Man wird nicht plötzlich jemand, mit dem man nur noch halblaut und starr vor Ehrfurcht sprechen darf.

Der Mann der Schriftstellerin kurvte mit dem an alles gewöhnten Ausdruck eines Haustiers, als ginge ihn das alles nichts an, um die beiden Frauen herum, beladen mit einem Stapel Jurismappen. Vorher war die Journalistin von der Schriftstellerin gefragt worden: Er stört Sie doch nicht? Wir haben, oh Wunder der modernen Architektur, sozusagen nur dieses eine große Zimmer, und er muß auch hier drin arbeiten.

Das Glück? Ja, bitte, das Glück!

Die Schriftstellerin blickte ihrem Mann hinterher. Auf einmal schien eine Idee sie zu beleben. Ja, gestern, im Selbstbedienungscafé, der Glücksmoment, dachte sie. Sie sagte: Wenn er, sie deutete auf ihren wie ein Fischdampfer hin- und herziehenden Mann, in einem Selbstbedienungscafé mit einem Tablett in der Hand weggeht, weil er mir am Buffet etwas aussuchen will, und wenn ich ihn an den in Glasvitrinen aufgebahrten Sachen entlanggehen sehe, wenn ich beobachte, wie er prüft, und dabei weiß, er allein weiß, was mir am besten schmeckt, und wenn er dann zurückkommt, auf mich zu, mit dem beladenen Tablett, ein bißchen lächelnd, zufrieden mit seiner Wahl, und ich sitze da und bin neugierig.

Aber, die Journalistin sprach vorsichtig, als habe sie es mit einer Patientin zu tun, wir waren eigentlich beim Glück, nicht wahr?

Ich habe von nichts anderem gesprochen, sagte die Schriftstellerin.

Die Journalistin drückte auf die Stop-Taste des Kassetten-Recorders. Sie nehmen mich auf den Arm, oder?

Ganz und gar nicht.

Reden wir uns besser nochmal langsam an das Glück heran, reden wir doch noch einmal über das Älterwerden. Diesmal hatte die Journalistin vermieden, »das Alter« beim Namen zu nennen. Sie schaltete das Gerät wieder ein und redete von der Liebe zwischen Menschen jenseits der sechzig. Jungen Menschen Richtungweisendes mit auf den Lebensweg zu geben, haben Sie vorhin verweigert. Was aber würden Sie Ihren Altersgenossen raten?

Miteinander freundlich zu sein. Einander zu achten.

Der Ehemann hatte sich wie von jetzt an für ewig hinter der Journalistin postiert, stand da, als müsse er den Buckingham-Palast bewachen.

Einander Freiheit zu lassen. Einander zu vertrauen.

Aber die Liebe! Die richtige Liebe! Die Journalistin lachte distanziert. Ich meine, mit allem Drum und Dran. Das ist es, was unsere älteren Mitbürger interessiert. Zu lang hielt man am Vorurteil fest, ab sechzig sei es mit der Liebe aus, nun, ich sags mal offen, mit dem körperlichen Anteil daran ...

Die Schriftstellerin gab einen etwas höhnischen Laut von sich, und jetzt war sie es, die lachte, aber nicht distanziert. An ihrem Mann sah sie vorbei. Diese Sechs vor der Null, sie hat etwas zu bedeuten, und besser, man respektiert sie. Besser für Frauen. Jetzt blickte die Schriftstellerin ihrem Mann ins Gesicht, und daraufhin gab der seinen Wachposten auf, mit mißbilligendem Ausdruck. Sie sagte: Die Sechs macht dem Sex den Garaus. »Die« und »dem« hatte sie betont. Bei Frauen, setzte sie hinzu.

Die Journalistin drückte wieder die Stop-Taste. Der Mann der Schriftstellerin, auf seinen wiederaufgenommenen fangzugartigen ruhigen Manövrierwegen durchs große Zimmer, drehte sich zu seiner Frau um, zog eine strafende Grimasse, machte mit der linken Hand, in der rechten hielt er ein Buch, Warnzeichen.

Zurück zum Glück. Die Schriftstellerin sprach jetzt mit energischer Stimme. Sie blickte ihrem Mann hinterher. Im Selbstbedienungscafé war ihm wohler gewesen als hier und in diesem Augenblick. Vermutlich war sein Gesicht bitterböse. Sie bemitleidete ihn, sie wurde traurig, sie stellte sich irgendein Datum vor, an dem sie ihn nicht mehr von hinten sehen könnte, weggehen nach einem Abschied, weggehen mit einem Tablett, auf das er interessante Süßigkeiten laden würde. Sie sagte: Ich habe vorhin wirklich vom Glück geredet.

Aber um eine sehr bescheidene Auffassung davon. Es war eine Kleinigkeit, ein Splitter, kleinstes Format, sagte die Journalistin. Das kann nicht das ganze Glück sein. Ein Tablett und ein Ehemann in einem Selbstbedienungscafé, und das dauert ja auch nur ein paar Minuten, dann ist es futsch, so ein Glück.

Genau so ist es. Bis zum nächsten Mal, sagte die ältere Schriftstellerin. Länger dauert es nie.

Das grüne Kleid

Rebekka hatte ein grünes Kleid an, und es stand ihr ziemlich gut. Das war der Satz, der Myrthel unterwegs zwischen Telephon und Sebald durch den Kopf ging, und an ihn mußte sie hinterher immer wieder denken. Vor der guten Note für das grüne Kleid war das einschränkende *ziemlich* wichtig, und Sebald würde hoffentlich registrieren: Einer Frau ganz ohne Neid auf das Aussehen einer anderen Frau konnte ein Mann nicht trauen. Erst recht kein Ehemann.

Rebekka hatte ein grünes Kleid an und es stand ihr ziemlich gut: Myrthel würde ihren Satz halb gelangweilt loswerden, sie würde ihn aufsagen. Sie hatte sich soeben am Telephon mit Justin Demus für den Freitag der übernächsten Woche verabredet. Rebekka, Justins Frau, war während des kurzen Austauschs mit keiner Silbe erwähnt worden, weder von Myrthel, die meistens daran dachte, *und grüß Rebekka* zu sagen, noch von Justin, der diesmal auch nicht daran gedacht hatte, *und grüß Sebald* zu sagen. Beide mußten sich darauf konzentrieren, ihr Rendezvous zu arrangieren. 16 Uhr? Auf einen Kaffee? Gehts nicht etwas früher? 15 Uhr? Sie einigten sich auf 15 Uhr 30. Myrthel sah sich und Justin in der dämmrigen und nischenreichen Hotelbar des *Kronprinzen*. Versteckt in ihr Impressionismusbuch, aus dem die Telephonklingel sie gescheucht hatte, schob sich ihr Stelldichein über die *Zwei Töchter im Garten 1892*: Standen sie und Justin noch? Saßen sie schon, und wie? Über Eck? *Die große Schwester, 1885*,

Öl auf Karton wurde transparent für die kleinen dunkelbraunen Ledersessel der Hotelbar, und Myrthel und Justin saßen einander gegenüber. Myrthel las ohne den Sinn mitzubekommen immer wieder den Satz: »Nicht nur Liebermann verweigerte sich der Zerlegung des Augenscheins in die Spektralfarben.« Was sie stattdessen mitbekam, war Justins Vorschlag, auf eines der kleinen Sofas umzuziehen, und nun saßen sie nebeneinander.

Gibts irgendwas Interessantes von diesem Telephonat, erkundigte sich Sebald.

Gar nichts, sagte Myrthel. Ich erzähls noch, Geduld, ich muß hier das zu Ende studieren.

»… Fritz von Uhde … das Nebeneinandersetzen der in sich kaum gebrochenen Farben …« Justin, würdest du gern mein Zimmer sehen? Es ist mehr eine Suite als ein Zimmer. Lohnt sich wirklich. Myrthel hörte sich: verlockend und doch ganz schön cool.

Wer war überhaupt dran? fragte Sebald.

Myrthel kriegte ihre eheliche Stimme hin und sagte: Das Ehepaar Demus. Zuerst Rebekka und dann noch ganz kurz Justin.

Die beiden Ehepaare kannten sich schon ziemlich lang, sie waren ungefähr gleichaltrig und erst in der letzten Zeit zu viert zu Freunden geworden. Am Anfang gab es nur Myrthel und Justin, sonst niemand, und Myrthel, als Frau zuständig für Menschenkenntnis speziell unter Paaren, überzeugte Justin von den besseren Chancen ihrer Freundschaft – das war der offizielle Name für die schöne unvollendete Geschichte zwischen ihnen – durchs Einbeziehen der Ehepartner. Die machten nichts draus, aber sie machten mit. Um alles noch mehr ins Harmlos-Legale zu ziehen, hatte Myrthel dafür gesorgt, daß auch bald alle vier sich duzten. Die Paare sahen sich nicht häufig, wenn doch, murrte Sebald über Myrthels Drang, andere Leute, die wenig miteinander verband, zum Duzen zu zwingen: Vollkommen überflüssig. Ich wollte, daß du dich nicht ausgeschlossen fühlst und ebenso Rebekka, wehrte sich Myrthel. Aber sie waren ausgeschlossen und würden es bleiben. Das betrübte und interessierte sie gleichermaßen. Sebald und sie hatten kürzlich einen Film gesehen, dessen Handlung auf der These beruhte, zwischen Männern und Frauen gebe es keine Freundschaft, keine ohne Erotik, und über kurz oder lang mische sich der Sex ein, und Myrthel hoffte, Sebald habe beim Zuschauen nicht an Justin und sie gedacht und überhaupt: den Film vergessen.

»... Zerlegung des Augenscheins in die Spektralfarben ...« Rebekka würde ein grünes Kleid angehabt und ziemlich gut drin ausgesehen haben und überhaupt nicht in der Hotelbar gewesen sein. Myrthel starrte in ihr Impressionismusbuch, aber warum bloß, mitten im geheimen Vorfreudenfieber wollte sie jetzt die schummrige Hotelnische nicht mehr sehen, sondern viel lieber Uhdes *Zwei Töchter*? Vor dem friedlichen Hintergrund des grünen Gartens lasen sie gemeinsam in einem Buch, in ihren sittsamen Kleidern, blau und braun, und die im braunen Kleid mit einer roteingefaßten beigen Schürze, vermittelten sie Myrthel den Eindruck von gutem Gewissen, Seelenfrieden. Lange Ärmel, und mit ihren blonden Haaren waren sie noch nie bei einem Friseur gewesen. Myrthel beneidete die Mädchen. Sie könnte das Treffen mit Justin wieder abblasen. Sie stand auf und ging mutig und nervös auf Sebald zu. Am Schreibtisch brütete er über Akten und Zahlenkolonnen, und obwohl das keine be ruhigende Beschäftigung war, befand er sich doch unter der Aura des Geordneten und Richtigen wie die impressionistischen jungen Mädchen in ihrem Grün. Die Firma, für die er als Leitender Geschäftsführer und Teilhaber verantwortlich war, hatte Vergleich anmelden müssen. Die Firma war nur mehr eine Konkursmasse, die von der Gnade der Gläubiger abhing. Myrthel stellte sich die zu einem Femegericht versammelten Gläubiger bei düsteren Beratungen wie Kukluxklan-Vermummte vor. Was es für Sebald bis in die Nächte hinein über dem Papierkram zu schuften gab, verstand sie nicht. Er tat ihr leid, aber ein stark beschäftigter Mann hatte sein Gutes.

Myrthel glückte es, ihre nervöse Stimuliertheit zu unterdrücken, sie bekam beiläufiges Reden hin und auch ein Seufzen: Sebald, die zwei wollen mich unbedingt in Hamburg treffen. (Noch ein Seufzer!) Wenn ich schon mal in Hamburg bin, und dazu in diesem wundervollen Hotel ... ich muß sagen, diese Verabredung stört mich.

Welche zwei?

Na, wer wohl, du weißt, wer eben angerufen hat. Rebekka und Justin Demus. Wer sonst?

Wenns dich stört, warum hast du dann nicht *nein* gesagt? Sebald blickte nicht auf. Aber er war wachsam, Myrthel konnte es hören. Wie die meisten Männer war Sebald ein schlechter Schauspieler.

Aus Gutmütigkeit. Du kennst mich ja.

Myrthel stand rum. Sie spielte mit Sebalds Briefwaage. Sie legte eine Streichholzschachtel auf die Metallplatte, sie federte, und der Anzeiger gab drei Gramm an.

Du hättest nicht erzählen müssen, daß du in Hamburg bist.

Ja, aber wenn man so direkt gefragt wird? Rebekka hat gefragt: Wann bist du mal wieder in der Gegend?

Myrthel merkte, daß sie soeben ihren Ehering abwog. Fünf Gramm oder etwas mehr, sie schaute nicht genau hin, weil sie den Ring schnell wieder anziehen wollte. Rebekka hatte natürlich gar nichts gefragt, sie war ja nicht einmal am Telephon gewesen, und auch Justin hatte nicht gefragt, wann sie wieder in der Gegend wäre. Sie selbst hatte verkündet: Übrigens bin ich in der übernächsten Woche in Hamburg. Man könnte sich treffen, falls du Zeit hast.

Das gemeinsame Mittagessen habe ich abgelehnt, berichtete Myrthel. Kommst du gut voran?

Was heißt da schon: vorankommen. Es werden Auflagen gemacht werden. Ich muß mich hier konzentrieren, weißt du.

Ich störe, ich geh schon, ist ja auch nicht so wichtig. Myrthel bedauerte Sebald, aber gleichzeitig war sie erleichtert darüber, so schnell davonzukommen.

Beim Imbiß gegen zwei Uhr, als Sebald den samtigen weichen Speckrand von den Parmaschinkenstreifen mit Messer und Gabel trennte und Myrthel über ihr Stück Orangenkuchen Rum tröpfelte, überlegte sie, was die Harmlosigkeit, die völlige Nebensächlichkeit des Treffens in Hamburg besser hervorhöbe: Darüberreden oder Totschweigen. Sicher letzteres. Aber sie hatte zu große Lust zum Reden.

Ich bin nur froh, daß ich das Mittagessen mit den beiden abgelehnt habe. Mittagessen ziehen sich hin.

Das sehe ich anders. Du hättest ein Mittagessen gekriegt, ich finde eher diese Kaffeeverabredung unnötig.

Ein Kaffee in der Hotelbar: Dazu muß ich gar nicht erst auf die Straße. Ein Kaffee, das geht schnell vorüber.

Mein Zimmer, nein, Justin, es ist eher eine Suite. Willst du mit raufkommen? Oh, und ob er wollte. Dort oben, wo Myrthel ein winziges hellgelbes Nachthemd auf dem Kopfkissen drapiert und auch sonst eine verlockende Unordnung geschaffen hatte – welche denn? Ein Slip könnte herumliegen, natürlich müßte sie ein Buch und ein paar Zeitungen auf dem Glastischchen arrangieren – dort oben sah Justin sich feierlich und todernst um, und dann, ach der Arme! Er konnte nicht mehr anders, er wollte es ja gar nicht, Rebekka war eine nette gute und sogar ansehnliche Frau, die seine zwei Söhne geboren hatte, oh ja, endlich endlich, dort oben, wo er nicht mehr anders konnte …

Myrthel schrak auf. Hatte Sebald etwas gesagt? Egal, sie konnte etwas sagen, das überallhin paßte, selbst wenn er jetzt gerade seinen Parmaschinken kommentiert haben sollte: Weißt du, Sebaldilein, ich will meine Freiheit. Wenn ich reise, will ich sie erst recht. Und daß ich nur mit dir gern esse, weißt du doch.

Endlich einmal die Wahrheit. Myrthel empfand erstaunt, wie wohl ihr der erste wahre Satz tat. Sie bekam einen klaren Kopf davon. Ich habe schon sowieso zu viele Termine in Hamburg. Ich möchte ein bißchen herumlaufen und außerdem mein Zimmer genießen, wenn ich schon mal im Luxus untergebracht bin.

Außer zu dieser Produktionsgesellschaft mußt du nirgends hin. Und ein Mittagessen wäre doch beides gewesen: nett und günstig. Unverbindlich außerdem.

Mir ists lieber so. Auf einen Kaffee. Das ist nicht so bindend. Myrthel ging in die Küche, um den Espresso aufzusetzen.

In den kommenden Tagen malte sie sich, mit abnehmendem Unternehmungsmut, die Bedingungen und Variationsmöglichkeiten der Verabredung mit Justin aus. Je näher der Freitag rückte, desto seltener fand die Szene in Myrthels Suite statt, schließlich gar nicht mehr. Aber sie arbeitete in Gedanken an ihrem Bericht für die Rückkehr. Rebekka war diesmal so lebhaft, sonst ist sie ja eher schüchtern, würde sie Sebald erzählen. Und von Justin hab ich kaum ein paar Sätze gehört. Ich vermute, er hatte einen schlechten Tag. Ja, ich erinnere mich, Rebekka hat gesagt, er fühle sich grippig oder so was.

Hinterher, wenn Myrthel ihre Erfindung vom grippigen Justin einfiel, dachte sie, sie müsse ein hellseherisches Talent haben. Sie sammelte noch ein bißchen mehr Stoff, natürlich ließe sie Rebekka von ihren Kindern berichten, dazu ließ sich leicht irgendwas aus dem Stegreif ausdenken, und sie könnte auch sagen: Rebekka hat eine andere Frisur, sieht nicht schlecht aus, obwohl ich die frühere vielleicht etwas besser fand. Alles in allem: Das war mehr ein Frau-zu-Frau-Treffen als sonst was, Justin, komisch, er fällt mir nur noch wie ein Schatten ein. Wie nicht vorhanden. Und Myrthel würde die Wiedergabe des Kaffeestündchens in der Hotelbar mit einem vergnügten Lachen abschließen, es klänge wie *Gehen wir zur Tagesordnung über*, und bei Sebald hinterließe sie den Eindruck, das Treffen sei ganz schön belanglos, ja langweilig gewesen, recht nett, aber nicht der Rede wert. Gut so.

Die Blumen, riesige Sträuße, in meiner Suite, und das Obstkörbchen, sie haben dort diese vergoldeten hübschen Körbchen: Justin, nimms doch für Rebekka mit, ja, die Blumen auch … aber wie erkläre ich ihr diese Gaben, liebste Myrthel? Und den Champagner trinken wir sowieso selbst … Abrupt hörten, schon zwei Tage vor ihrer Abreise, Myrthels Phantasien auf, eine kribbelnde interessierte Spannung zu erzeugen. Sie verwandelten sich in Plagegeister, alle diese halbfrivolen Bilder, die anzüglichen Dialoge, und Myrthel entschied, sie sei zu nervös für die Wirklichkeit. Die Wirklichkeit war viel zu anstrengend. Nichts leichter, als das Rendezvous abzublasen. Das Wunder geschehen zu lassen: eine Rückkehr mit bestem Gewissen.

Das Rendezvous wurde nicht abgeblasen, doch das Wunder geschah: Mit bestem Gewissen konnte Myrthel alles, was sie zwischen Abfahrt und Ankunft zu Haus erlebt hatte, Sebald erzählen. Obwohl sie auf einem der Ledersofas gesessen hatte, ganz wie in ihren vielen Phantasieszenen aus diesem Film, den sie in ihrem Bewußtsein gedreht hatte und immer wieder anschaute, vor dem Schnitt.

Sie könnte es erzählen: Ich unterstrich Sätze aus dem Impressionismusbuch. Ich war bei der *Zerlegung des Augenscheins in die Spektralfarben*. Ich saß auf einem der Ledersofas, von denen aus man in der Hotelbar beobachten kann, was an der Drehtür und an der Rezeption vorgeht. So circa ab fünf vor drei.

Myrthel saß schon, und zwar reichlich aufgeregt, von 15 Uhr 20 an auf einem dieser Ledersofas. Daß sie das Impressionismusbuch bei sich hatte, traf zu. Sie unterstrich auch Sätze. »Das Nebeneinandersetzen der in sich kaum gebrochenen Töne war nicht die Sache der deutschen Impressionisten.« Sie wollte einen in die Arbeit vertieften Eindruck auf Justin machen. Sie blickte oft zur Drehtür hin, aber immer wie gedankenverloren. Und endlich – wer schleuste sich da durch, verhedderte sich beinah, verpaßte den Moment, aus der dreieckigen spitzwinkligen Kabine zu schlüpfen? Sah sich suchend um, erkannte Myrthel? Keine andere als Rebekka. Rebekka, nicht Justin, der Erwartete. Myrthel fand nicht gerade, daß sie unter Schock stehe, aber ihre Knie waren weich – anders weich, als sie es beim Eintritt Justins gewesen wären – und es gefiel ihr überhaupt nicht, wie Justin sie hier auslieferte. Anzunehmen, daß er noch nach einem Parkplatz suchte, aber erstens wars nicht die elegante Art, seine Frau vorauszuschicken, zweitens benahm er sich wie ein Trottel, indem er sie überhaupt mitbrachte. Es verstieß auch gegen die Verabredung. Myrthel hielt ihn für feige, aber sie interpretierte Justins Fehler lieber als zartfühlende Scheu, eine kleine Wellenstörung, er fürchtete die Untiefen der Ledernischen und Einladungen in Myrthels Suite und sein schwaches Talent als Schwimmer. Schwimmer ohne Weste und Rettungsring. Arme Rebekka, armer kleiner schüchterner Rettungsring, kleine Schwimmweste.

Die beiden Frauen begrüßten sich mit feindselig abtastender Freundlichkeit, sie lächelten einander an, flüchtig und weil es so üblich war, sie benahmen sich wie zwei Tennisspielerinnen vor dem Match, eine Nummer eins und eine Nummer zwei auf der Weltrangliste, zwei Stars, die von Spiel zu Spiel ihren Ranglistenplatz bald verloren, bald zurückgewannen. Diesmal mußte anscheinend Myrthel Platz eins, noch ehe sie ihn wirklich errungen hatte, abgeben.

Rebekka setzte sich nur auf den äußersten Rand eines Ledersessels. Den Mantel behielt sie auch an. Nein nein, keinen Kaffee, leider. Ich muß nämlich Justin entschuldigen. Er ist furchtbar erkältet, und ins Büro mußte er trotzdem. Er läßt natürlich sehr sehr herzlich grüßen.

Der Arme.

Aber anstecken wäre ja auch doof, nicht wahr?

Allerdings. Grüßen Sie ihn wieder.

Vor Zorn hatte Myrthel vergessen, daß durch sie selber diese Frau und sie zum Du-Sagen verdonnert worden waren. Oh Schreck! *Grüß* ihn! Myrthel lachte. Der Versprecher paßte ihr jetzt doch ganz gut ins Konzept. Man irrt sich doch immer wieder, wenn man das *Sie* abgeschafft hat.

Stimmt. Ich hab da auch jedesmal Probleme.

Nach dem Abschied kurz vor der Drehtür wand sich, wie eine Schlingpflanze, das Gefühl der Entlastung um Zorn, Enttäuschung und Blamage.

Sie hatte ein grünes Kleid an und es stand ihr ziemlich gut, erzählte Myrthel, und sie konnte Sebalds Blick, den er von seinen Zahlenreihen zu ihr hob, ruhig erwidern. Justin kam nicht mit, Rebekka war allein. Er ist erkältet oder irgend sowas, habs vergessen.

Zwar hatte Rebekka unterm Mantel Hosen und einen Pullover getragen und verdammt gut, nicht *ziemlich* gut darin ausgesehen, aber was zählten schon diese Einzelheiten, ohne Justin stimmte ja alles, ging alles mit rechten Dingen zu. Es geht nichts über Treue, gutes Gewissen, hätte sie gern gesagt, doch das hätte Sebald nicht verstanden. Auch über die unfreiwillige Treue geht nichts. Das hätte Sebald verstanden.

Und du, mein Armer? Rettest und rettest die Firma?

Ich versuchs.

Sie hocken in ihren Büros und abends noch über ihren Akten und retten Firmen oder versuchen es, die Männer, und dem Himmel sei Dank, wenn auch ihre Ehen mit Frauen, deren Kopf vollgestopft ist mit Flausen, durch Zufälle oder was immer gerettet werden.

Ja, ein grünes Kleid hatte sie an, Rebekka. Wenn man davon absieht, daß Kleider nicht zu ihr passen, dann wars in Ordnung, sagte Myrthel. Sie unterstrich den Satz: *Gut vergleichbar ist die Vermeidung der kaum gebrochenen Töne angesichts jenes Motivs, das durch seine Inkonsistenz zu Experimenten geradezu einlädt*, und bekam nichts davon mit. Sie hatte nicht den leisesten Schimmer, worum es ging. Es war in Ordnung, wiederholte sie. Aber für mich selbst, tausend Dank, daß du danach fragst, Sebaldchen, für mich selbst möchte ich kein grünes Kleid. Ich könnte nicht behaupten, daß ich grüne Kleider mag.

Die Kerze im Kürbis

Er läßt ihr zu viel Freiheit: das konnte man auch keinem vorklagen. Wer so dachte, war *voriges Jahrhundert*, völlig veraltet in seiner Auffassung, und Gustava Emser sah das ja selbst so. Aber sie litt nun einmal unter den Beobachtungen, die sie bei jedem Besuch dort machte. Trixi war nicht hundertprozentig der Glücksfall von einer Schwiegertochter, nicht so, wie es ganz am Anfang schien, als ihr impulsives und herzliches Temperament Norman wie ein Massage-Elixier – wie Franzbranntwein, dachte Gustava – förmlich aufgeweckt und erfrischt hatte. Auch die kleine Stadt im Marschland am Ostrand der Weser, die doch meistens ziemlich elegisch nordwärts strömte und auf der es nicht allzu viele Kähne zu sehen gab, ja diese Stadt, die einer so turbulenten und auf Lebendigkeit gierigen Person wie Trixi gar nicht gewachsen zu sein schien, sie war von Gustavas Schwiegertochter mit verzücktem Jubel begrüßt, bewundert, angeschwärmt worden – in den ersten guten Jahren. Beim Zählen kam Gustava allerdings nur auf ein bißchen mehr als anderthalb Jahre. Was für süße schiefe kleine Häuser am Flußufer, und die Allee dort mit den hohen alten Laubbäumen, und der Wall, wie melancholisch schön im Herbst! Trixis Applaus. Und die riesige dunkelrote Kirche St. Martin! Die bogenförmige winzige Pflastersteinstraße um die Kirche herum: Richtig traulich, wie auf einem Adventskalender! Bliese nur nicht dauernd dieser Wind, dieser ewige Wind, und ich mag ja Regen, aber hier wird es allmählich auch mir zu viel. Hier hält keine Frisur, jedenfalls nichts, was man sich unter einer Frisur vorstellt.

Trixi fing an, ihre Begeisterung gewissermaßen abzutauen. In den hübschen Häuschen, deren Architektur sie weiterhin respektierte – holländisch-englischer Einfluß, geschmackvoller als bei uns im Süden – wohnten bald, wenn man Trixi hörte, ausschließlich Spießbürger, deren Frauen es genügte, in der Fußgängerzone die Geschäfte abzuklappern und in ein paar Literatur-Kulturzirkeln miteinander betulich herumzugackern und einmal im Monat entweder nach Hannover oder nach Bremen zu reisen, für einen halben Tag.

Ich hab doch ein Auge dafür. Gustava versuchte, mit Ludwig zu reden. Ludwig war als Vater Normans ebenso wie sie, die Mutter, gefordert, über Trixi nachzudenken, fand sie. Es galt dennoch, vorsichtig zu sein. Eine weiße Weste in Sachen Ehe trug Gustava nicht; Jahrzehnte her, daß auf sie so ähnlich wie jetzt auf Trixi kein rechter Verlaß gewesen war. Das mußte sie bedenken. Doch fuhr sie waghalsig fort: Ich sehe es, wenn eine Frau im Kopf schon eigentlich weg ist. Ich habe sie und diesen Stadtdirektor beobachtet und erst recht sie und den Kulturdezernenten. Sie haben sich zwar unter Kontrolle, aber vielleicht ein bißchen allzu sehr.

Ludwig räusperte sich.

Gustava sagte: Dann gibts so ein intimes Lächeln plötzlich, wenn sie denken, keiner schaut hin. Ludwig hüstelte diesmal, und das kam Gustava endlich wirklich wie ein Alarmzeichen vor. Er hatte Parallelen gezogen, er kapierte. Sie spricht aus Erfahrung, die gute alternde Gustava. Sie versetzt sich in die Gustava von einst. Der Kulturbursche will sie mitnehmen, weiter nichts. Das waren Ludwigs erste Worte am Frühstückstisch. Er hatte seine auf beiden Seiten gebratenen Eier genießen wollen, ehe er sich auf Problematisches einließ. Doch, kaum ausgesprochen, verdroß ihn sein Satz. »Weiter nichts?« Als sprenge das nicht längst das Maß dessen, was mit einem dem guten braven Norman bekömmlichen Familienleben zusammenhing! Der Kulturbursche will sie mitnehmen! Das war doch die Höhe! Eine Unverschämtheit und eine Sprengung von Normans und der Kinder Häuslichkeit. Mochte dieser kulturelle Scharlatan hundertmal den Sprung in die Landeshauptstadt geschafft haben, aber dann sollte er auch, verdammt nochmal, allein hüpfen. Beziehungsweise mit seiner eigenen Frau. Nur daß diese Frau dummerweise in der kleinen Stadt mit den einstmals Trixi verzaubernden kleinen Häusern und Straßen und Kneipchen völlig wunschlos vor sich hinlebte, zufrieden mit dem, was sie hatte. Lahme Ente, entschied Ludwig, der plötzlich auf die Frau von Normans Rivalen böse wurde. Eine Kämpferin an ihrer Stelle besäße Trixis Ehrgeiz, und Trixi wäre dem Kulturehrgeizling entbehrlich.

Ich werde nur fünf Tage lang weg sein, aber jedes Wochenende bei Norman und den Kindern, erklärte Trixi der versammelten Familie und ein paar Gästen, guten Freunden, als die man sie der Einfachheit halber aber nicht wahrheitsgemäß ausgab.

Trixi sah wieder einmal wie aus ihrem Inneren her strahlend aus, wie ein Thanksgiving-Day-Kürbis, in dessen leergeschabter Höhle eine Kerze brannte, erkannten Normans Eltern, die beiden Emsers, die den Rückblick auf ihre eigene Ehehistorie jetzt nicht riskierten: Auch Gustava hatte mehrfach geglaubt, ihre Wunscherfüllungen außerhalb der Familie finden zu müssen.

Es war ein milder Spätnachmittag, ausnahmsweise nicht windig: Für den vierten Tag im November überaus ungewöhnlich. Hätten nicht die von den ersten Herbststürmen schon zerrupften Büsche und ihr düsteres Braun, die bereits gelichteten Laubbäume ein vorwinterliches Signal gegeben, sie wären sich wie im Frühherbst vorgekommen, und deshalb saß man auch in Trixis Erfindung, einem Loggia-Anbau mit Glasverkleidung, der, am Neubau der jungen Emsers, die reizvollen alten Glasveranden der niedlichen kleinen altmodischen Häuser der Uferallee nachahmen sollte.

Ich habe euren Norman, den Treuen und Braven und Unersetzlichen, zum Pizzaholen weggeschickt, erklärte sie den Schwiegereltern, denen Zeit dazu fehlte, aber die es auch mit Zeit unterlassen hätten, ihren deprimierenden, ja beinah schockartigen Unmut auszutauschen. Ziemlich eindeutiger, ziemlich niederschmetternder Eindruck: Trixi und, ganz so, als gehöre er auf den Platz an ihrer Seite auf der obersten Stufe zur Loggia, Empfangskomitee, ihr kulturpolitischer Freund, empfingen die Emsers, sie warteten auf die beiden, die aus ihrem Ford ausstiegen und den Weg heraufkamen. Und er sieht jetzt schon viel mehr als unser lieber Norman wie ein Hausherr aus, wie *der* Hausherr. Übel, übel. Sie strebt weg, Frau Emser wußte es, ihr Mann witterte es, das Schlitzohr und Trixi, längst haben sie was miteinander, vielleicht waren sie vor ein paar Minuten noch intim zusammen, während der betrogene Norman gutmütig die Liste der gewünschten Pizza-Variationen am Tresen des »Via Veneto« dem dortigen Mafioso durchbuchstabierte.

Wir sind in prächtiger Stimmung, Didi und ich! Trixi leuchtete mit ihren runden blauen Augen, die an kleine saubere Forellenteiche erinnerten, ihre Schwiegereltern an. Didi war Dietrich Sidlowski, der Kulturpolitiktyp, vermutlich Trixis Liebhaber, erbeutet über Fernweh, höhere Ambitionen, Kleinstadtüberdruß, provozierende Aufmachung – manchmal schien Trixi vergessen zu haben, sich untenherum anzuziehen –, Verlangen nach Abwechslung für Körper und Geist und Seele – ohne feste Reihenfolge, durchmischt – und Didi war ein saublöder Name.

Soso, machte Ludwig, phantasielos in seiner Übellaunigkeit, indes seine Gustava natürlich schon ein Stück weiter war und wußte, worum es ging.

Wegen der US-Wahl? Die prächtige Stimmung? Sie klang verächtlich. Jetzt habt ihr zwar euren Billy, aber habt ihr auch schon überlegt, was nun aus eurer Amerikafeindlichkeit werden soll? Die werdet ihr vermissen. Übrigens war euer neuer Mann auch für den Golfkrieg.

Trixi bat die Schwiegereltern hinein. Er wird sich der Armen annehmen. Und sich ums AIDS-Problem kümmern und all solche Sachen. Doch, wir sind und bleiben FOBS.

Die Emsers kannten die meisten Anwesenden nicht. Schon viel Landeshauptstadtumgang Trixis, wie es schien. Früher hatte man jeden gekannt. Die neuen Leute gingen ungenierter miteinander und mit den Getränken um, was auf die Lautstärke einen steigernden Einfluß hatte. Trixi bot Nüsse und irgendwelche lackierten Winzigkeiten in asymmetrischen Schalen an, während Didi alias Dietrich Sidlowski sich ums Nachschenken kümmerte, wodurch wie vorhin, als die beiden auf der obersten Stufe zum Empfang gestanden hatten, um ihn ein unbotmäßiges, unerlaubt privates Odium des Gastgebers entstand. Benehmen nach Hausherrenart. Und unseren Norman schickt man wie einen Butler zum Pizzaholen weg. Gustava seufzte mißmutig. Ich weiß nicht, warum Norman das mitmacht. Ludwig seufzte auch. Stummer Dialog der Emsers, die sich hier wie Fremdkörper fühlten, nicht gerade unerwünscht, nicht einmal so viel Aufmerksamkeit erregte ihre Anwesenheit, nein, diese Anwesenheit schien gar nicht weiter bemerkt zu werden.

Ich würde protestieren. Falls Ludwig mitzöge. Gustava bekam es mit der Angst zu tun. Norman glich einer Wiederholung seines Vaters. Wirklich, es handelte sich um eine Wiederkehr. Sanftmütige Dulder. Und sie selber war Trixi, ein bißchen. Sie hatte es leider nie so vergnügt und unbeschwert mit der Untreue aufnehmen können. Zwar versuchte auch Trixi den Schein zu wahren, das gute Einvernehmen mit Norman hielt ja offensichtlich an, aber sie sah aufreizend glücklich aus, so sah keine Ehefrau nach mehreren Ehejahren aus, und einen solchen Anblick hatte Gustava zu keinem Zeitpunkt ihrer eigenen Schlachtengeschichte geboten, weder bei Untreue noch bei Treue.

Wo stecken die Mädchen? fragte Gustava ihre Schwiegertochter und fand sich albern. Diese Frage nach ihren Enkelkindern machte sie alt. Klischeegroßmutter. Zwischen ihr und Normans Töchtern wuchs, trotz vieler früherer Anstrengungen von Gustavas Seite, keine zutrauliche, herzlich offene Nähe heran. Luzie und Svenja sprechen nicht meine Sprache: Freispruch Gustavas, nach ihrer kleinen Gerichtsverhandlung, bei der allein sie Anklage und Verteidigung vertrat.

Trotzdem ging sie nach oben. Wieso kam Trixis Mutter, Gustavas Mitarbeiterin von der anderen Partei, mit den beiden Mädchen richtig prachtvoll aus? Sie fühlen sich zu einem ziemlich einfachen Milieu hingezogen, das ists. Wieder ein Freispruch. Nicht schuldig.

Die Enkelinnen hockten zusammen in Luzies Zimmer und fühlten sich offenkundig gestört, als ihre Großmutter eintrat. Sie blieben aber höflich. Gustava konnte spüren, daß sie dachten: Verschwinde, so schnell du kannst. Und Gustava verschwand, gründlicher als die beiden ahnen konnten. Auf der Badezimmertoilette im ersten Stock, beim Begutachten der Armada von Trixis in Tiegel, Tuben, Dosen abgefülltem Hilfspotential zum Schönsein, bekam Gustava ihre Idee. Sie glich einer Erleuchtung. Nun war *sie* der ausgehöhlte Kürbis, darin das Licht einer Katharsis glühte.

*

Luzie und Svenja blickten trübe vor sich hin. Sie hätten lieber sonstwas getan: Wie viele wirklich verlockende Angebote machte der unerwartet milde Herbstnachmittag! Aber seit drei Wochen nun schon platzte in alle früher üblichen Gewohnheiten das Gebot, sich miteinander zu beraten. Was hieß schon: beraten! Sie konnten ja immer nur den Stand der Dinge prüfen, hin- und herwenden, Schlußfolgerungen ziehen. Lauter Mutmaßungen, in deren deprimierendem Wust es bloß die eine betrübliche Gewißheit gab, die sie gern von sich weggeredet hätten und die lautete: Sie strebt weg. Die Mami will weg. Dafür gab es Anzeichen: Ihre Mutter fand in der kleinen Stadt plötzlich nicht mehr die gewünschte Mode. Wie sie sich um ihr Outfit sorgt, hast du das graue Kostüm gesehen? fragte Luzie, und Svenja hatte es natürlich gesehen, konnte außerdem ihre Schwester mit der erschreckenden Nachricht überraschen, sie habe unten im Kleiderschrank der Mami einen kleinen, fast fertig gepackten Koffer entdeckt. Alles drin, was man für eine knappe Woche brauchte. Und wenn die Mami auch nur zu einer

Audienz beim Chef ihrer Fraktion an den Regierungssitz gebeten worden war, für eine so lebenswichtige Besprechung benötigte diese Noch-Kommunalpolitikerin nach Einschätzung ihrer Töchter einen Tag zur Vorbereitung mit Friseurbesuch, den Vormittag zum Schminken und anschließendem Selbststudium vor dem Spiegel, und das alles selbstverständlich nicht zu Haus, sondern in einem Hotel in der Landeshauptstadt. Und was macht sie nach der Unterredung? Was macht sie noch eine Nacht und noch einen Tag dort? fragte Sonja. Oder noch länger? Vielleicht kommt sie doch am zweiten Tag abends zurück.

Kommt sie nicht, prophezeite Luzie. Ich sage nur ein Wort, ein mistiges Wort: Didi.

Sie waren Zwillinge, aber Luzie hatte von Anfang an die Rolle der Älteren übernommen, sie stand ihr einfach zu, was Svenja voll akzeptierte, obwohl Luzie als zweite das mütterliche Körpergehäuse verlassen hatte, fast eine halbe Stunde später.

Sie kommt erst zum Wochenende zurück, fuhr Luzie fort.

Sie waren in den Gartentempel umgesiedelt, so hieß der kleine Verschlag hinter der Veranda, einem Lattenpodest am südlichen Zaun zum Nachbargrundstück, und ihnen war etwas schlecht von Stachelbeerschnitten, Cola und zu schnell hintereinander gerauchten Zigaretten. Auch aus der ungewissen Lage in der Familie, auch daraus bildete sich so etwas wie eine dauernde leichte Übelkeit. Die Mami spielte immerzu Theater, seit dieser Didi aufgekreuzt war und eine Vakanz im Landesparlament aller Voraussicht nach ihr zugute käme. Dieses Theaterspiel war ein Wechsel zwischen scheinbarem Gleichmut und aufbrechender Unternehmungslust. Bald tat sie so, als gehe ihr nichts über eine Fortsetzung des geliebten Familienlebens, und dann sagte sie: Ich muß euch alle schon sowieso oft genug allein lassen. Denn auch in der kommunalen Politik gab es haufenweise Verpflichtungen und wenige freie Abende. Der Papi machte sich die Mühe, lässig abzuwinken, aber er sah chronisch gekränkt aus. Die Zwillinge wickelten sich in Wolldecken. Hier kann diese Frau uns nicht reinplatzen, verdammt. Luzie meinte ihre Großmutter, die auf keinen Fall *Großmutter* genannt werden wollte. Wenn sie irgendwas gegen die Mami gesagt hätte, wehe ihr.

Die Omama hätte nicht gestört, sagte Svenja.

Ich habe eine Flasche Whisky erbeutet. Luzie kippte Whisky in die Cola, die sie aus Pappbechern von McDonald's tranken. Trübsinn blasen ist Quatsch, lautete Svenjas Zustimmung zum geplanten Exzeß.

*

Gustava nahm den Ford und fuhr in die Pizzeria. Sie hatte es eilig, hoffte, Norman dort noch anzutreffen. Auf vierzehnmal Pizza verschiedener Sorten würde er ungefähr eine halbe Stunde warten müssen. Und da saß er ja auch noch, an einem zum Essen gedeckten Tisch dicht im Eck zwischen dem Bierzapfhahn und der Espressomaschine. Nicht mal ein Bier gönnt er sich: Gustava sah voller Gram ihrem Sohn dabei zu, wie er an einem gelblichen Getränk nippte, vermutlich *Limonade* – ach du Hasenfuß! Ja, dort wartete er wie in einem für ihn geschaffenen Aggregatzustand, wartete einfach ab, entweder eine ungute Wendung innerhalb seines ehelichen Lebens oder, so wie hier, die Erledigung der ausgefallenen Wünsche seiner Gäste. Ein Befehlsempfänger, ein Knechtstyp. Gustava überraschte ihn, indem sie plötzlich neben ihm saß. Sofort orderte sie eine Grappa beim Kellner, der durch sie wie erweckt schien, und auch Norman wertete sie in des Kellners Augen auf, sie baute die Herablassung ab, die bisher wie eine trübe Sauce um ihn herumgeschlabbert war.

Du brichst hier sofort auf, Norman, befahl Gustava.

Ja, sehr bald. Die Dinger werden sehr bald fertig sein, antwortete Norman.

Die Dinger! Die bringe ich euren reizenden Freunden. Hast du denn keine Augen im Kopf, zischelte sie ihm zu, während ihre Augen, mit denen sie noch immer brillieren konnte, auf ihm brannten. Sie kannte einen Trick, durch den sekundenlang aus ihren Augen ein Strahl drang. Eine kurze verblüffende Leuchtspur. Das Kurze machts, dachte sie. In der Kürze liegt die Würze.

Ja und ich? Norman sah seine Mutter verständnislos an. Was soll ich machen? Etwa ohne Pizza hinterherfahren? Wozu soll das gut sein?

Gustava kippte ihre Grappa und bestellte eine zweite. Die wird für *dich* sein. Die trinkst gefälligst *du*. Stell das gelbe Kindergesöff weit weg – so! Gustava erledigte das, die Limonade oder was es war landete auf dem Nachbartisch.

Ich mag aber keinen Schnaps. Norman klang quengelig.

Du trinkst ihn, egal ob du ihn magst. Und du fährst nicht hinter mir her, du fährst überhaupt nicht zurück zu dieser schrecklichen Party.

Wieso schreckliche Party? Es sind unsere Freunde.

Ha ha. Und Trixis. Trixis toller Hecht in eurem Karpfenteich. Ja merkst du denn gar nichts? *Alle* merken es, *alle*, nur du … Ein vierzehn Stockwerke hoher Turm aus glitzernder Folie landete auf der verzinkten Ablage vor der Klappe zur Küche, und dann rasselte die Falltür des Verschlags wieder nach unten.

Ich werde zahlen. Norman stand auf, er sah beleidigt und mürrisch aus. Es ist Trixis Entscheidung. Karriere ist etwas, das heutigen Frauen viel bedeutet, weißt du, Mama, das ist eine andere Generation.

Gustava stieß wieder ihr unfrohes *Ha ha* aus. *Das* kenne ich aus *jeder* Generation. Das, was ich da so beobachte. Sie und dieser Sidelinski oder wie er heißt …

Sidlowski.

Sie turteln miteinander, sehr zurückhaltend ausgedrückt. Die Karriere ist nur das Alibi. Das Abfallprodukt. Höchst willkommen, die *Karriere* vorzuschieben.

Auf der Straße hielt Gustava den warmen Pizza-Turm; Normans klägliche Versuche, ihn ihr zu entwinden, scheiterten.

Sie ist schon längst auf dem Sprung. Diese Raubkatze. Sie hat längst zum Sprung angesetzt. Eure Zwillinge blicken traurig aus der Wäsche. Nun ja, soll sie doch. Springen. Aber sei du der erste, der es tut. Komm ihr zuvor. Mach mich ein bißchen stolz. Fast hätte Gustava hinzugefügt: Zum ersten Mal in meinem Leben. Das unterließ sie und beschränkte sich auf inneren Monolog: Ein Langweiler, das leider ist er. Er ist stur. Er ist schuld dran.

Nie und nimmer, sagte Norman. Er sah nicht traurig, aber auch nicht wohlgemut aus, nicht feige, aber erst recht nicht mutig.

Es sei denn – Gustava fing an zu zweifeln – dies wäre Mut. Trixi beim Abspringen zuvorzukommen. Wäre es Mut?

Wo hast du denn so lang gesteckt? fragte Ludwig. Wie durch Schlamm stapften die Wörter in seinem bräutigamhaften, über die vielen Jahre mitgeschleppten Mißtrauen, das er mit in sein Grab nehmen würde.

Ah, bin ich bißchen spazierengefahren, sagte Gustava.

Wärst besser bei deinen Enkelinnen geblieben, murrte Ludwig. Sie sollen stockbesoffen sein. Trixi paßt aber auch auf gar nichts auf.

Alle beide sind mutig, Trixi und Norman, jeder auf seine Art. Sie machen Fehler, aber mutig sind sie, viel mehr, als wir zwei es je waren.

Was soll Mut damit zu tun haben? Ludwig fügte hinzu, er verstehe überhaupt nichts mehr, und Gustava dachte: Wie von jeher.

Und ich? Zeitlebens auf dem Sprung, aber sitzengeblieben bin ich.

Jetzt frage ich dich zum dritten und letzten Mal: Was ist mit dir los? Ludwig schien auch betrunken zu sein, aber nur ein bißchen.

Ich bin sitzengeblieben.

Ach so. Übergeschnappt, he?

Sieht so aus. Sieht ganz so aus.

Gustava sah und hörte zu, wie Norman Personennamen ausrief und die Pizzavariationen gerecht unter seine und Trixis Gäste verteilte und selbst dann noch den Eindruck eines rundum zufriedenen Hausherrn machte, als Trixi und ihr Freund abwechselnd bald in ihre und bald in seine Pizza bissen.

Schamlos, oder? Neben Gustava stand Kitty Nebel, die ebenfalls diese Offenbarungsszene beobachtete.

Ich hätte es vorhin noch so gesehen wie du, Kitty, aber jetzt finde ichs harmlos. Ich finds schrecklich harmlos auf einmal.

Kitty warf einen Blick voll kritischer Enttäuschung auf Gustava, die plötzlich einen Lachanfall nicht mehr bremsen konnte. Da springt jemand wie ich schon weiter, stieß sie endlich mit einem Japsen hervor. Trotz der zweiunddreißig Jahre Ludwig und Norman und allem. Ich springe weiter, jeden Tag.

Niemand versteht dich, Schatz, sagte Kitty beleidigt mehr zu Ludwig, der ebenfalls beleidigt nickte, mehr zu ihm als zu Gustava, die rief: Zwar bin ich sitzengeblieben, sah so aus, ich wiederhole die Klasse noch und noch, immer wieder Ludwig, Norman, Ludwig, Norman …

Stimmt was nicht, Groß-Gustava? Unvermutet Trixi, ausgerechnet sie, die ihre Schwiegermutter am Arm nahm. Alles in Ordnung?

Alles in Ordnung, sagte Gustava. Ich bin nur auf dem Sprung, weißt du?

Jetzt schon? Ihr wollt doch noch nicht weg? Trixi hatte das glückliche Glühen im Gesicht, das nicht Gustava galt, und mit den Augen suchte sie sich durch die Gäste. Bitte bitte, sagte sie unkonzentriert ins Leere. Bleibt doch noch, bitte.

Na ihr zwei? Ihr gebt ein hübsches Bild ab. Gönnerhaft und glücklich: Norman.

Sie ist schon auf dem Sprung, sagte Trixi. Treib es ihr aus, du bist der Sohn.

*

Wenn man sich das ansicht, kann man das kalte Kotzen kriegen. Svenja artikulierte überdeutlich.

Ich halte mich für hungrig, sagte Luzie auf die gleiche feierlich predigende Weise.

Und dann hüpften beide vom letzten Treppenabsatz – vier Stufen – in eine Gruppe von Männern und Frauen, die ihre Eltern für Freunde hielten, wofür auch sie sich hielten, für gute Freunde, indem sie doch hofften, es komme bald zu einem liebenswerten kleinen Skandal.

Die Zwillinge fanden es schrecklich, aber es war mittlerweile vertraut und normal so. Bleibt sie, geht sie? Sie könnten, den übriggebliebenen Papi eingeschlossen, mit beidem zurechtkommen, irgendwie schon.

Strafstoß

Mittlerweile duzten sie sich sogar. Dazu war es während einer dienstlichen Abwesenheit ihres Mannes gekommen. Das Kind im Bett, der spät am Abend den Schlüssel zur kleinen, aber kompletten Gastwohnung im Schloß drehende Theologiestudent – das war der Moment, auf den sie gewartet hatte. Bei halboffener Tür vom Wohnzimmer und vor Bildern von Ausländer massakrierenden Rechtsradikalen und Betroffenheitsgesichtern der rechtschaffenen Zeugen wäre sie um ein Haar eingeschlafen, der Fernsehapparat lief bei abgestelltem Ton, damit sie seine Rückkehr nicht verpaßte. Und dann war es soweit, sie hellwach, und schon huschte sie ins Spiegelkabinett, wie sie ihr Entrée stolz nannte, alle Wände Spiegel!

Hallo! Spät dran! Gut so. Sie sollen sich ja nicht mit Ihrem fleißigen Büffeln dem vergnüglichen Teil des Studentenlebens entziehen!

Sie hatte so getan, als falle ihr jetzt erst ihr vorne nicht zugebundener weißer Bademantel auf, und daß diese Öffnung den Blick auf ein winziges hellblaues durchsichtiges Hemd und bis über die Knie auf ihre nackten Beine seiner Bewunderung offerierte. Hier siehst du es endlich mal, wovon du immer nur phantasiert hast, sollte diese Augenweide ihm suggerieren. Und sie machte noch: Huh! Tat so, als wolle sie schleunigst den Bademantel eng um sich schlingen, und sagte: Ich hab schon meinen Springer an. Reif fürs Bett! Sieh dir das an, mahnte sie ihn stumm.

Der Theologiestudent aber sah, und eben deshalb sah er sofort weg.

Auch gut, wie du willst. Der Bademantel wurde nun wirklich um das Angebot gewickelt. Sie mochte ja scheue Männer und deshalb ihn, unter anderm deshalb. Der Ursprung ihrer Verliebtheit lag weiter zurück. Damals hatte sie ihn bei einem langen, auf sie gerichteten Blick erwischt, den er für geheim hielt. Aber sie bekam so etwas mit, aus den Augenwinkeln, das genügte, und wenn sich bei ihr ein Ziehen und Strömen in der Körpermitte einstellte, konnte sie sich nicht mehr irren. Schön, sich dessen zu erinnern: *Er* hatte angefangen, quasi als Sender. Sie war die Empfangsstation. Doch nach diesem kleinen brisanten Ereignis machte sich eine langweilige Stagnation breit. Obwohl Empfangsstation, ihr war klar, die Initiative müßte sie ergreifen. Er war nicht der Typ dafür.

Der Theologiestudent hatte schon *Gute Nacht* gewünscht, war aber aufgehalten worden: Wieso, erklären Sie mir das doch bitte, wieso ist die Liebe *die Größte unter ihnen*? Sie wissen schon, Glaube, Hoffnung, Liebe, diese drei. Korinther 13, oder? Sie hatte in letzter Zeit ein wenig in der Bibel gestöbert, mit Hilfe der Konkordanz, die sie bei einem kleinen Einbruch zum Zweck der Recherche im Zimmer des Theologiestudenten fand, vorzugsweise Stellen unter dem Stichwort *Liebe* geprüft.

Richtig. Korinther 13, sagte der Theologiestudent.

Aber wieso? Der Glaube ist doch das Entscheidende. Demnach das Größte.

Aber gewiß, ja. Der Theologiestudent trat unruhig von einem Bein aufs andere, und sein Gesicht spiegelte Kompetenz bei gleichzeitiger Überforderung wider.

Seine in den Bademantel geradezu klosterstreng

geschnürte Vermieterin, der es überhaupt nicht nach einem religiösen Diskurs zumute war, befreite sich und ihn aus dieser thematischen Verklammerung.

Beim Erinnerungsversuch an jene Minuten im Spiegelkabinett-Entrée, worin sie den Theologiestudenten und sich selber von vorne, von hinten, seitlich mehrfach, gewiß bis zu sechsmal, gesehen hatte, fiel ihr nicht mehr genau ein, wie es zu ihrem alle Korintherbriefernsthaftigkeit auflösenden Lachen gekommen war. Tatbestand, Ergebnis: Siezen wir uns doch nicht länger. Ist doch doof. Keiner tuts mehr, heutzutage. Sagen wir *du*. Und sie war auf die Zehenspitzen gestiegen, hatte mit den Armen gefuchtelt, predigerhaft getönt: Aber die Liebe ist die Größte unter ihnen.

Und dann wieder ihr Lachen, das *alles halb so wild* bedeuten sollte. Und der junge Mann, wenn sie die Szene nochmals durchnahm, schien einer preisreduzierten Ware zu gleichen, angenehm auf seinen Gebrauchswert reduziert.

Er hat mir das *du* angeboten, ich sags nur, damit du dich nicht wunderst, wenn ers demnächst anwendet, hatte sie ihrem Mann vorgeschwindelt, und natürlich glaubte der nicht ihrer Lüge, sondern witterte die unterschlagene Wahrheit. Er kannte sie gut, sie war oft unüberlegt schnell beim Anerbieten, irgendwelche Leute zu duzen, mit denen man, wenn es nach ihm gegangen wäre, lebenslänglich sehr gut auf Distanz hätte bleiben können. Ihr überflüssiges Duziduzi mit dem Untermieter war ihm egal, so lang sie ihn nicht da mithineinzog, und nichts sprach dafür.

Sie saß mit ihrer Freundin im Bistro vom Mövenpick beim Espresso. Seit dem ersten Duzen im Spiegelkabinett, bei dem es nicht einmal zu mehr Anwendung der vertraulichen Anrede als zu einem ans Gute-Nacht-Sagen geklebten *Schlaf gut* gekommen war – er hatte sich daraufhin mit *dito* beholfen –, ja, leider, seitdem war sie mit dem Theologiestudenten nicht weitergekommen, keine Stufe höher, ihm um keinen Millimeter näher. Doch blieb es bei ihrem *untrüglichen* Gefühl für sein *verliebtes* Gefühl. Und das kannte sie: War einer in *sie* verliebt, dann – ausgenommen absolute Scheusale – verliebte sie sich reflexhaft in den Urheber dieser reizvollsten Empfindung, der einzigen, die das alltägliche Leben aus seiner Einförmigkeit in eine zweite Dimension emporzwang. Sie liebte Zweite-Welt-Phantasien. Vielleicht die Phantasien mehr als die Praxis. Dennoch, der Student mußte endlich aus seinem Reservat gelockt werden.

Die Serviererin stieg die Wendeltreppe zu ihnen hinauf, die im ersten Stock vor einer halben Stunde gerade noch das letzte freie Marmortischchen hatten erobern können, und sie bestellte bei ihr Gin Tonic und ein Mineralwasser. Ihre Freundin wollte Cappuccino und sagte: Mach weiter! Erzähl!

Ich wußte es noch immer, und zwar bereits in den ersten paar Minuten, wenn zwischen einem Mann und mir was hin und her flackerte. Schon wenn es anfangs nur ein winziges Glimmen war. Und bevor der Mann was davon merkte. Es ging von ihm aus, und er wußte es nicht, aber ich, ich habs gewußt, jedesmal.

Die Freundin bewunderte sie neidisch und respektvoll. Es handelte sich um die erste Einweihung.

Und du bist ganz sicher? Euer Student ist in dich verliebt?

Mittlerweile hundertprozentig sicher. Es fing mit zwanzig Prozent an und kletterte schnell hoch, ich rede jetzt von seiner Verliebtheit, es kletterte hoch wie

Quecksilber bei einer Hitzewelle im Hochsommer, wie auf dem Fieberthermometer.

Fieber, Hochsommer, Hitzewelle. Die beiden jungen Frauen, verbunden in der Sehnsucht nach Überschwang und Doppelbödigkeit – Suspense! – brüteten eine Zeitlang träumerisch vor sich hin. Es trennte sie Entscheidendes: Die eine war dem Ziel recht nah, die andere, vorerst, hatte nichts im Visier, überhaupt nichts. Und deshalb machte die Freundin einen Schwenk.

Erwartest du nicht zu viel? Ich meine, er studiert Theologie. Ich vermute, er respektiert die Ehe und all das. Dein Kind.

Er studiert *evangelische* Theologie. Die evangelische Kirche ist ziemlich weltoffen und so, frei, irgendwie. Sie lachte. Und selbst wenn er Katholik wäre – hast du vergessen, was Verliebtheit ist? Unwiderstehliche Gefühle, wie die sind? Die gehen doch über Leichen, he? Schon zu lang nichts mehr bei dir losgewesen in puncto Liebe, Armes. Mach mir keine Sorgen. Ruf Frank mal wieder an.

Die Freundin kämpfte sich einen eingeschnappten Ausdruck aus dem Gesicht.

Ich hatte Ulf, nach Frank, wie du weißt. Sie verzog ihren Mund, und es ergab sich ein triumphales patziges Grinsen wie bei einem trotzigen Kind, das auf keinen Fall losheulen will.

Sie, die unumstrittene Heldin dieses Akts, löste Alka Seltzer im Mineralwasser auf und nahm einen Schluck.

Er ist ungeheuer feinfühlig. Theologie oder nicht, ich denke, er könnte ebenso gut Maschinenbau studieren, obwohl das nicht zu ihm passen würde, aber was ich sagen will ist, daß er so oder so als feinfühliger Mensch nicht ohne Beihilfe über seinen Schatten springen kann. Nie und nimmer. Nicht, wenn ich ihm nicht einen Schubser gebe.

Wie gehts dem Kind? fragte die Freundin etwas brutal.

Die Wunde heilt gut. Das Ding wird ihm eines Tages vermutlich sogar einen Stich ins Interessante verpassen. Die rechts gewölbte Lippe, sie hat was, eines Tages.

Ihr kleines Mädchen war mit einer Hasenscharte geboren worden, und man hatte mit der Operation bis zu seinem vierten Lebensjahr warten müssen. Es sah bis jetzt ziemlich schrecklich aus, fand seine Mutter, die es der Freundin übelnahm, daß sie nun das kleine verzwickte Gesicht des Kindes und nicht den tiefen, in seiner Scheu verwegenen Blick des Studenten und sein interessantes schräges Lächeln vor sich sah. Wenn er lächelte, mußte sie immer an einen Steilhang denken. Und sein Blick, dieser lange, mit dem alles angefangen hatte: wie ein ausführlicher Liebesbrief.

Sie sagte: Ich spüre es: Er möchte sich bekennen, wagt es aber nicht. Nicht mündlich. Er würde es am besten in einem Brief tun können.

Es ging ihr um Folgendes: Sie brauchte eine Adresse für den Studenten, an die er, um sich ihr endlich zu offenbaren, seine Botschaft schicken könnte. Sie lechzte nach einer solchen Adresse, weil sie nach der Lektüre seiner Konfessionen lechzte. Und sie hatte die Freundin aufs Korn genommen. Deren Sturheit ging ihr allmählich auf die Nerven. Diese absichtliche Sturheit. Denn längst wußte die Freundin doch: *Sie* wurde als toter Briefkasten gebraucht. Was war los, warum sprang sie nicht aufs gesattelte Pferd? Weil das Pferd nicht für die Freundin losgaloppieren würde?

Die Freundin schabte die sahnig-schaumigen Innenwände ihres Cappuccino-Bechers ab und leckte am Löffel.

Ich weiß nicht, ich weiß nicht.

Was weißt du nicht?

Trotz Alka Seltzer mit Gin Tonic, es kam nicht die sonst gewohnte weiche Stimmung auf, ihre Gereiztheit ließ sich nicht runterspülen.

Ich weiß schon, daß es dir um *meine* Adresse geht, dein Theologe soll an *meine* Adresse schreiben.

Wär eine gar nicht schlechte Idee. So wärs am günstigsten, ja.

Aber ich weiß wirklich nicht … Ich tu ja alles für dich, du kennst mich, und es wäre nicht das erste Mal, denk nur an meine Wohnung damals für dich und diesen Wie-hieß-er-noch, ich ließ euch zweimal pro Woche dort allein …

Ist eine Ewigkeit her.

Ja schon, aber immerhin, ich mußte über meinen Schatten springen, obwohl ich damals deinen Mann noch nicht so gut kannte. Und damit sind wir beim Problem. Jetzt kenne ich ihn gut, und wie könnte ich dein toter Briefkasten sein, einerseits, und andererseits *ihm* noch in die Augen schauen.

Seit wann will sie ihm in die Augen schauen, fragte sich die Bittstellerin, allmählich verärgert über zu viele Verzögerungen. Ihrem Mann begegnete die Freundin nicht allzu oft, schon gar nicht schaute sie ihm in die Augen, weil in dieser Frauenfreundschaft die Ehemänner oder Gelegenheitsfreunde selten vorkamen.

Tu nicht so etepetete.

Ihr leuchtete aber ein, was die Freundin jetzt vorbrachte. Eine Hoteladresse sei schicker.

Nicht nur schicker, auch weniger anzüglich oder anrüchig oder wie soll ich sagen. Das würde dich nicht kompromittieren, dein Theologiestudent hat sicher feste Moralbegriffe, evangelisch oder nicht, und du wärst für ihn einfach jemand, der gern mal Post kriegt, wenn er verreist.

Recht hat sie. Aber leider mußte ihr ja einfallen, daß sie dem Studenten bereits einen Zettel mit der Adresse der Freundin aufgedrängt hatte. Nun, das ließ sich reparieren. Der Student hatte sowieso gräßlich begriffsstutzig auf den Zettel gestarrt. Eindeutig zweifelsfrei: Ein Hotel war die viel elegantere Lösung. Und sie könnte erklären: Damit ich nicht so verwaist bin, bitte ein Briefchen. Sie orderte einen weiteren Gin, diesmal ohne Tonic Water. Inspiriert dachte sie laut vor sich hin, und daß die Freundin schon die dritte Gitane bei ihr schnorrte – gewöhnlich ein Ärgernis, warum kauften sich die Leute nicht selber die Zigaretten, die sie besonders gern rauchten? – das nahm sie diesmal fast gar nicht zur Kenntnis.

Sehr gut. Ein Hotel. Ich müßte sowieso längst endlich mal wieder meine Eltern besuchen. Das ist überfällig. Und ihm gegenüber tu ich so, als hätte ich irgendwas Dienstliches zu erledigen und wohnte im *Atlantic*. Das *Atlantic*, ja, es wird ihn umwerfen. Falls er hoffentlich weiß, was das für ein teurer elitärer Schuppen ist. Mit der S-Bahn bin ich in dreißig Minuten da. Das *Atlantic* ist eine Superadresse.

Ist es, stimmte die Freundin zu. Aber was solltest *du* dienstlich in Hamburg zu tun haben?

Er weiß ja nichts von mir, hat keine Ahnung, was ich den lieben langen Tag mache, sagte sie trotzig, etwas irritiert war sie aber auch.

Er weiß von dir: Du bist eine Hausfrau und eine Mutter.

Das klang nun wirklich doof und spießig. Sie wiederholte, der Theologiestudent habe keinen blassen Schimmer davon, ob und womit sie darüber hinaus noch engagiert sei.

Eine private Reise macht sich schon gut genug, fand die Freundin.

Nein, tut sie nicht. Das hörte sich entschieden an.

Am Nachbartisch lachte ein junger Mann, eingeklemmt zwischen zwei jungen Frauen, schon wieder gebellartig, übermäßig laut, und sie fühlte sich davon angeekelt. Das Lachen dröhnte wie Hohn, ausgegossen über niemand anderen als sie, was natürlich Unsinn war.

Die Freundinnen bezahlten ihre Zeche. Noch auf der Wendeltreppe in den Parterreteil des Bistro stülpten sie ihre Mützen auf die kurzgeschnittenen Lockenköpfe, denn draußen blies ein hysterischer Wind. Für die Abendstunden war Sturm mit Orkanböen prophezeit worden. In der U-Bahn-Station trennten sich ihre Wege. Machs gut und übertreibs nicht, wünschte die Freundin, die sich in eine gute Mitwisserin zurückverwandelt hatte, aber ihr Blick kündete noch immer von Beneiden und den Problemen mit der eigenen augenblicklichen Ödnis. Halt mich auf dem Laufenden!

Mach ich, sagte sie und, um nett zu sein, fügte sie hinzu: Paß auf, schon morgen kann sich bei dir was tun, in dieser Richtung, es kommt immer so, von null auf etwas. Kopf hoch!

Nimmst du deine Kleine mit? fragte die Freundin, womit sie doch wieder für eine Störung in der wiedergewonnenen Sympathiewoge sorgte.

Kaum. Nein, wohl nicht. Noch zu frisch operiert. Wozu hat man ein Au-pair-Mädchen, wenn es auch nicht viel taugt.

Aber bei Großeltern, da ist eine Narbe doch egal ...

Zum Glück lief jetzt der Zug ein, den die Freundin nehmen mußte.

Vier Tage nach dem Bistro-Treff ergab sich ein Fortschritt.

Hoffentlich ist was Interessantes dabei. Sie lachte. Ich krieg einen Haufen Post, aber das Interessante hält sich in Grenzen. Das Postthema war angeschnitten und paßte zwanglos zu diesem Augenblick. Sie hatte den Studenten bei seiner Rückkehr von der Universität abgefangen, draußen fauchte immer noch der Novembersturm aus Nordwest. Eine Böe schubste den Studenten, ehe die Haustür geschlossen war, ins Spiegelkabinett-Entrée. Und noch etwas Günstiges: Ihr Mann war noch nicht zu Haus, dieser mit ihrer kurzen Reise zu den Eltern sofort einverstandene Ehemann, der Gute, hatte, wie überaus angenehm, durch seine Sekretärin ausrichten lassen, die Ratssitzung werde sich lang hinziehen, sie solle nicht auf ihn warten.

Trotzdem redete sie leise, als sei er doch da oder das Haus verwanzt. Lauschangriffe, dachte sie, sie hören mein schlechtes Gewissen ab. Mein Gewissen ist überhaupt mein Fluch. Andere gehen härter zur Sache. Ich bin eine Puritanerin. Gute Idee, das dem Studenten zu sagen, mit einem schmelzenden Lächeln: Ich bin eine Puritanerin. An so etwas hatte sie in ihrem ganzen Leben noch nicht gedacht. Sie probte das Verlockungslächeln im Spiegelkabinett. Was sie sah, fand ihren Beifall.

Sie haben Post heute.

Sie überreichte ihm den schmalen Stapel, den sie zuvor gesichtet hatte: Zwei Drucksachen, drei Briefe, eine Ansichtskarte aus Israel, deren Text in hebräischer Schrift für sie unlesbar war. Wahrscheinlich steckte ein

Kommilitone – oder eine Kommilitonin? – hinter diesem affigen Einfall. Nun, es stand nicht viel drauf. Aber sie hätte doch gern gewußt, was. Pech. Sie setzte ihr Lächeln ein, eine Vorstufe davon.

Der Theologiestudent nahm seine Post entgegen und lächelte sein Steilhanglächeln. Es setzte einen Akzent in sein scheues Gesicht. So wie er als der in sie Verliebte einen Akzent in ihr Leben setzte. Einen *accent aigu*, aus dem ein *accent grave* würde, bald so, bald so, immer hin und her in spannendem Wechsel. Wann sollte sie *Ich bin eine Puritanerin* sagen?

Nun überraschte er sie auch noch ganz außerordentlich, indem er aus seinem Akzentlächeln heraus sagte: Aber aber! *Sie!* Wollten wir nicht *du* sagen?

Oh Schreck! Sie klappte die rechte Hand auf ihre Lippen, wie zur Strafe, als seien die an dem Patzer schuld.

Das passiert. Mir gehts immer so am Anfang, sagte der Student.

Weißt du, würde sie der Freundin erzählen, er hat, feinfühlig wie er ist, gecheckt, daß ich seine Signale empfangen habe. Er war so zugänglich plötzlich. Keinesfalls keck! Nicht naßforsch! Nicht zeitgemäß also, und deshalb nicht, wie ichs widerwärtig fände. Wir plauderten so vor uns hin ... sollte sie in ihrer Berichterstattung einen längeren Aufenthalt im Wohnzimmer dazumogeln?

Sie sagte: Übrigens, ich verreise demnächst. Was Berufliches. Zum Glück fragte er nicht nach: Beruflich? Andererseits, obwohl es ein Glück war, es war auch ein Zeichen von Desinteresse. Aber vielleicht hatte sie nur zu rasch weitergeredet: Schickst du mir einen Brief? Würdest du das tun? Es ist so stilgerecht, wenn man bei der Ankunft in einem Hotel mit den Worten *Eine*

Nachricht für Sie vom Portier einen Brief überreicht bekommt. Es wertet auf. Gleich ist man wer. Kein Nobody.

Paßte das zur Puritanerin? Wohin paßte die? Bis jetzt nirgendwohin. Die Puritanerin gefiele dem Studenten besser als ihr Geltungstrieb, denn nichts anderes wars, wovon sie geredet hatte. Gar nicht so gut.

Wissen Sie, im Grunde bin ich eine Puritanerin, sagte sie und setzte das Lockmittellächeln ein.

Aha!

Und so ein Brief, bei der Ankunft in einem riesigen eleganten Hotel, ich meine, er bringt die Leute an der Rezeption nicht drauf. Auf die Puritanerin.

Okay, schon in Ordnung. Ich machs. Ich schreibe Ihnen einen Brief, sagte der Student.

Die Adresse von neulich können Sie vergessen. Wieder schlug sie sich auf die Lippen, diese bösen dummen Lippen, machte *Oh!* Sie rief: Jetzt haben wir doch beide, diesmal beide, dauernd wieder *Sie* gesagt! Mit dem Beistand einer richtigen Glücksfall-Idee setzte sie nach: Das ist die Puritanerin in mir. Sie lachte.

Und er lächelte, ach wie hübsch anzusehen, auch wieder den *accent aigu* um die Mundpartie. Oh, sie wünschte, den *accent grave* zu sehen! Situation? Ein Weg im Park, kurz vor Einbruch der Dunkelheit, Vorstufe einer Umarmung. Abwarten. Zuerst der Brief im *Atlantic*, den sie vielleicht mit in ein kleines Bistro nehmen und in einem leeren Winkel dort lesen würde. Bei der Lektüre hätte sie beide Akzente zusammen, den *circonflexe*.

Und hier ist sie, meine Superadresse, das *Atlantic*. Sie steckte ihm den Zettel zu und genierte sich ein bißchen, denn diese Vorbereitung – die Adresse schon notiert und außerdem griffbereit in ihrer Jackentasche

– hatte etwas Schulmädchenhaftes, etwas von Schwärmerei und Lampenfieber. Benehmen und Gemütsverfassung wie die eben offenbarten gehörten zu *seinem* Part in diesem Deal. Gleichmütig und en passant hätte sie sagen müssen: Moment, ich werde mal die Adresse aufschreiben. Nun ja, verscherzt. Halb so schlimm. Dieser junge Mann kannte sich sowieso mit Frauen nicht aus, was ihn ja gerade so wundervoll anziehend machte.

Ungünstigerweise platzte ihre winzige Tochter in die Szene. Das derzeitige Au-pair-Mädchen taugte einfach nichts, ein Wechsel war überfällig. Wenn man dem Kind nicht sofort Schokolade in den Mund steckte, konnte man sehen, daß es auch nach der Operation kein niedliches Kind war, schon gar nicht um den Mund herum, aber auch das Gesicht grämlich und wie von Strapazen mitgenommen, und Leute versuchten höflich und weil das Tradition war, herauszufinden, wem es glich, Vater oder Mutter; doch Schokolade half sehr: Von einer Minute auf die andere war von der Physiognomie des kleinen Mädchens nichts mehr zu erkennen, gar nichts unter einer schokoladenbraun verschmierten Maske. Das Kind hatte Probleme mit dem Abbeißen, es bewegte die Schokolade – am besten, man drückte ihm eine halbe Tafel in die Hände – wie eine Mundharmonika hin und her und nicht nur über die Lippen.

Der Theologiestudent lachte ungeschickt zugleich mit Mutter und Kind und konnte in diesem Augenblick mit beiden nichts anfangen. Keine Schokolade in Reichweite, also sagte sie rasch übereifrig: »Wir sehen jetzt durch einen Spiegel in einem dunklen Wort …«, eine meiner Lieblingsstellen, wieder mal Korinther, stimmts? Sie zerrte an dem Kind, um es hinter sich zu verstecken, aber das Kind widerstrebte und fing an zu mäkeln, bald würde es quengelig und vielleicht weinen. Sie würde nie herausfinden, warum dieses Kind so oft weinte. Einfach aus dem Stegreif, eine Unglücksfahrt ins Blaue, es schien nichts Gutes von den kommenden Ereignissen zu erwarten. Sie hat eine kleine Operation hinter sich, sagte sie, um das Kind und sich, die Mutter, zu entschuldigen. Zur Zeit sieht sie ziemlich übel aus, aber das gibt sich.

Seltsam, ausgerechnet daran erinnerte sie sich, als sie nicht einmal in ihrem Gastzimmer bei den Eltern den Brief des Theologiestudenten lesen wollte. Es handelte sich um einen dicken Brief, mit Doppelporto frankiert. Sie dachte gegen ihren Willen an das Kind, es half auch nichts, daß sie nett von ihm bei den Eltern sprach, sie hatte es nun einmal verraten. Und über diese Erkenntnis müßte sie hinweg sein, um mit Genuß den Brief zu lesen. Wie wärs mit einer Kirche? Sein Liebesgeständnis in einer Kirchenbank, Seitenkapelle, umflackert von vielen Flämmchen, die auf den Kerzen in diesen Eisenständern vorm Bildnis einer Madonna brannten? Der Gedanke gefiel ihr, der Ort war viel besser als der Winkel in einem Bistro, aber gleichzeitig fürchtete sie, sie bekomme es mit Gott zu tun, mit Gott als zürnendem Gott, diesmal ganz sicher. Er hatte ihr in ihrem bisherigen Leben schon ein bißchen zu viel durchgehen lassen. »Dann aber von Angesicht zu Angesicht.« Sie murmelte sich durch ihre Lieblingsstellen, »... eure Lindigkeit lasset kund-sein allen Menschen ...« – ja, oh hundertmal ja, ich werde mein kleines Mädchen an mich drücken, voll der Lindigkeit, die ich jetzt empfinde, und in der Manteltasche hielt sie den dicken Brief fest. Wie zuverlässig der junge Mensch doch war! Welch gute Voraussetzung für eine kalamitätenfreie Liebesgeschichte. »Jetzt erkenne ichs stückweise, dann aber werde ich erkennen, wie ich erkannt bin.« Es wäre eine grandiose Reaktion und sicherlich eine Novität auf dem Gebiet des Liebesbriefwechsels, mit Zitaten aus den Evangelien zu antworten, wenn einer schrieb: »Ich muß es eingestehen, es läßt sich nicht länger unterdrücken, ich liebe …«

Kaum erst zurück und schon wieder weg? Wo willst du denn jetzt schon wieder hin? fragte ihre Mutter, als die Tochter im Mantel und mit zweimal um den Hals gewickeltem Schal durch einen Spalt in der Wohnzimmertür *Bis dann!* gerufen hatte. Der Vater sah nur kurz über Brillenrand und Zeitungsseiten gewohnheitsmäßig unfroh, aber auf alles gefaßt, zu dieser unruhigen Person hin, seiner Tochter. Ich habe Lilibeth noch nicht besucht, fiel mir bei Wiebke und Krischan ein, und die würde mir das schwer krumm nehmen, wenn sie erfährt, ich war hier und nicht bei ihr. Es wird nicht spät. Sie lachte und klappte die Tür vor den betrübten Eltern zu. Unbehagen und schlechtes Gewissen liefen wie zwei Verfolger hinter ihr her, und sie ärgerte sich. Ich führe ein Leben in Unfreiheit, sagte sie sich defensiv, ich bin für Bindungen nicht geschaffen, noch nicht, ich bin zu jung, hab mich zu früh drauf eingelassen. Wie ging das noch, mit dem richtigen Leben im falschen? Das gab es nicht. Im falschen Leben konnte keiner richtig leben, ohne anderen dabei auf den Füßen rumzutrampeln. Es gab aber auch kein falsches Leben im richtigen. Zuversicht kam auf und Lebenslust, weil sie nach dem Brief in der tiefen Manteltasche griff. Sie trainierte das Hinauszögern: Diese Lektüre war schon einige Quälerei wert. Wie wärs denn, dem Studenten ein paar Zeilen zu schreiben, bevor sie seine vielen gelesen hatte? Sie entwarf den Text: »Dauernd komme ich nicht dazu, *Deinen* Brief zu lesen, dieses Symposion ist der pure Streß. Und abends muß ich schnell raus nach Rissen fahren, um wenigstens kurz meine Eltern zu sehen.« Hoffentlich wüßte der liebe Leser, um was für einen noblen Vorort es sich handelte: Rissen, große Grundstücke und schöne Villen in einem Waldstück, diskrete Ruhe zwischen Kiefern, Birken, Ahorn, Buchen, hoch oben hinter den Steilhängen zur Elbe. Ihre Eltern wohnten in Ohlsdorf. »Falls *Du Dich* wunderst, warum ich die Kleine nicht mitgenommen habe: Sie ist aus der ersten Ehe meines Mannes, und meine Eltern sind nicht die Großeltern.« Puh! Ihr Kind zu verleugnen, war kein schlechter Einfall, aber doch wohl zu starker Tobak, und Gott fiel ihr wieder ein. Einmal wäre vielleicht doch Schluß mit seiner Geduld. Gott kannte sie, sie war eine Spielernatur, und jetzt hatte sie die Gelegenheit, ein Spiel zu wagen. Der Einsatz war hoch, und die Sache mit dem Kind ging gewiß zu weit. Auch für Gott, vermutlich. Bisher hatte er immer ein Auge zugedrückt. Jeder außer Gott hätte sie unterbrochen, wenn sie manchmal mitten am Tag ihr Kinderabendgebet memorierte und bei »Hab ich Unrecht heut getan« war, jeder außer Gott hätte *Ja, das hast du und jetzt reichts aber* gesagt, jeder. Nicht Gott. Sie mußte fast laut lachen. Ihre Verfolger hatte sie abgehängt. Gott war auf einmal ihr Kumpel, zu einem gewagten Scherz genau so aufgelegt wie sie und neugierig.

St. Bernardi war der richtige Ort. Schließlich studierte der Absender Theologie, und die Empfängerin hatte das schon gar nicht mehr nötig. Gott war nicht nur auf ihrer Seite, Gott machte mit. Sie saß in der ersten Bank vor dem Seitenaltar, und vom kleinen Podest mit den treppenförmig aufgereihten Kerzen schimmerte das für die Madonna gedachte Licht über das Briefpapier und auf die säuberliche kleine Schrift des Studenten.

Sie las: »Liebe Reisende, verlief die Reise gut? War der Empfang im Hotel standesgemäß? Auch ohne meine bescheidene Post wäre er das gewesen. Ist das Zimmer schön? Was soll ich nun berichten? Ich bin kein guter Briefschreiber, aber weil ich mir gleichzeitig die Europacup-Arithmetik anschaue, habe ich doch interessanten Stoff, Ajax Amsterdam gegen Real Saragossa, anfangs eine dürftige Vorstellung, zwischendurch Traumfußball, von Ajax dagegengesetzt. Gerade hat der Wunderknabe (erst 16!) Clarence Seedorf tief in die Trickkiste gegriffen, er tanzte bei seinem 1:0 zwei Spanier aus und lupfte dann den Ball kunstvoll am Tor vorbei. Edgar Davis wurde im Strafraum von den Beinen geholt, und den Straßstoß verwandelt jetzt gerade gewohnt sicher Frank de Boer. Vorhin flankte er flach vor das Real-Tor, wo es wieder der Wunderknabe war, der zum 3:0 eingrätschte ...«

Sie ließ den Brief nicht sinken. In ihrem ganzen Leben hatte sie sich noch nie für Fußball interessiert. Sie las weiter: von Freistößen, Aufholjagden, vom Wunderknaben, der 45 Minuten lang länderspielreif an seiner Außenlinie entlangknüppelte und aus den gewagtesten Entfernungen gefährlich aufs Tor schoß. Sie fühlte sich wie ein Schlauch, aus dem die Luft entwich. Merkwürdigerweise pochte es aufgeregt in der Herzgegend gegen die Rippen. So ein Brief müßte doch geradezu lähmend beruhigend sein.

Der Student schloß mit den folgenden Worten: »3:1. Sie sind fertig. Es gab Niveauvolles und war doch auch ein Abend der Nostalgie. Ajax erinnerte an die gute alte Zeit. Am Ende bleibt aber doch die Ungewißheit: War das nun gut – oder nicht? Ist 3:1 womöglich besser als 6:0? Oder doch nicht? Fußball-Arithmetik eben. Nun hoffe ich, Dich ein bißchen unterhalten zu haben und wünsche alles Gute.«

Unterschrieben hatte er nur mit dem ersten Buchstaben seines Vornamens.

Ihre Freundin lutschte den Eislöffel ab; sie trank eine Cola mit Rum und zwei darin aufgelösten Aspirintabletten. Ja, gab die Freundin zu, das merkt man dir an, diese Liebessache zwischen dir und deinem Studenten. Fängt an dich mitzunehmen. Muß ja ein wüster Liebesbekennerbrief gewesen sein. Ätzend.

Aber echt. Echt ätzend, sagte sie. Jetzt ist er kaum mehr zu bremsen.

Paß auf dich auf, sagte die Freundin.

6:0 für ihn, sagte sie.

Wie bitte?

Ich habe ihm einfach gesagt: Stell dir so was Dummes vor, ich habe deinen Brief irgendwo liegengelassen. Nicht mehr aufzutreiben. Blöd, was?

Hast du das wirklich gesagt? Nun muß er ja vor Furcht und Entsetzen bibbern und beben. Die Freundin schüttelte sich, ihr schauderte stellvertretend.

Nicht unbedingt.

Wieso?

Er hat nur mit dem Anfangsbuchstaben seines Vornamens unterschrieben. Und die Anrede: Liebste!

Die Freundinnen lachten.

Anonymer gehts nicht mehr. Fast genial, oder?

Sie lachten wieder, und sie dachte an *sein* Lachen. Laut herausgelacht hatte er vorher nie. Aber diesmal. Und fade gesagt: Hoffentlich findet irgendeiner, der das UEFA-Cup-Spiel verpaßt hat, diesen Schrieb. Dann wärs ein gutes Werk an ihm.

Ja, hoffentlich.

Er hat sich in Metaphern ausgedrückt, und was ich tun muß, ist: Ich muß Fußballregeln lernen. Sie lag im Bett, und Gedanken wie dieser mogelten sich in ihren Versuch zu beten. Es hätte nicht viel gefehlt, und ich hätte mein Kind verleugnet! Ich war nah dran! Sie wurde hellwach. Sie stand auf und schlich sich ins Kinderzimmer. Im Schlaf sah ihre kleine Tochter so aus, als hätte man *ihr* diesen Fußballbericht statt eines Liebesbriefs geschickt. Jeder außer Gott würde mich auslachen. Jeder. Nicht Gott. Er hat ja mitgemacht. Plötzlich mußte sie lächeln, plötzlich schien das Kind etwas Erfreuliches zu träumen, plötzlich sah es beinah niedlich aus.

Im Winter schießt man keine Böcke

Sie müssen entschuldigen, liebe Saskia, aber die Diskussion war sehr kontrovers, zog sich hin wie eine Boa constrictor.

Als Jäger aus Leidenschaft wählte Chlodwig Gonnermann natürlich einen Vergleich aus der Welt der Tiere, wenn auch Schlangen in seinem Revier bedauerlicherweise nicht als Beutegut in Angriff genommen werden konnten.

Saskia hatte es nicht weiter peinlich gefunden, über eine Dreiviertelstunde am gedeckten Tisch in der Gutsschänke Kavaliershof allein zu sitzen, eine offenkundig Wartende, eine, die man warten *ließ*, nicht besonders peinlich, aber von Chlodwig Gonnermann doch ziemlich unverfroren. Er ließ sich, der hübsch uniformierten jungen Kellnerin schräg zugrinsend, aus dem Mantel helfen und fiel herrisch in seinen Korbsessel, der Saskias Sessel gegenüberstand, und sofort klappte er die Speisekarte auf.

Was gibts denn Schönes? fragte er die zwei Frauen, die ihm zu Gebote standen, wobei er sich mit seinem Flirtpotential um die Bedienung mehr bemühte als um Saskia, die ihm sicher war.

Die Bedienung lieferte ihren berufsmäßigen Charme ab und empfahl dies und jenes Gericht. Saskia sagte nichts, sie hatte sich für ein kleines Angebot entschieden, das nicht in diese Art Restaurant paßte, ein Zugeständnis an die Starrköpfe, die unbedingt wenig ausgeben oder italienisch essen wollten, Pasta und kein

Fleisch, und sie wußte, ihr Gegenüber würde nach all dem überflüssigen Klimbim mit der Bedienung doch wieder beim Wild landen. Ja, er würde Wild essen. Das tat er immer. Saskia fand es männlich, daß er keine Nudelgerichte aß, Männer aßen Fleisch, erwachsene und richtige Männer, die Ästheten unter ihnen aßen Fisch, und der Liebhaber der Jagd, Chlodwig Gonnermann, er aß selbstverständlich Wild, doch, das fand sie männlich, aber sie fragte sich heute so wie jedesmal, wenn endlich ein Rendezvous zustandegebracht worden war, ob sie im Moment des Zusammenseins überhaupt noch in ihn verliebt war. Sie war es, verliebt in ihn, wenn sie einander nicht trafen, dann sehr.

Er hatte gewählt: Die Wildgans, bitte! Er grinste, sinnlos anzüglich. Die Bedienung zog mit Respekt für ihn und gleichgültig gegenüber Saskias Linguine mit Mafiosisauce ab. Auch sie erkannte in diesem Gast den Vollwertmann, eindeutig. Dazu gehörte, daß er auch bereit war, einen Batzen Geld auszugeben. Beim Bordeaux stimmte ebenfalls alles, Jahrgang und Preisklasse. Dieser Gast verströmte Sachverstand. Er kannte sich darin aus, wie man sich in einem Restaurant der gehobenen Kategorie benahm, vom Schäkern bis hin zur Bestellung.

Saskia dachte: Er selber sieht aus wie irgendwelches Wildbret; abschußreif, genauer: wie aus irgendeinem großen Tier ein saftiges Steak. Komisch, daß Chlodwig Gonnermann jetzt gerade sagte: Den Winter über schießt man keine Böcke. Weihnachten steht vor der Tür, und auch wir Jäger liefern Festtagsbraten, aber vorwiegend vom weiblichen Rehwild. Bis Ende Januar darf die Büchse knallen.

Aufs weibliche Rehwild? fragte Saskia.

Gewiß. Böcke sind schon seit dem 16. Oktober tabu.

Aha. Und warum?

Ganz einfach. Winterschonzeit für das männliche Wild, weil nämlich in diesen Monaten die Böcke kein passables Gehörn tragen. Und eine Trophäe, also das Gehörn, das möchte man doch gern mit nach Haus tragen. Haha. Ganz einfach, stimmts?

Ziemlich einfach. Hast du das bei dir an der Wand?

Trophäen? Gehörn? Aber gewiß doch. Du wirst es eines Tages bewundern können. Wenn wir so weit sind, hm? Chlodwig Gonnermann beugte sich vor, weil er der Meinung war, Saskia bedürfe eines schmalzigen Blicks, und den sandte er jetzt ab, Adresse: Saskias blaue Augen, die aber wichen aus, schwammen und schwebten da und dorthin, eine Reaktion, die Männern schmeichelte. Vermutlich erinnere ich ihn jetzt an weibliches Rehwild, etwas verängstigt, kurz vorm Abschuß, dachte Saskia.

Seine Wildgans zerlegte er routiniert. Klaus bestellte Pizza, Klaus trank Light Bier, manchmal sogar alkoholfreies Bier, wenn nicht sogar Coca Cola, Klaus war ein Kommilitone und im studentischen Alltag Saskias Freund. Chlodwig und Saskia mußten sich heimlich und an Orten treffen, die für Studenten zu kostspielig und demnach sicher waren. Es ist quasi strafbar, was wir machen, Professoren und ihre Studentinnen dürfen eigentlich nicht miteinander na und so weiter. Chlodwig Gonnermann lachte großspurig, wenn die Rede auf ihr Geheimnis kam, ein Geheimnis auch für seine Frau, vorerst noch, wie er versprach.

Aber wir essen nur, das ist harmlos, sagte Saskia dann. Nur fand sie es gar nicht harmlos, und vielleicht bestand allein darin schon der Reiz des Ganzen. Sie fand ihr Leben ziemlich langweilig, und sie mußte höllisch drauf aufpassen, nicht auch Chlodwig Gonnermann langweilig zu finden, verdammt langweilig sogar.

Er berichtete von der Sitzung, aus der er so spät in den Kavaliershof gekommen war. Man hatte ihn als den Fachmann für Ethik in die Kommission zur Problematik des Paragraphen 218 gebeten.

Der Schutz des ungeborenen Lebens ist vorrangig, und ich habe mich zum ich weiß nicht wievielten Mal dafür abgekämpft. Er hob sein Glas und blickte Saskia ins Gesicht? Sorgen? Ist was? Weil ich dich warten ließ?

Ganz und gar nicht. Saskia hörte sich beinah grob antworten. Ganz und gar nicht. Eine strenge Auskunft, deren Wahrheitsgehalt sie plötzlich, hinterher erst merkwürdigerweise, in voller Wucht empfand. Beim tatsächlich etwas öden und auch verärgerten Warten war es ihr viel besser gegangen als jetzt inmitten des zustandegekommenen Rendezvous'.

Doch doch, das muß es sein. Chlodwig Gonnermann wollte es so. Saskia hatte sich nach ihm gesehnt, um die Verabredung bangend. Genau so mußte es sein. Und dieser Gedanke stimmte ihn stolz und frohgemut, er paßte ihm so gut wie der Wohlgeschmack der Wildgans und deren gelungener Körperbau. Themenwechsel, Schnitt, bestimmte er. Das Soll in unserem Landkreis für dieses Jagdjahr beträgt beim Rehwild 1961 Exemplare. Für 366 Böcke ab zwei Jahren wurde das Urteil gesprochen, bei 308 war es bis zum 1. Dezember vollstreckt.

Ich dachte, die wären tabu, die Böcke.

Nicht die kleinen. 248 Schmalrehe sind nach Meinung der Autoren unserer Abschußliste zu viele im Landkreis. Chlodwig Gonnermann kaute, wischte sich den Mund mit der zusammengeknüllten Serviette ab, nahm einen Schluck Bordeaux. Sie verstehen was von ihrer Arbeit, hier in der Küche. Und schließlich die weiblichen Kitze. 403 sollen erlegt werden. 165 sind es schon.

Saskia nahm sich vor, ihm nicht den Gefallen zu tun und *ach wie schrecklich, oh wie traurig, arme Tiere, das hört sich ja fürchterlich an* zu sagen und ihm das ganze feminine Mitleids- und Horrortheater, nach dem ihr zumute war, zu bieten, das er auch von ihr erwartete, natürlich sekundiert von einem zu ihm aufblickenden, weiblich-ratlosen Respekt. Wenn es nach ihm ginge, müßte sie sich graulen und ihn gleichwohl bewundern, schaudernd ehrfurchtsvoll. Sie nahm an, Frau Gonnermann machte das so. Oder nicht mehr genug? Suchte er, weil Frau Gonnermann erlahmt war, nach einer neuen Verehrerin seiner Mordtaten? Eher wohl nicht, eher wohl witterte seine Jägernase in ihr das weibliche Wild. Ein Schmalreh. Vor kurzem noch ein Kitz, weiblich.

Und wie hat diese Abtreibungskommission schließlich entschieden? fragte sie. Übrigens würde jeder Mafioso diesen Teller weit von sich wegschieben. Überhaupt nicht scharf.

Du hättest dich für Wild entscheiden sollen. Rehrücken, warum hast du nicht den Rehrücken genommen? Und nenne die Kommission nie wieder *Abtreibungskommission*! Das würden sich selbst die Verfechter der Fristenlösung und wasweißich welcher Finten und Ausreden nicht bieten lassen. Chlodwig Gonnermann lachte gutmütig. Wir sind noch längst nicht fertig. Keine Entscheidung vorerst. Aber die Stimmung neigt sich meiner Seite zu. Den Argumenten der Ethik will sich wenigstens offiziell keiner verschließen, immerhin: man lauscht. Und Mord bleibt

Mord. Es geht um Leben. Um Leben, das sich selbst noch nicht schützen kann.

Und was ist mit der Liebe?

Was für einer Liebe?

Stell dir eine vergewaltigte Frau vor. Sie kriegt ein Kind. Liebt sie das Kind, das ihr irgendein gewalttätiges Scheusal … Pssst, machte Chlodwig Gonnermann, wobei ihm eine Fleischfaser seiner Wildgans in den Zischlaut geraten und auf Saskias unübersichtlich mafiosirote Linguine gesegelt war. Bedenke: Dieses Lebewesen, der Embryo, diese allererste Regung, die befruchtete Eizelle: unschuldig. Schützenswert. Ich wiederhole: Mord bleibt Mord.

Wie im Wald, wie im Revier. Saskia lachte.

Als Ethiker schütze ich das ungeborene Leben, als Jäger schütze ich den Forst. Du mußt wissen, es geht dabei ganz korrekt zu, wir sind ja keine Wilderer. An einer bestimmten Stelle im Revier spannt man ein Trassenband von fünfzig Meter Länge und stellt beiderseits davon den Verbiß durch die Rehe fest. Du würdest dich wundern. Sie können einen ganzen Wald ruinieren.

Wem gehört eigentlich der Wald? Nicht den Rehen, oder? Schon gar nicht den weiblichen Rehen, hm? Er gehört dem Menschen.

Hör zu, Kleines. Ich bin ein Tierfreund, das kannst du mir glauben. Wäre ich kein Tierfreund, dann wäre ich auch kein Jäger. Aber der Mensch hat die Priorität. Wir haben, als die am höchsten begabten Wesen unserer schönen Schöpfung, die Pflicht, aufzupassen, eine Ordnung zu bewahren.

Aha. Wenn das *so* ist. Saskia fragte sich, ob sie wieder in den Professor verliebt wäre, wenn sie in ihrem Apartment im Studentenwohnheim säße und darauf wartete, daß das Telephon klingelte, und wenn es dann Klaus wäre. Auf Gonnermanns Teller lag nunmehr nur noch ein säuberlich abgeschabtes Häufchen Knochen. Es sah wie ein kleiner Scheiterhaufen aus Gebein aus. Saskia deutete darauf. Das konnte einmal fliegen.

Wie bitte?

Die Wildgans. Wie ist es mit den wilden Vögeln? Gibts für die auch Abschußlisten?

Bei den Wildenten bin ich mir da ziemlich sicher, aber das ist nicht mein Revier. Chlodwig Gonnermann sah plötzlich unzufrieden aus, er brauchte einen Zahnstocher, oder er tat so. Die Wildgans? Ich habe mich für die Wildgans entschieden, weil …

Wegen Ibsen. Saskia lachte, fand sich feige, aber die Erinnerung an ihr unattraktives Leben im Studentenheim war dran schuld, zumindest sprach sie sich damit frei. Sie wollte nicht wieder für wer weiß wie lang nicht verliebt in irgend jemanden sein.

Wildgänse gibts nirgendwo sonst auf den hiesigen Speisekarten. Ich kenne sie bloß, ich meine als Gericht, aus den skandinavischen Ländern.

Und wenn sie nun schwanger war?

Saskia! Du machst Witze, oder?

Mal mehr, mal weniger.

Sei brav, wählen wir ein schönes Dessert. Wie wärs mit der Welfenspeise? Sieh mal, Kindchen, wir Jäger verbinden unsere Passion mit der Pflicht. Die Ordnung darf nicht vor die Hunde gehen. Apropos: Hunde. Ein großer, schrecklicher Jagdherr ist der Straßenverkehr. Aber der Hund ist ein Jäger aus Ur-Instinkt. Auch der Bravste kann seinem Ur-Instinkt nicht widerstehen, wird zum Jäger. Bei den von Hunden gerissenen Rehen verstehen wir Jäger keinen Spaß. Wenn wir einen wildernden Hund erwischen, dürfen wir abdrücken. Das Reh ist bei einer Verfolgung einige hundert Meter schneller als der Hund, bleibt der Hund aber dran, holt er es mit Sicherheit ein. Fungiert jedoch der Hund unter der Kontrolle des Jägers, dann ist er ein wichtiger Helfer, und er wird kein Tier auch nur verletzen.

Lächelnd räumte die Bedienung die leergegessenen Teller vom Tisch, auf ihrem Wams glitzerten Pailletten, und es war offenkundig, daß Chlodwig Gonnermann, etwas ermüdet von der Unterhaltung mit Saskia, das freundliche Mädchen in diesen Augenblicken für die angenehmere Frau in seiner nächsten Umgebung hielt.

Hats geschmeckt?

Oh, das hat es, ja. Geben Sie mein Kompliment der Küche weiter!

Das mache ich gern.

Und nun hätten wir noch gern die Welfenspeise versucht.

Sehr gern.

Die Bedienung servierte ein saftiges, fruchtiges Lächeln, ja, sie erinnerte Saskia an eine frische reife Himbeere, und sie sagte es.

Kein schlechter Vergleich. Sie sieht manierlich aus, sauber, kein Disco-Typ. Chlodwig Gonnermann nickte befriedigt. Er ginge mit ihr sofort ins Bett. Sie würde niemals abtreiben, sagte Saskia.

Scheint mir auch so, sagte Chlodwig Gonnermann, der sich Mühe gab, seine lüsternen Phantasien nicht physiognomisch widerzuspiegeln. Besser für ihn, weiterzureden, und er wäre wieder der unerbittliche Fürsprecher sämtlicher befruchteter Eizellen, der ethisch bestens informierte Beschützer der Ungeborenen und des Forstes.

Es ist doch wahrscheinlich aus und vorbei, überlegte

Saskia. Wie war das noch mit den Böcken und dem Winter, wenn man nur die Frauen abschießen darf?

Haha, kleine Komikerin! Die Frauen! Ha ha. Das weibliche Rehwild. Im Winter schießt man keine Böcke.

Fast schade, sagte Saskia.

Mach uns eine Kleinigkeit

Nachmittags war alles noch gut überschaubar. Liz hatte ihre Besucher gern – zwei Personen, eine vernünftige Zahl – und Ivo, ihren Mann, sie hatte ihn gern, und sich selber und ihre kleine Küche, zu der sie vergnügt seufzend »meine Bordküche« sagte: größere gastgeberische Leistungen waren hier weiß der Himmel nicht zu vollbringen. Diese Küche kam einem Freispruch gleich. Im Freundeskreis wußte man das.

Jetzt wurde in der größten ihrer drei Espressomaschinen der Kaffee fertig. Liz schnitt die Verpackung auf und ließ den Mohnkuchen auf eine schöne blaue Porzellanplatte rutschen. Welche Teller und Tassen kennen die zwei noch nicht? Liz entschloß sich heiter: Wedgewood. Bis jetzt machte das alles Spaß, es war ein Rollenspiel. Ich bin eine Frau, die der Lage gewachsen ist, ich kann andere Menschen ernähren, mein Kaffee ist immer ein Erfolg ... Liz erschrak: Oh weh, es wird doch niemand lieber Tee haben? Besser gar nicht erst fragen. Liz fand sich nett genug, als sie ins Zimmer rief: Nimmt jemand Zucker und Milch? Pah, Liz gönnte sich einen verächtlichen Laut, verdammt, jemand wollte Milch, noch jemand beides. Drei Personen in bester Laune warteten auf sie. Wie ißt man den Kuchen? Einfach reinbeißen? Gibt Krümel. Liz hatte weder Lust noch Zeit, später mit dem Staubsauger herumzuwirtschaften. Kleine Löffel für die Idioten, die den Kaffee nicht schwarz tranken, größere für den Kuchen. Ein Messer. Servietten fielen ihr immer erst in letzter Minute ein. Die Sache wurde lästig, aber das Tischdecken ein Problem. Sie hatten keinen richtigen Tisch für Kaffee- und Kuchengäste. Liz schob das Geschirr zwischen Papierhaufen auf den niedrigen Tisch, in ihrer Wohnung war überall ein bißchen Büro. Die Kuchenplatte stellte sie auf den Kissenstapel am unteren Ende des Sofas. Selbstgebacken? Natürlich nicht. Wann sollte ich das wohl machen? Eine furchtbar ahnungslose, eine saudumme Frage. Außer »wann wohl« hätte ich noch »wie denn« sagen sollen, dachte Liz, die freimütig erklärte, beinah stolz: Ich kann überhaupt nicht backen. Schnell und wie zum Beistand ergänzte Ivo: Unser Backofen ist verschimmelt. Ich könnte nicht backen, selbst wenn der Backofen okay wäre. Liz lachte. Ich bin ein Bewirtungskretin. Aber wozu gibts Kuchen, die man kaufen kann, erstens? Und zweitens schmecken sie meistens besser als die Hausfraulichkeitsresultate. Immer noch empfand Liz sich als diese fremde versierte Frau von vorhin in ihrer Küche. Nachmittagsgäste brachten sie nicht aus der Fassung. Auch nicht das Angebot von Spirituosen möglichst bald nach dem Kaffee. So konnte sie unauffällig beim Servieren der Getränke das benutzte Geschirr und den Kuchenrest nach und nach wegschaffen, es durfte bloß nicht auffallen, daß es durch ihren Aufräumtick ungemütlich wurde. Dann mußte sie verkünden: Ich bin meiner Zeit voraus, im Kopf ists bei mir schon Abend, und da will ich noch was tun, deshalb weg mit dem Kleinkram. Sobald jemand ihr helfen wollte, hörte sie mit dem Ordnungmachen auf. Es entstände bloß Chaos in der Küche, deren Gesetze nur sie allein kannte und streng einhielt. Waaas? Wie bitte? rief sie entsetzt. Wir gehen zum Abendessen nicht ins »Genovese«? Ivo sagte: Sieh dir das Sauwetter an, wir alle würden hundertmal lieber hierbleiben, und keiner hat viel Hunger. Mach uns hier eine Kleinigkeit. Ivo sah munter aus und so, als habe er vergessen, mit wem er verheiratet war.

Mach uns eine Kleinigkeit! Ein schrecklicher Satz, der Verrat selber. Schon die Überwachung von zwei Herdplatten zur gleichen Zeit überforderte Liz' Nerven, und Ivo wußte das. Jetzt war sie nur noch Liz, Schluß mit dem Rollenspiel, Liz, der es immerhin gelang, aus dem Anblick einer Dose Nasi Goreng, einem Glas Bohnen, für Salat geeignet, und einer Packung Corned Beef Mut zu schöpfen. Sieht schon nach einer Mahlzeit aus, fand sie, während sie über dem Nasi Goreng die Corned-Beef-Scheiben zerbröselte. Nur, es sah auch nach wenig aus. Da war ja noch eine Dose Mais, wunderbar, und Liz vermischte sie mit den Bohnen. Natürlich mußte sie den Salat nachwürzen: Maggi, Essig. Öl, Knoblauchsalz, Trockenzwiebeln. Für Ivo und mich hätte ich frische Zwiebeln und frischen Knoblauch genommen, sinnierte sie nervös und grimmig. Was roch denn da so komisch? Komisch? Es roch eindeutig verbrannt und wallte aus dem Topf mit dem Nasi Goreng. Leicht zu retten durch Phantasie: Liz kippte den Inhalt einer Dose Kidney-Bohnen in den röchelnden Reis, mischte und schabte herum, und es sah immer noch nach zu wenig aus und verströmte weiterhin Brandgeruch, so daß Liz ihrem Einfallsreichtum dankte, während sie ein Fertiggericht namens Peking-Teller dazugab. Zum Schluß nahm sie die Kurve zum Interessanten hin und würzte mit Chili, Pfeffer, Curry, Vorsicht bei Muskatnuß! Und mit Trockenzwiebeln, Knoblauch in Kräutersoße, Ajvar, Sambal Olek, und brachte, weil ihr die Produktion ein wenig flüssig vorkam, mit zwei aufgeschlagenen Eiern und einem Brocken Gouda die Sache zum Stocken und somit immerhin ein Essen auf den Tisch. Allerdings aggressiv, woher es wohl rührte, daß ziemlich bedrückt und ziemlich vorsichtig gegessen wurde. Und ohne jedes Kompliment! Liz rief: Was ist los mit euch? Schmeckts etwa nicht? Es sei originell, sagte jemand, und Ivo blickte düster. Bißchen scharf vielleicht, rief Liz, um Ivo zuvorzukommen, denn es war höllisch scharf. Aber ich finds ideal. Ich aß es in Bandung, Indonesien. Oder wars Mexico City? Na wo denn nun, sagte Ivo, der klang, als bekunde er ihr: Es ist ungenießbar. Ein gewisses Talent ist unverkennbar. Es ist alles, nur nicht langweilig. Man spürt so was wie Inbrunst: Kommentare der Gäste.

Nach deren Abschied verteidigte sich Liz gegen einen Angriff Ivos, der sich in Stummheit ausdrückte: Aber die Zutaten waren, für sich genommen, wundervoll. Beleidigt rührte sie sich ihr Lieblingsdessert zusammen: aus Apfelbrei in Zitronensaft, mit Vanillezucker gesüßt, Dickmilch, Haferkleie, Weizenkleie, Leinsamen-Knusper-Plus, einem Becker Vanillecreme, übergoß den festen Brei mit Milch, bestreute ihn mit gerösteten Weizenkeimen, Haferfleks und Bran Buds und aß zu viel davon, wie beinah jeden Abend, und um ihr Schuldgefühl an Ivo weiterzugeben, klagte sie: Anderswo verhungern die Leute, und ihr stochert verwöhnt in meinem Phantasiekunstwerk herum. Sag nie wieder, wenn Besuch da ist: Mach uns eine Kleinigkeit. Sag das nur nie wieder.

Werd ich bestimmt nicht, antwortete Ivo. Es hörte sich verdammt bitter und definitiv an, als er hinzufügte: Ich versprechs dir: nie wieder.

Nicht sehr verbraucherfreundlich

Am besten, du besuchst sie. Du hast Einfluß auf sie, immer gehabt. Sie hat für dich geschwärmt, tuts noch immer.

Das war erstaunlich, für jeden, der Achim kennt, wars das. Und es war das Äußerste, das er sich zu diesem Thema abrang, sogar unaufgefordert. Bisher hatte er sich immer ausgeschwiegen, wenn ich beispielsweise drängelte: Nun sag doch auch du endlich mal ein Sterbenswörtchen zu ihrer verzwickten Lage. Höchstens zurückgefragt hat er dann: Was soll verzwickt dran sein? Und wenn ich es ihm auseinandersetzen wollte, winkte er bloß ab: Was sollte weniger verzwickt sein als das, worin sie steckt? Gut, sie steckt in der Klemme. Aber sie hat sich da selbst reingebracht, nichts ist so klar wie das, und sie kann wieder raus, bloß wollen muß sie. So ausführlich hat er sich zwar nie geäußert, aber ich weiß ziemlich gut, was er jeweils denkt.

Ich wunderte mich wirklich über ihn und daß er von sich aus darum gebeten hatte, ich solle sie besuchen, um sie zu beeinflussen. Es war am Vorabend meiner Reise, deren Termine seit Monaten feststanden – ich vertrete eine Pharma-Firma und mache Arztbesuche –, und einen dieser Termine hatte ich in ihrer Gegend. Doch nie vorher – aber er mußte doch daran *gedacht* haben – war Achim damit herausgekommen, was er sich wünschte. Ich sollte seiner Tochter ins Gewissen reden. Lavinia war ihrem geduldigen Mann untreu, dem braven Hans-Peter, nun schon zum dritten Mal, seit ich sie als meine Stieftochter kenne und sehr sympathisch finde. Wir sind nicht wie Mutter und Tochter miteinander, wir sind Freundinnen. Sehr stimulierend immer ihre Besuche bei uns, denn sie ist eine heitere und intelligente Person, und sie verlangt etwas vom Leben, etwas mehr als diesen einen Hans-Peter unter anderm eben auch. Achim, ihr Vater und seit zehn Jahren mein Mann, hat recht: Entgegen allen Regeln, nach denen die zweiten Ehepartner eines Elternteils mit den Vorbehalten der Kinder zu kämpfen haben, liebte Lavinia mich von Anfang an, sogar mit Überschwang. Ich würde sagen: unter der Schirmherrschaft des Eros. Sie war eine Zeitlang in mich verliebt und auch darin ihrem guten Hans-Peter, damals noch frisch verheiratet, untreu. Warum heiraten Leute? Ich frage mich das immer öfter, und warum ich es auch getan habe, und weiß wirklich keine Antwort drauf. Daß wir es tun, erinnert an einen insektenhaften Instinkt, dem wir unbesonnen folgen.

Ich mag Hans-Peter. Und Achim war er von jeher ein Trost. Er dachte wohl bei der Eheschließung seiner quirligen Lavinia, dieser zuverlässige, geradlinige, wortkarge junge Mann könne ihr Naturell ein wenig zähmen. Ihm, dem Vater, ists nie gelungen. Könnte sein, daß Lavinia ihm ein bißchen Angst macht, weil sie ihn an seine erste Frau erinnert. Meine Vorgängerin. Äußerlich gleicht sie Lavinia überhaupt nicht. Aber immerhin: Sie brannte eines Tages mit einem Typen durch, auf und davon und ab nach Paraguay, ausgerechnet Paraguay, ein Staat mittendrin, ohne den mindesten Streifen von Küste.

In den ersten Ehejahren schienen sich Achims Hoffnungen auf den moderierenden Hans-Peter zu erfüllen. Lavinia wurde eine eifrige Mutter, die, sobald es sich machen ließ, den Wochenablauf ihrer Zwillingstöchter mit musischen Verpflichtungen vollstopfte, von der Blockflöte bis zum Ballett. Aber mit dem Mann am Klavier beim Ballettunterricht gings, so viel ich weiß, los. Sie hat mir davon erzählt, aber ich weiß das meiste nicht mehr. Und warum hat sie selbst plötzlich verbissen Russisch lernen wollen? Das allerdings weiß ich, und der treuherzige Hans-Peter hat dem Nebenbuhler Bortscht gekocht und den Tee mit Varenje serviert.

Viel skeptischer als Achim hatte ich dem Gelingen der Lavinia-Ehe mit dem existenziell und prinzipiell genügsamen Hans-Peter von Anfang an keine großen Chancen eingeräumt. Vor meiner Zeit in dieser Familie soll alles gutgegangen sein. Die Kinder waren klein und anspruchsvoll und noch nicht in Gruppen unterzubringen; Lavinia entwarf Modeaccessoires. Mit Tüchern, langen Seidenschals, ich glaube: selbstgefärbten, fing sie an, kam später auf Naturleder, stieg von Gürteln zu Handtaschen auf und konnte sich schließlich einen kleinen Laden leisten, in dem sie später auch Bilder von unbekannten jungen Künstlern aus der Region ausstellte. Folgerichtig war ihr vermutlich allererster Liebhaber einer dieser unglückseligen Menschen, die auf solche unternehmungslustigen Kleinstadtfrauen mit der Sehnsucht nach einem weiteren und interessanteren Horizont angewiesen sind, und wupps: fallen beide aufeinander rein und sich in die Arme. Lavinia zeigte mir einmal todernst und lüstern kichernd eine Serie von Aquarellen, auf die ich begriffsstutzig schaute: Bevor sie mich einweihte, erkannte ich bloß feigen- und apfelartige, etwas schleimige Fruchtgebilde in blutfarben geädertem Violett. Lavinia erklärte: Das ist meine Vulva, hörst du, *meine*, vielleicht auch meine Vagina, so genau kenne ich mich da nicht aus. Aber er, er versteht viel davon. Sie wollte ernst und stolz bleiben, denn sie war sehr stolz. Aber meine Grimasse bewirkte, daß sie einem von diesen Lachanfällen erliegen mußte. Ihre Lachanfälle relativieren alles, sind sozusagen Wiedergutmachungen, auch des wirklich miesen Einfalls, diese gräßlichen Bilder im Eheschlafzimmer aufzuhängen: Ich bin sicher, der ahnungslose Hans-Peter hat das in ihrem Auftrag durchgeführt, die Nägel eingeschlagen, die Abstände ordentlich vermessen und was sonst so dazugehört. Komisch, wie viel man Lavinia immer wieder verzeihen muß. Sie hat, bei einer so jungen Frau ungewöhnlich, verblüffend viel Humor und ein beachtliches Talent zur Selbstironie.

Achim, immer auf Hans-Peters Seite, im moralisch-ethischen Aspekt der Lage, aber väterlich in seine Tochter vernarrt, wenn auch nicht ohne Bedenken und Kritik, hat sich stets einsilbig, niemals diskussionsbereit oder gar willens, sich einzumischen, zu all diesen Abstechern aus der Ehe verhalten.

Und dann heute sein kurzer, für ihn extremer Vorstoß. Wunsch. Am Telephon, als ich Lavinia meinen Zwischenstopp bei ihr ankündigte und den Treffpunkt, mein Hotel und die Zeit – vier Uhr zum Kaffee – verabredete, war ich, Achim hörte zu, streng grausam: Verliebtsein und Ehebruch, denk bloß nicht, daß das originell ist. Es ist, was alle machen. Es ist wertlos. Ich an Hapees Stelle – so kürzen wir Hans-Peter ab – ich würde dich vor die Tür setzen. In diesem Moment dachte ich, genau das wärs, was Lavinia sich im Augenblick wünschte.

Und schon unterbrach sie mich: Soll er doch. Ich

möchte zur Zeit ganz gern *vor* der Tür sein und nicht dahinter, nicht *drin*. Dann klang sie kläglicher: Ich fühl mich wie im Käfig, wirklich, meine Liebe.

Ich mußte meine Linie durchhalten: Dein derzeitiger Galan ist skrupellos. Wer weiß, ob er dich nicht als Trophäe benutzen will, damit er später rumschwadronieren kann und renommieren, mit dir, und sich als den großen Verführer aufspielen. Er wirds tun, Lavinia, in seinem Zirkel, bei diesen *Jugendlichen* – ich appellierte an ihren Zehnjahresvorsprung im Lebensalter – wird er dröhnen: Hej, ich hab eine verheiratete und zehn Jahre ältere Frau am Wickel, sogar eine Mutter, Mutter Lavinia, hat schon Zwillinge, und sie ist mir mit Haut und Haar verfallen.

Hör auf, wimmerte Lavinia, diesmal weit vom Lachen entfernt.

Und du: *paß* auf!

Lavinia besitzt diese Begabung für den Wechsel vom Draufloslachen zum Weinen, beides aus dem Stand, hat also geweint, dann doch gelacht.

Als am Morgen meiner Abreise Achim sagte: Das Wetter ist nicht sehr verbraucherfreundlich, fiel mir plötzlich seine Ähnlichkeit mit Hapee auf. Beide sind stolz auf derartige Sprüche, und auf der Stelle verstand ich die kurz vorher noch mit Moral traktierte, von meiner Strenge durchgeknetete Lavinia und ihr Wegstreben aus der Eintönigkeit ganz schauerlich gut. Ich verstand sie, bei einem schnellen Rundumblick über meine Freundinnen und andere Frauen, die ich kenne, am besten. Ich fragte mich: Wie machen sie das, die X, Y, Z und all die andern, sich ausreichend zu amüsieren und doch innerhalb der engen Grenzen zu bleiben? Oder denken sie nicht ans Amüsieren, an die kleinen Siegesfeiern ab und zu, durch die sie die

Öde überlisten, den Alltagstrott durch ein K.O. bezwingen könnten? Wie halten sie diese Bescheidenheit aus? Ethische Grundsätze können es nicht sein, ich tippte eher auf Einfallslosigkeit, Stumpfsinn, engstirniges Sichbegnügen. So kommt man nicht auf die sogenannten dummen Gedanken.

Wir trafen uns in meinem Hotel, und Lavinia, die hübsch und rosig beschimmert aussah, selbstbewußt und mit Glanz in den Augen, eben wie jemand, der liebt und wiedergeliebt wird, fing sofort schnell zu reden an, aber das tut sie immer, das war nichts Neues. Neu waren die Vorwürfe, sie macht mir sonst nie welche: Sei bloß nicht wieder schroff zu mir, du warst richtig gemein am Telephon.

Du hast deinen Akzent, sagte ich.

Akzente nannten wir beide von jeher die lebenswichtigen kleinen Extras, die im Alltag ab und zu aufleuchten müssen, damit er erträglich wird. Akzente beleben, sie erwecken Vorfreude, mit ihnen kommt man über die Durststrecken.

Ich fand, sie sei fast schon mehr als nur hübsch. Ihre Haut glatt im schmaler gewordenen Gesicht. Die blonde Frisur besser geschnitten. Aber sie sah mir ein wenig zu besitzerinnenhaft aus. Sie sah aus, wie Frauen aussehen, die wissen: In zwei Stunden treffe ich meinen Liebhaber.

Er ist mehr als ein Akzent. Jetzt machte sie ihren etwas patzigen Mund, und der steht ihr nicht. Jetzt war sie mehr die Besitzerin einer Bäckerei als die eines Jungen, der hinter ihr her ist. Plötzlich fürchtete ich um sie. Ob nicht sie, mehr als er hinter ihr, hinter ihm her war? Ich stellte mir schon den Kummer auf diesem hellhäutigen, wie unbewaffneten Gesicht vor. Einem kommenden miserablen Reinfall.

Verliebtsein macht schön, sagte ich, um sie froh zu machen.

Liebe, korrigierte sie. Du, es ist ernst, es geht tief, tiefer als sonst.

Dann klagte Lavinia die üblichen, früher geschätzten *Akzente* an. Weißt du, die ziehen jetzt nicht mehr bei mir. Beim Griechen essen, Kuchenbacken für die Geburtstage, und die Grillparties und Sekt mit den Nachbarn … diese Akzente sind derartig fade geworden, von dem aus betrachtet, was ich jetzt erlebe. Man wird nur dick und dumm davon. Von der Art, wie ich vorher gelebt habe. Sie macht stupide und fett, und sie nivelliert mich. Ich würde auf die Dauer wie alle. Wie alle diese Frauen in unserer Straße.

Ich gab ihr innerlich recht, dachte an meinen Auftrag und deshalb folgerichtig an Achim, den ich geheiratet habe, und wieder fragte ich mich, durch welche Willenskräfte – aber ich vermute Sturheit als Ursache – andere Menschen Genüge finden am Legalen, Geordneten, einmal Beschlossenen, Üblichen. Aus Mangel an Versuchung? Aber es gibt Menschen, die keiner Versuchung erliegen würden, sie wären nicht interessiert. Keine Seufzer, kein *ich verzichte*!

Aber es betrübte mich doch, Lavinia mit so viel Abscheu über ihr Alltagsleben in der Familie, so wie es vorher war und von ihrem animierenden Naturell befeuert wurde, reden zu hören. Ich hatte, wenn wir telephonierten und sie von ihrem Tag mit den Zwillingen, dem kleinen Laden, von Hapee bei der Gartenarbeit oder als tüchtigen Koch, der in der Chili con carne rührte, erzählte, beim Zuhören immer mit Neugier und Staunen ihre Wonnen der Gewöhnlichkeit genossen.

Dir ist ein Licht aufgegangen, und du weißt es jetzt:

Das Leben, so pur und an sich, es ist langweilig. Stinklangweilig, umwerfend langweilig, sagte ich, dachte an Achim, hatte nicht mal ein schlechtes Gewissen.

Lavinia lachte und klagte und lachte und wollte ein Eis und verbot sich das Eis: Ich muß abnehmen.

Hast du doch schon.

Noch nicht genug. Ich muß in hautenge Jeans reinpassen.

So wie dein Knabe sie trägt?

Genau so. Nenn ihn nicht so. Nicht: Knabe.

Neulich sah ich eine kleine Talkrunde, ältere Frauen mit zum Teil sehr viel jüngeren Männern, und einer dieser Jungen, befragt, wie er sich diese Verbindung zu seiner älteren Geliebten in ca. 30 Jahren vorstelle, sagte: Wir haben schon Marikas Mutter gepflegt, und wenn sie, dabei hat er mit dem Kopf auf seine Freundin gedeutet, ein Pflegefall würde, wüßte ich, was zu tun ist.

Das ist ja widerlich! Aber Lavinia mußte lachen.

Der wievielte ist es eigentlich?

Der wievielte *was*?

Liebhaber.

Er ist der erste, bei dem es mich total gepackt hat. Und ihn auch. Es ist diesmal alles anders als sonst.

Ich nehme an, so denkt man bei jedem.

Ich nicht. Diesmal nicht. Lavinia hatte wieder dieses Besitzerinnengesicht. Polygame Frauen wie du und ich (ich bin Achims zweite Frau und er ist mein zweiter Mann) sollten überhaupt nicht heiraten, sagte ich, und wieder fragte ich bei mir die Antwort ab: Warum tun wirs trotzdem.

Lavinia jammerte und sah nicht mehr selbstzufrieden aus, der Nicht-mehr-lang-und-ich-umarme-ihn-Ausdruck war getilgt: Früher hielt ich, bei allem, was so nebenher lief, an Hapee fest. Ich liebte ihn unverändert, trotz der Geschichten und, na du weißt schon. Es hatte sich nie was geändert, gar nichts, wirklich.

Für ihn schon, sagte ich. Und zwar jedesmal. Er wurde jedesmal aufs Schlimmste gekränkt.

Wieso eigentlich? Ich bin doch nicht so was wie sein Eigentum. Und wenn ich ihn doch immer gleichermaßen liebte und brauchte und alles? Aber heute bin ich nun mal nicht mehr die, die ich vor zwölf Jahren war. Jetzt mal ganz abgesehen von Berto.

Berto ist ihr Freund, die große Liebe.

Hapee hingegen? Er ist noch der von vor zwölf Jahren.

Ja ja. Lavinia klang gelangweilt, mit Absicht etwas verächtlich. Ich weiß, ich weiß. Ruhe und Ausgeglichenheit von morgens bis abends, immer Ruhe, er kriegt ja die Zähne nicht auseinander, und ich bin jemand, der *sprechen* will, ich drücke mich nicht davor, aber er … er geht jedem Gespräch aus dem Weg.

Männer reden meistens weniger als Frauen. Ich erzählte von einem erwachsenen Sohn, der seine zänkische Mutter und ihre Redesucht beobachtet, er besucht seine Eltern, und dann fragt er seinen Vater, wie er das ausgehalten habe, vierzig Jahre lang. Der Vater antwortete: Sie hat immer geredet und ich habe nie zugehört. Lavinia, da hast du schon das ganze Eheglück.

Lavinia fand das nicht komisch. Ich rühmte Hapees Zuverlässigkeit, seine Geduld, auch sein Stillschweigen. Und das tat ich nicht, weil ich mich an meine Mission erinnerte, ich glaubte daran. Er ist sehr sehr tolerant, vergiß das nicht.

Aber mir genügt das alles nicht mehr. Lavinia sah pomadig aus. Es ist mir nicht genug, wiederholte sie.

Merkwürdig, mir fiel Achim ein, und daß er morgens *Das Wetter ist nicht sehr verbraucherfreundlich* gesagt hatte. Plötzlich wußte ich, vorerst wäre bei Lavinia nichts zu machen. Gegen Verliebtheit, Liebe ist nicht zu argumentieren, erstens. Hapees Qualitäten kennt niemand besser als Lavinia, aber zur Zeit interessierten sie die überhaupt nicht. Obwohl sie ihr dabei halfen, ihren Berto zu genießen. Und zweitens schien es mir jetzt so, als hätte ein Ausspruch wie der vom nicht verbraucherfreundlichen Wetter wirklich ebenso gut von Hapee stammen können. Erst wenn Lavinia ihren Liebhaber hinter sich gebracht hätte, würde sie solche dummen Wendungen wieder witzig finden. Es war nur eine Frage der Zeit.

Weil Lavinia immer weiter ihren verpetzten Mund machte, mit dem sie unglücklich, aber auch etwas vulgär aussieht, überredete ich sie dazu, sich doch ein Eis zu genehmigen. Es hat nicht lang gedauert, sie davon zu überzeugen, sie brauche jetzt wirklich einen schönen großen Eisbecher.

Wovon lebt er eigentlich? fragte ich und beobachtete mit Vergnügen Lavinias Rückverwandlung in eine vergnügte hübsche junge Frau, der es in der Gegenwart gut geht und die für die allernächste Zukunft einen Trumpf in der Hand hat.

Berto? Er gibt ein bißchen Privatunterricht. In den Semesterferien leitet er dieses Jahr ein Jungens-Camp oder so was.

Du finanzierst ihn?

Aber was denkst du denn!

Ich meine, nur so dann und wann. Steckst ihm ein bißchen was zu.

Trotzig und lustig Lavinia: Ich habe ihm einen Bademantel gekauft. Aber eigentlich mehr, damit ich, wenn ich bei ihm bin, was überziehen kann.

Das fand ich komischerweise plötzlich etwas abstoßend, auch Lavinias Gekicher, albern und unangenehm. Ich könnte wirklich nicht sagen, warum. Es gefiel mir einfach nicht. Als spürte Lavinia die Gefahr durch mein Zurückweichen, den Verlust dieses Minimums an Komplizenschaft, sagte sie auftrumpfend und stolz auf ihr dramatisches Geschick: Aber ich leide auch. Ich leide! Ich bin mal oben, mal unten.

Eine Zeitlang vergaß sie, weiter am Eislöffel zu lutschen.

Und Hapee ist immer unten.

Er ist immer in der *Mitte.*

Sie lachte, und diesmal war ich wieder auf ihrer Seite, lachte mit.

Am besten dran ist dein Jüngling.

Lavinia zögerte, widerstrebend mußte sie mir recht geben.

Ich setzte noch eins drauf: Genau betrachtet, bist du am schlechtesten dran. Obwohl du gelegentlich *oben* bist. Aber unten ists fürchterlich. Du bists, die das schlechte Gewissen hat. Haben *müßte.*

Als wolle Lavinia ihren kleinen Studenten rechtfertigen, beteuerte sie: Er leidet aber *auch.* Verstehst du, er muß doch dauernd drauf warten, daß ich ein Signal gebe: Dann und dann klappts. Wir treffen uns da und da, Uhrzeit, alles heimlich, er hängt völlig davon ab, er lebt im Wartestand. Und – auf Lavinias Gesicht bahnte sich ein verliebtes Flirtlächeln an – immerzu hat er Sehnsucht nach mir. Sie nahm ein paar Löffel Eis, ernsthaft bei der Sache, sah mich vertrauensvoll an und sagte: Ich finds so schlimm für ihn, daß ich ihn *verstecken* muß. Ich verstecke ihn, ja, wie man ein schmutziges Taschentuch versteckt.

Sie wurde wieder kläglich, so als erkenne sie nirgendwo einen Hoffnungsschimmer für diese närrische schreckliche Liebe, und fast hätte ich sie vor lauter Erbarmen dran erinnert: Du siehst ihn ja gleich. Ich dachte an mich von früher und sagte: Eigentlich haben wir beide kein Talent zur Untreue. Zu diesen Sachen. Nicht wirklich. Nicht in einer ruhigen genauen Vollendung.

Aber auch nicht fürs tägliche Einerlei. Dafür haben wir auch kein Talent. Es mit dem Einerlei bewenden zu lassen, sagte Lavinia.

Überhaupt keins, nicht die Spur von Talent fürs Einerlei.

Unser gemeinsames trübes Brüten machte uns Spaß.

Wenn wir untreu sind, wills uns nicht in den Kopf, warum uns alles außer einem bestimmten Typen, und daß wir mit ihm zusammensein wollen, egal ist, ja: widerwärtig. Ich seufzte.

Du redest aber jetzt nicht von deiner Ehe mit meinem armen Papi, oder? Wehe dir!

Nein nein! Das tu ich nicht.

Versprichs! Schwörs!

Lavinia schabte rundum ihren Eisbecher leer. Ich betrachtete ihre erstaunlich weißen, nicht sehr langen Finger, an denen sie immer möglichst viele Ringe trägt, und wieder gings mir unvermittelt so wie vorhin bei der Vorstellung vom Bademantel, in den sie in einer sicher schäbigen Behausung schlüpfte, mit ihrem weißen nackten Körper; ich mußte mir die sauberen kleinen hellen Hände bei irgendwelchen zärtlich obszönen Manipulationen am Körper ihres Liebhabers vorstellen, und ich dachte: Kleiner Gauner. Kleiner Trickdieb, verfluchter. Finger weg! Und diesmal meinte ich seine Finger.

Du hast ein flottes Leben hinter dir, he? Lavinia

grinste mich offenherzig an. Es rührte mich sofort, daß sie sich überhaupt die Zeit nahm, an mich und mein Vorleben auch nur einen Gedanken zu verschwenden. Liebende sind ausschließlich mit sich beschäftigt, sie können gar nicht anders.

Könnte es sein, daß er süchtig ist, dein Freund? Ja, es war recht flott, mein Leben.

Süchtig? Wonach denn, außer natürlich nach mir! Triumphales Auflachen: Lavinia war jetzt *oben*. Und ich bins nach ihm.

Ich hatte mehr auf Koks oder so was gehofft.

Du bist schrecklich.

Ich habs deiner Familie zuliebe gehofft. Süchtige verkaufen ihre Großmutter für ein paar Gramm dies oder das, und wenn er knapp bei Kasse ist …

Das *ist* er, er ists chronisch, aber er braucht nichts, und wenn er was hat, kauft er mir Blumen oder lädt mich zu einer Pizza ein, und er will jetzt sparen, weil er mir einen bestimmten Ohrring schenken will. Lavinia verzog ihr Gesicht zu einer betrübten Grimasse. Sie stand ihr nicht. Sie sah ziemlich bescheuert aus. Ich werd den Ohrring ja doch nicht tragen können.

Ich sags ja, weder du noch ich haben die Nerven dafür.

Wofür? Lavinia behielt ihr Gesicht bei. Sie war jetzt ein Kleinkind, das sich einen Wunsch nicht erfüllen kann und böse auf die Erwachsenen ist, sie dachte an diesen blöden Ohrring.

Untreue, dafür. Lavinia-Schätzchen, viel zu gern würdest du dich wieder für deine Kinder interessieren …

Meine Kinder vergesse ich keinen Moment! behauptete Lavinia, aber ihr bedripstes Gesicht dabei verriet mir, daß sie log und, schlimmer, wußte, daß sie log.

Für die Sachen in deiner Wohnung. Lavinia, die

Inständigkeit, mit der wir es wieder wichtig finden und lieben wollen, uns in einem bequemen Sessel rumzuräkeln und ein Buch zu lesen oder Lust zu haben, uns morgens die Fernsehzeitschrift anzuschauen und für den Abend einen Film vorzumerken, und den dann zu genießen. Viel zu inbrünstig willst du wieder deine Topfpflanzen gießen! Das *willst* du, glaubs mir.

Ja, schon, aber das geht nicht. Lavinia wollte mir imponieren und fügte feierlich hinzu: Ich kann nicht dafür garantieren, ob ich diesmal, mit Berto, nicht mein Leben ändern werde. Ob nicht alles Vorherige zusammenbricht. Ich bin nicht sicher. Ich kanns nicht versprechen.

Bis zum Abend war ich etwas beunruhigt. Achims Auftrag fiel mir auch wieder ein. Noch hatte ich nichts getan, um ihn zu erfüllen. Aber dann, bei unserer Verabredung im Bistro Franconi, kam mir der Trost wieder in den Sinn, der neunundneunzig Prozent all dieser Liebesleidenschaften den Garaus macht und im Satz *Es ist alles nur eine Frage der Zeit* mündet. Die Zeit würde über den kleinen Berto hinweggehen. Vielleicht würde auch der Junge den ersten Schritt von Lavinia weg tun und über ihre verliebte Leiche gehen.

Stolz und albern vor Verliebtheit stellte Lavinia mir den Burschen vor, dessen Schönheit und mediterrane Zartheit sie gepriesen hatte. Ich fand, er sah wie jeder Dritte aus. Ich hatte ihn hundertmal schon gesehen.

Mit einer kieksigen Stimme, die nach Stimmbruch klang, redete er nur dummes Zeug, das auf eine vertrackte Art schwierig war, ich bekam mit, daß es witzig sein sollte, er versuchte sich in hochtrabenden Altertümeleien, war schwülstig und banal in einem, alles überanstrengt und mißglückt, mein Fazit, um gnädig zu sein: Er wollte brillieren und war zu ungeschickt dazu.

Denk an den Sommernachtstraum, sagte ich zu Lavinia, die zum Glück mit dieser Kränkung nichts anfangen konnte, als Berto zur Bar ging, um uns Getränke zu besorgen. Ich begutachtete seinen kleinen runden Hintern in den engen Jeans, in die Lavinia trotz brutalster Diät-Strapazen sich nie würde zwängen können. Lavinia, auch wenn sie abnimmt und vielleicht eines Tages dünn wird, ist einfach unterhalb der Taille oder von noch etwas höher an breit konstruiert.

Es ist nicht nur für einen Sommer, der Traum, sagte Lavinia, die ebenfalls dem Burschen nachblickte, aber peinlich schwelgerisch, und das brach mein Taktgefühl.

Titania liebt einen Esel, sagte ich. Liebe macht blind. Ein Sommernachtstraum. William Shakespeare.

Ich konnte Lavinia nichts anhaben, nicht in diesem heißen engen lärmigen Bistro Franconi. Sie war in *seiner* Nähe. Am Ziel. Ich hätte sogar sagen können, das nasse spitze Mündchen ihres Darlings gefalle mir überhaupt nicht, es ekle mich ein bißchen davor, und wann er wohl aus dem Stimmbruch herauskäme, und daß er und sie wie Mutter und Sohn wirkten, sehr junge Mutter zugegebenermaßen, hast ihn früh gekriegt, mit sechzehn, ich hätte ihr Gottweißwas sagen können: Sie war jetzt gegen das Gekränktsein immun, sie hatte auch einfach gar keine Zeit dafür. Außerdem wollte ich sie nicht kränken. Sie ist so gutmütig, dachte ich, und auf einmal tat sie mir, obwohl sie nun wirklich ganz hoch *oben* war, furchtbar leid.

Ich wußte, es war nichts zu machen. Wahrscheinlich verknäulten sie unter dem Marmortisch ihre Beine ineinander. Sie hatten noch ein paar Stunden ohne mich vor sich. Es war nichts zu machen. Ihr Vater und ihr Mann, sie müßten Lavinia auspeitschen lassen oder

Geduld aufbringen oder sie öffentlich verbrennen – sonst war nichts zu machen, jetzt noch nicht.

Ich wurde von einer grünen und einer gelben Neonröhre geblendet, die in eine mit Marylin Monroe und Elvis Presley angereicherte Fälschung von Edward Hoppers *Nighthawks* eingelassen waren und die dunkle Bar im Gemälde grell beleuchteten. Lavinia himmelte ihren unsensationellen Berto an, aber ihr Blick war nicht meiner, und während ich mich langweilte, hatte ich immerzu diese Es-ist-nichts-zu-machen-Gewißheit. Eine solche Anbetung konnte kein Argument zersprengen. Mir entging kein Merkmal ihrer Abhängigkeit. Achim würde ich enttäuschen müssen, und ich muß zugeben, so wenig verführerisch ich Lavinias kleinen Berto fand, fast freute ich mich darauf. Deine Tochter will sich nicht langweilen, und ich verstehe das nur zu gut. Sie wird es, wenn dieser Knabe je überwunden sein sollte – kann dauern – wieder und wieder nicht wollen. Während ich so im voraus mit Achim redete, wurde ich auf mein eigenes Leben böse.

Am nächsten Tag machte ich einen Abstecher zu Uli Götz. Blöderweise hatte ich ein Problem mit meinem rechten kleinen Fußzeh. Uli erzählte ich aber etwas von Schmerzen im Bein, irgendwas Vages, und ich wußte ja auch nicht genau, was mit dem Zeh los war, nur fürchtete ich, Uli würde auf ein Hühnerauge tippen, und Hühneraugen hören sich wirklich blödsinnig an.

Eine Krähe pickt der andern nicht die Augen aus, knurrte Achim, nachdem ich ihm von meinem Mißerfolg bei Lavinia berichtet hatte, und dann von Uli – stell dir vor, zufällig steht doch Uli Götz plötzlich vor mir auf dem Bahnsteig – und vom Bock, den man zum Gärtner macht, oder sonst so einen Spruch, erwartete ich zu hören. Aber Achim blieb stumm.

Soll ich dir helfen? Ich lief auf Hochtouren, Achim und Hapee, aber auch die Typen auf der Gegenseite, die Ulis und die Bertos, sie kamen mir penetrant und öde vor, einfach unausstehlich.

Helfen? Womit?

Mit diesen Spruchweisheiten, die du magst. Wer selbst im Glashaus sitzt, soll nicht mit Steinen werfen.

Sitzt du denn im Glashaus? Sitzt du mal wieder drin?

Ich kenne das Glashaus, sagen wir mal so.

Und nach dem Motto verteidigst du Lavinia. Achim klang nach Mißtrauen gegen Uli Götz, was bedeutete: nach Mißtrauen gegen mich.

Ich verteidige sie ja nicht, rief ich. Ich sag dir bloß, es ist nichts zu machen. Noch nicht. Und sie wirds wieder und wieder nicht einsehen, daß sie sich mopsen soll, wenn sie sich genau so gut amüsieren könnte.

Amüsieren nennst du das, sie betrügt ihren Mann.

Die Ehe ist lächerlich, und die Ehebrecher sind lächerlich. Alles hängt von ihren Verteidigern ab. Alles, was der Verteidigung bedarf, ist lächerlich.

Achim, ratlos, verlor am Frühstückstisch gegenüber seinen Toasts und Brioches die Lust. Von nun an schwiege er. Auch eine dumme Maßnahme, die Strafe und Rache in sich vereinen soll. Trotzdem, er tat mir eine Spur leid. Sag ihm was Nettes, wie wärs damit, schlug ich mir vor. Vielleicht wars das Verkehrte: Deine Tochter sieht zur Zeit sehr sexy aus.

Natürlich wars das Verkehrte. Achim verzog sein eingeschnapptes Gesicht, als mache er soeben eine Gallenkolik durch. Ich ergänzte mein Lob mit dem schwächlichen, die Ursache für Lavinias Glanz vernebelnden Kommentar zu ihrer neuen Frisur: Irgendein Genie von Haarschnittprofi hat ihr doch wahrhaftig einen richtigen Hinterkopf herausmodelliert.

Wundervoll, knurrte Achim.

Sei doch stolz auf deine attraktive Tochter, schlug ich vor.

Er aber war stolz auf seine Schlagfertigkeit: Ihre Attraktivität sollte sie gefälligst ihrem Mann reservieren.

Ich brauchte einen Moment, bis ich seiner Sturheit gewachsen war. Dann sagte ich zu meiner eigenen Überraschung: Nicht sehr verbraucherfreundlich.

Achim, ebenfalls überrascht, fragte, was das nun wieder heißen solle.

Am Tag meiner Abreise hast du übers Wetter gesagt: Nicht sehr verbraucherfreundlich.

Aber er verstand überhaupt keinen Zusammenhang.

Ich räumte den Tisch ab. Übrigens habe ich das Zusammensein mit Uli Götz überhaupt nicht genossen. Plötzlich hatte ich diese Erleuchtung: Im Morast all dieses Scheiterns und Begehrens und Versagens muß man in sich selbst den Gegenstand des Hauptinteresses sehen. Man muß sich selbst der Mittelpunkt sein. Fast sogar verliebt, in sich selbst, verliebt oder eine Abart davon. Damit die furchtbare Langeweile nicht auffällt, noch mehr: damit sie einem überhaupt niemals etwas anhaben kann. Ich würde etwas in dieser Richtung an Lavinia schreiben.

Zum Glück fuhr Uli anderswohin. Wir hatten nur so circa zehn Minuten auf dem Bahnsteig, log ich vollkommen uninteressiert, eigentlich hatte ich bloß keine Geduld für Achims muffiges Gesicht, er sah so töricht und eingeschnappt aus, und ich spürte wieder diese gräßliche Langeweile, wie stupide und langweilig macht uns die Anpassung in der Ehe, die aber nötig ist, damit es friedlich zugeht.

Nicht sehr verbraucherfreundlich, sagte ich. Fährt

einfach anderswo hin. Und dann setzte ich ganz langsam mitten in Achims sturen Ausdruck hinein ein grimmiges simuliertes Lachen, ganz langsam.

Ha ha ha, kopierte mich Achim.

Wir brauchen übrigens keine Zuschauer

Im allgemeinen halte ich mich ja raus; wenn mich etwas nichts angeht, dann geht es mich eben nichts an, basta. Früher habe ich mehr riskiert, immer dann, wenn es um Kinder ging. Den bitterbösen Blick dieser unreifen affigen Person damals auf dem Bahnsteig vergesse ich so leicht nicht, sie hat ihn mir zugeschmettert wie einen Ball aus Stein. Ich meine, sie hätte lieber mit einem Stein nach mir geschmissen. Schließlich war sie die Mutter, schließlich hat sie dieses Kind mal gewollt, oder vielleicht auch nicht, aber nun wars ihr Kind, und sie hätte es nicht wieder und wieder schlagen müssen. Und intelligent war sie auch nicht, denn jedesmal, wenn sie von neuem zuschlug, hat das Kind natürlich noch lauter geschrien, es war ein kleines Kind von höchstens vier Jahren und kannte noch keine Strategien gegen diese schrecklichen Leute, die Erziehungsberechtigten. Wollen Sie vielleicht auch eine geklebt kriegen, hat mich die junge Person gefragt, nachdem ich gesagt hatte, sie solle doch aufhören. Ich wollte das Kind trösten und streichelte es, aber da hat es erst recht draufIosgeplärrt, und die Frau konnte triumphieren.

Also, meistens halte ich mich raus, ich fahre besser damit, und es ist lang her, daß ich mich in irgendwas reingehängt habe. Ich war in einem Stehcafé und nicht drauf aus, irgendwas zu beobachten. Aber das Paar am Tischchen schräg links neben meinem fiel mir auf. Der junge Mann fingerte an einer Verpackung herum und hielt dann eine blinkende Taschenlampe in der Hand. Und jetzt begann das Spiel, zu dem ich immer wieder hinschauen mußte, wirklich, es geschah gegen meine Absicht. Der Mann wollte die Taschenlampe auf ihre Effizienz testen, vermute ich mal. Er ließ das Licht aufblinken. Zuerst einfach so, auf seine Kaffeetasse, auf ihre Kaffeetasse, und seine Begleiterin, vielleicht gerade neunzehn, und er war auch nicht sehr viel älter, sie schwärmte die Taschenlampe an, aber in Wirklichkeit ihn. Sie sagte so was wie *einfach toll*, weil sie ihm zeigen wollte, daß sie auch noch da war und nicht nur diese Taschenlampe, die anscheinend was ganz Besonderes war, doch er reagierte überhaupt nicht, und dann lobte sie die Taschenlampe, als habe *er* sie erfunden. Er probierte mit dem Licht herum, man konnte es auf verschiedene Arten einstellen, punktförmig und als Kegel, so wie man es kennt, und heller und weniger hell und in diversen Weiten oder so ähnlich. Und dann plötzlich passierte es. Das Mädchen fiel ihm wieder ein, und er grinste, und gleichzeitig drückte er an der Lampe herum und entschied sich für das schärfste Licht. Ja, und mit dem blendete er die Frau und zwar: mitten in die Augen hinein. Und er lachte.

Nicht schlecht, oder? Hochfrequenz.

Hey, das tut aber weh, sagte sie.

Tut mir aufrichtig leid, sagte er und machte es wieder. Und dann immer wieder und wieder. Licht aus, Licht an, und jeweils voll in ihr Gesicht, in ihre Augen.

Was mir wirklich ein Rätsel ist: Warum hielt sie sich nicht die Augen zu, mit den Händen, oder sie hätte sie ja auch schließen können, und noch vernünftiger wäre es ja gewesen, wenn sie ihr Gesicht von ihm abgekehrt hätte. Komisch. Ich fands aber nicht komisch. Vielleicht wollte sie ihm mit ihrem Mut zum Standhalten imponieren? Dann hätte sie ja aber nicht immerzu sagen sollen: Es tut weh. Du, Harry, hör auf damit, es tut wirklich weh.

Harry, ja, oder etwas, das so klang wie Harry.

Das tut mir aber leid. Er klang barsch und erfreut. Er klang gemein. Tut mir schrecklich leid. Er blendete sie wieder. Diese Lampe ist in Ordnung, hm?

Diesmal hatte er mich gefragt. Ihm wars wohl nicht entgangen, daß ich dem üblen Spaß zusah. Er war stolz drauf, auf alles miteinander, auf die Lampe, auf seine Macht über das Mädchen, und daß ich zusah, darauf war er erst recht stolz.

Ist sie nicht in Ordnung? fragte er mich, diesmal lauter.

Ich fand ihn ziemlich bedrohlich. Häng dich da nicht rein, riet ich mir, und ich antwortete: Wen meinen Sie? Die Taschenlampe oder Ihre Begleiterin?

Er lachte, mit einem abgesetzten künstlichen *ha ha ha*, als wolle er mir vormachen, wie Lachen geht. Aber in Wirklichkeit wußte er wohl keine Antwort. Dann fiel ihm eine ein, und die hörte sich nicht gut an, er klang richtig warnend: Übrigens brauchen wir keine Zuschauer.

Ein paar andere Leute im Stehcafé hatten ein paarmal zu uns rübergesehen, dann wieder weggesehen. Die zwei Frauen hinter dem Tresen taten so, als wären wir nicht da.

Warum halten Sie nicht die Hände vor die Augen? fragte ich das Mädchen, als der Bursche wieder loslegte, nun ließ er den Strahl über ihr Gesicht kreisen.

Das Mädchen sah mich mit einem leeren schutzlosen Ausdruck an, und ich erinnerte mich an das Kind, das auf meinen Versuch zu trösten noch entgeisterter reagiert hatte als auf die Schläge seiner Mutter, und ich fing an, etwas zu begreifen, aber ich könnte nicht sagen, was es war. Das Mädchen sah wie Glas aus. Es mochte mich nicht.

Der junge Mann blendete sein Mädchen, setzte aus, blendete sie wieder, und dann wurde es ihm zu langweilig, vermutlich, weil ich nicht mehr zuschaute.

Komm her, gib deinen Finger her, sagte er zu dem Mädchen.

Ich war ein bißchen neugierig, ich gebe es zu, also sah ich, daß ihm das Mädchen seine linke Hand hinstreckte. Beim Versuch, den Ringfinger abzuspreizen, hob sich der kleine Finger mit und stand ab, höher als der Ringfinger. Irgendeinen nicht sehr stattlichen Ring hat der junge Mann über den Ringfinger geschoben und auf den abstehenden kleinen Finger geklopft, und das Mädchen hat gelächelt und mir einen patzigen rechthaberischen Blick zugeworfen. So als wolle sie mir sagen: Na, da sehen Sie es! Jetzt sind Sie aber wohl platt! Er liebt mich, er will mich heiraten. Dies ist ein Verlobungsring. In Wirklichkeit hat sie gesagt: Sie habens doch gehört: Wir brauchen keine Zuschauer.

Als ich zahlte, hat der Mann mich voll angeblendet, und beide haben ziemlich laut gelacht. In der Tür sah ich, daß er schon wieder sein Mädchen mit der Taschenlampe traktierte, und draußen, ich ging in Richtung Westen die Straße hinunter zu meiner Bushaltestelle, sah ich einen Himmel mit vielschattiertem Gewölk und eine untergehende Sonne darin wie in einem geschlagenen Gesicht, das Stück Himmel zwischen den Häuserfassaden wie ein riesiges, schon älteres Hämatom. Mir fiel ein, daß ich acht Minuten zu spät war. Mit diesem Anblick von der untergehenden

Sonne. Ich habe das in einem astronomischen Buch gelesen. Zuschauer beim Sonnenuntergang sind acht Minuten zu spät. Die Sonne ist genau acht Minuten vorher untergegangen.

Andenken wie Stuzzicadenti

Hör zu, ich habe was ganz Entscheidendes herausgefunden.

Toys Freundin Melanie redete schon eine ganze Weile in beruhigendem Ton auf ihn ein, aber nun, wo sie zum Ende ihres Berichts gekommen zu sein schien, klang sie anders. Ihre Stimme war vom krankenpflegerinnenhaften Hautgout frei und frisch, fest, erweckt. Etwas, den entscheidenden Fund, mußte ihr Gedächtnis nachgeliefert haben. Melanie leuchtete von innen heraus wie ein Halloween-Kürbis.

Sie tranken in seiner und Toys Küche – Stil Bauernküche holländische Art – Kaffee, und er schöpfte neue Hoffnung. Vielleicht würde auch er bald von innen nach außen glühen wie Melanie. War doch eine erstklassige Idee, ausgerechnet diese Freundin um eine Aussprache mit Toy zu bitten. Melanie, die selber nicht zwanzig Jahre lang kerzengerade von Moral aufgerichtet durch ihre Ehejahre gepilgert war, ja, gute Idee, eine im Geist Verwandte seiner kleinen unberechenbaren Toy mit dieser Mission zu betrauen. Er selber war dafür unbegabt. Er ging im Gleichschritt durch sein Leben, hatte sich ein Marathon bis zum Ende vorgenommen und würde es durchhalten. Seine Toy jedoch wechselte zwischen Jogging und Walking ab und kam beim einen wie beim andern außer Atem und konnte nur noch auf einem Bein hüpfen, und dann mußte sie stolpern, und sicher hatte sich das bei Melanies Fortbewegung durch ihr Leben ganz ähnlich abgespielt. Er betrachtete die hübschen weißen Kacheln mit den blauen Nachahmungen Delfter Muster an der Wand gegenüber und fing an, sich viel besser zu fühlen.

Melanie hatte seine Toy, die in sieben Ehejahren schon zum dritten Mal Ungetreue – wenn er alles mitbekommen hatte – in ihrem Atelier besucht, wo Toy seit drei Wochen kampierte.

Also, ich höre, sagte er. Was ist das Entscheidende, das du herausgefunden hast? Schieß los.

Es besteht keine Gefahr, ich meine, keine wirkliche. Melanie sah ihn bestimmt an, und er war schon überzeugt, ehe er ihrer Beweisführung zugehört hatte. Fast dachte er, mehr brauche er gar nicht zu wissen. Aber es wäre klüger, mehr zu wissen.

Nur zu, weiter.

Bedenke, ich war schließlich vier Stunden lang mit den beiden zusammen, zuerst in einem übrigens gräßlichen Lokal, furchtbar laute Musik, und die Leute schrien sich an, um sich überhaupt zu verstehen, und als es mir endgültig reichte, war ich mit ihnen in Toys Atelier.

Was nennst du *Gefahr*? wollte er wissen und doch vielleicht lieber nicht wissen. Doch empfand er es als seine Pflicht, sich danach zu erkundigen. Er war ein gewissenhafter Mensch. Und wenn, laut Melanie, keine Gefahr bestand, zumindest keine *wirkliche*, wozu die Aufregung?

Weißt du, woran man es erkennt, daß es etwas Ernstes ist? So eine Affaire, daß sie mehr ist als Na-du-weißt-schon? Melanie wartete nicht auf seine Antwort. Man erkennt es daran, wenn du mitkriegst, daß zwei eine Privatsprache miteinander haben.

Aha. Er überlegte, ob Toy und er in einer Privatsprache miteinander redeten. Es schien ihm nicht der

Fall zu sein, und auf seine begrenzte Zuversicht fiel ein trüber Schatten.

Und eine private Mimik, fuhr Melanie fort. Die Mimik des einen für den andern.

Versteh ich nicht. Kann mir überhaupt nichts drunter vorstellen.

Na, hör mal, das ist doch kinderleicht! Melanie rief es seufzend aus. Du bist ein bißchen stur, mein Armer, und merk dir: Das mußt du dir abschminken, das Sture und etwas Steife, das ists, wovor Toy wegläuft zu all diesen *Romantikern*. Melanie lachte. Noch Kaffee? Nein? Also gut, eine Winzigkeit wie die jetzt zwischen uns mit dem Kaffee, ich meine, sie ist nicht typisch für *Pärchen*, aber diese Frage-und-Antwort-Miniatur hätten sie mimisch gelöst. Oder gestisch.

Gestisch: Das zu verstehen machte ihm keine Mühe. Das kam zwischen ihm und Toy auch vor. Er sah sich die Thermoskanne mit dem Kaffee heben, fragend blicken – aber seine Gesprächsunlust fand doch nie Toys Gefallen, immer meckerte sie an ihm herum: Warum kriegst du den Mund nicht auf? Warum *sprichst* du nicht mit mir. Nicht wirklich. Nur diesen Alltagsquatsch.

Er gab also Melanie zu verstehen, sie habe ihn nicht ganz überzeugt, nicht, was den gestischen Teil der Privatwelt zwischen Liebenden anging.

Ich sagte es ja schon, das mit dem Kaffee ja oder Kaffee nein danke war kein gutes Beispiel. So zwei Leutchen haben natürlich andere Sachen im Kopf, und über die kommen sie ohne Worte gut zurecht, ich meine, über die verständigen sie sich, und zwar so, daß kein Dritter eingeweiht ist.

Ja, und? Er gab sich einen Ruck und fragte grob: Tut Toy das mit diesem Lümmel?

Eben nicht! rief Melanie. Wie gesagt, ich hatte vier Stunden Zeit, die zwei zu studieren, und ich habe keine Minute verträumt. Dir zuliebe. Ich hab höllisch aufgepaßt. Wirklich, sie haben keine Geheimwelt, wenigstens *noch* nicht. Noch ists nichts Ernstes. Aber du mußt dich dranhalten. Du mußt sie zurückholen.

Ihm sank der Mut. Er hatte eigentlich nicht eingreifen wollen. Er traute es sich nicht zu. Er war auch bei allen vorangegangenen Abtrünnigkeiten Toys der Abwartende geblieben. Der Hüter des Hauses und der Ordnung, der die vorgesehene Lebensplanung aufrechterhielt und darauf setzte, daß Toy ins gewohnte Gleis wieder einführe, ohne ihn als denjenigen, der für sie das Signal umstellte. Welche Anzeichen gibt es sonst noch? Günstige Anzeichen? Er fragte mutlos. Toy war im Englischen das Wort für Spielzeug. Sie nahm das Leben nicht ernst genug, sie benutzte es als Lustgarten, sie haßte die Monotonie, und sich selber fand sie ziemlich gut als Spielerin.

Wichtige Anzeichen, dozierte Melanie und schenkte sich schon wieder Kaffee ein, was er für unvernünftig hielt, denn der Kaffee, von ihr gebraut, war furchtbar stark, sein Herz hämmerte schon vom bloßen Hinschauen. Melanie nahm einen Schluck, machte *ahhh*, zündete sich eine Zigarette an. Und zwar sind diese sehr sehr gravierenden Anzeichen kleine Andenken.

Wie bitte? Was denn für kleine Andenken? Er konnte sich nichts darunter vorstellen. Melanie hatte von *kleinen* Andenken gesprochen. Luxusgeschenke, das hätte er sofort verstanden, bei Toys Vergnügen an exklusiven Seidenunterhemdchen und ihrer Passion für Schmuck, von Ohrgehängen bis zu Ketten und Halsbändern und Ringen konnte sie nicht genug kriegen und war Expertin, auch im Wünschen, eine Expertin. Aber *kleine* Andenken? Er kapierte gar nichts mehr.

Ach, armer Trottel, verzeih die Anrede, aber mir kommts so vor, als hättest du niemals eine richtige saftige Verliebtheit mitgemacht. Melanie blies ihm zum Scherz Qualm ins Gesicht, und er duckte sich schnell drunter weg.

Hab ich wohl. Damals, mit Toy.

Und weißt nichts von kleinen Andenken! Puh! Also, paß auf: Wenn zwei anfangen, Kleinigkeiten zu sammeln, die sie miteinander verbinden, ich denke an gemeinsame Abende in einem Restaurant und jeder von ihnen steckt Zuckerbriefchen ein oder Streichhölzer, die erinnern sie an ihre *glücklichen Stunden*, dann ists was Ernstes. Dann besteht Gefahr. Alarmstufe eins. Na, und wir waren in diesem scheußlichen lärmigen Lokal, und sie habens nicht getan.

Was nicht getan?

Melanie tat einen tiefen Seufzer. Nun, sie haben nicht heimlich den Aschenbecher geklaut, Sachen dieser Art. Du, ich finde das schon sehr aufschlußreich. Alles viel harmloser, nach meiner Entdeckung, daß sie keine Privatwelt haben, viel viel harmloser als das bißchen Bein an Bein unterm Tisch, du weißt schon.

Du weißt schon, du weißt schon! Das bißchen Bein an Bein unterm Tisch gefällt mir überhaupt nicht. Er war auf einmal so empört, als wisse er nicht, wie viel mehr sich seit drei Wochen in Toys Atelier zwischen ihr und dem verfluchten Ehebrecher abspielte. Gleichzeitig war ihm klar, daß er sich jetzt wie ein Idiot benahm.

Sex ist nicht so *zerstörend*, verstehst du? Die kleinen Andenken sinds, die verraten, daß mehr dahinter steckt. Das geistige Zusammengehören, oder wie soll ich sagen.

Geistig! Der Bursche weiß überhaupt nicht, was Geist ist! Bein an Bein unterm Tisch, wie primitiv.

Melanie lehnte sich zurück, saß schräg im hin- und herwippenden Stuhl; sie rauchte mit geschlossenen Augen und sagte müde: Wir alle kennen doch diesen Film. Es ist teils Nachahmung, teils triebhaft, kreatürlich, armer Schatz.

Na klar, sagte er, wenn auch nur, um nicht länger als der letzte Schwachkopf vor Melanie dazustehen. Aber er war nun einmal ein Greenhorn, ein Snowbird, und Toy tatsächlich vor sieben Jahren ergattert zu haben, kam ihm jetzt nicht nur erstaunlich vor, es schien vielmehr auf einem Irrtum Toys zu beruhen. Ich weiß so schlecht nun auch wieder nicht Bescheid, und ebenso genau sehe ichs kommen, daß du mit diesem Stuhl in den nächsten Minuten auf dem Küchenboden landest. Ich kenne mich schon aus, oh doch. Er lachte. Doch es versetzte ihm einen Stich, immer noch, dieses läppische Bein-an-Bein-Getue seiner Frau, und wenn das, wodurch der Stich piekte, sein Herz war, dann stimmte etwas nicht mit seinem letzten Belastungs-EKG-Ergebnis. Er dachte über Melanies Diagnose von Liebesaffairen nach. Hatten nicht Toy und er doch diese für andere geheime Privatwelt? Er überlegte: Worin, womit? Welche Codes kannten nur sie beide? Was ist unser Geheimvokabular? In welche nur ihnen gehörenden Mysterien teilten sie sich? Ach, wahrscheinlich war er jetzt einfach nur zu nervös, und darum fiel ihm nichts ein. Oder: doch! Stolz platzte er damit heraus: Toy und ich, wir *haben* eine Zuckersammlung. Weißt du, Zuckerstückchen aus Hotels und so, von Urlaubsreisen.

Na schön, sagte Melanie. Aber das ist Ehe.

Aber eine Sammlung. Allmählich verstehe ich gar nichts mehr. Ihr Frauen seid schon ganz schön verzwickt.

Sind wir.

Toy hatte immer seine lakonische, reservierte einsilbige Art geschätzt und männlich gefunden: in früheren Zeiten, mußte er zugeben. Diese drei Ehebrecher waren alle solche Schwätzer. Märchenerzähler, Seelenverkäufer. Der Neue, dieser Kindskopf, war gewiß vom selben Schlag. Toy, in ihrer Naivität und weil sie den Mund nicht halten konnte, vertraute ihm gleich am Anfang ihrer Verliebtheit in diesen Knaben an: Er huldigt mir irgendwie orientalisch.

Er richtete sich auf, zuerst in seinem Stuhl, dann, nachdem er sich vom Stuhl erhob, in seiner vollen Länge in der Mitte der netten weißen Küche holländischer Prägung. Schön, Toy und der Taugenichts hatten keine Privatsprache, er wollte sich auf Melanies Durchblick und auf ihren Erfahrungsschatz verlassen, und seine Ehe befand sich nicht in ernstzunehmender Gefahr. Sehr schön. Er wurde nun beinah so ruhig wie Melanie, der er, bei aller Kritik, die sie für ihre verflossene Unstetheit verdiente, Respekt und fast so was wie Wärme und bestimmt sehr viel Sympathie entgegenbrachte.

Dann richte ihr doch bitte aus, daß ich nichts dagegen habe, wenn sie zurückkommt. Tu das bitte, Melanie. Toy sollte auch mal wieder ein Bad nehmen und was Ordentliches essen.

Dort in ihrem Atelier führte Toy ein Lotterleben, stellte er sich vor, es gab nur einen elektrischen Topf für ihre Tees und ein winziges Waschbecken.

Melanie verwöhnte ihn mit den Worten: Du bist ein Klassetyp, bist du wirklich.

Er fand nicht, daß er das war, aber was überhaupt war ein Klassetyp?

Melanie kündigte an, sie müsse gehen. Sie stand auf,

sie lächelte die holländischen Motive auf den Kacheln an, betrat das zwei Stufen höher gelegene Wohnzimmer und sagte im dieses und jenes inspizierenden Hin- und Hergehen: Und ich sag dir was: Diese Haltung bei dir, du kannst *verzeihen*, mein Gott, wer kann schon verzeihen, wer *will* es überhaupt ... ich schweife ab, aber ists nicht so? Die Paare taumeln wie die Glühwürmchen aufeinander zu, und nach dem ersten bißchen Knies ... sie trennen sich, stimmt das mit den Glühwürmchen?

Ich glaube, eher nicht, sagte er. Und es war kein *erstes bißchen* bei Toy, dachte er.

Was ich sagen wollte – oh, wie absolut ideal ist dieser Sessel! Melanie wippte ein paarmal auf dem breiten Lederpolster – sagen wollte ich, sie kann nicht genug gewürdigt werden, deine Haltung, aber gib zu: Lohnt sie sich nicht auch, bei einer Frau wie Toy?

Hmhm, machte er. Bei aller Dankbarkeit, er wäre Melanie allmählich ganz gern losgeworden. Gesellschaft von Frauen überanstrengte ihn ziemlich rasch. Um ein Gegengewicht und sich Genuß zu schaffen, stopfte er sich eine Pfeife, hatte sie so weit, machte Feuer in dem kleinen braunen Holztopf, und das Knabbern am schwarzlackierten Mundstück tat ihm gut. Kleine bläuliche Wolken stiegen in Richtung Melanie auf, aber sie zerfaserten und erreichten den Ledersessel mit Toys in allen diesen sogenannten Herzensangelegenheiten sachkundigen Freundin nicht.

Und ich denke, du bist so intelligent, daß du das weißt.

Was: weißt?

Eine chorleiterhafte Handbewegung Melanies schien um mehr Schwung zu bitten. Sei kein Langweiler, du Klassetyp in der hintersten Reihe bei den zuverlässigen

Bässen. Melanie sagte: Daß es sich *lohnt*! Bei einer Frau wie Toy! Die ist nicht das Prêt-à-porter-Modell, so eine kriegst du nicht von der Stange, sie ist die Einzelanfertigung.

Er konnte das nicht ganz so sehen. Wenn er Melanie hinzunahm, konnte er schon auf zwei zählen bei den Einzelanfertigungen. Er vermutete, die Toys und die Melanies waren in der Überzahl.

Trinken wir noch ein Bier? bot er höflich an.

Aber gern. Obwohl ich los sollte.

Melanie fand, sein Entschluß, den verlorenen Sohn in der Gestalt Toys sanftmütig wieder bei sich aufzunehmen, sei eine kleine Zugabe wert.

Obwohl er nicht mehr als dieses eine Bier getrunken hatte, fühlte er sich angesäuselt, und ihm war feierlich zumute bei Melanies langem festem Händedruck. Gern hätte er gesagt: Ich liebe Toy. Es hat nichts oder kaum was mit *Haltung* und *Intelligenz* zu tun, ich liebe sie. Doch ließ er es beim *Klassetyp*, der er für Melanie war. Warum auch nicht, und er rang sich die Worte ab: Schon gut. Sie soll schleunigst wiederkommen. Sie braucht auch bestimmt frische Wäsche und was Ordentliches auf die Rippen, sicher hat sie seit werweißwann nichts Gescheites gegessen. Kosmetikkram und was Frauen sonst noch so brauchen, weiß der Teufel. Sie hat ja alles liegen und stehen gelassen.

Melanie lächelte sphinxisch oder hoffte, es wirke so, und meinte, was den letzten Punkt betraf, könne sie ihn beruhigen. Sie war in voller Montur, als ich sie und diesen Lümmel sah. Toy würde lieber auf *Brot* verzichten, wenns um die Entscheidung Brot oder Eyeliner und dergleichen ginge. Machs gut, adios, Klassetyp! Du kriegst sie sehr bald zurück.

Der Klassetyp nickte wie ein schüchterner Schüler,

der sich noch nie eine gute Note verdient hatte, jahrelang nie, jetzt aber.

Vom Gartentürchen lief Melanie nochmals zu ihm zurück, er war auf der untersten der vier Treppenstufen stehengeblieben, die zur Haustür führten.

Hör zu: Wenn zwei nicht diese kleinen Souvenirs einstecken, irgendwelchen Krimskrams aus einer gemeinsamen Unternehmung, und das Zeug bei sich behalten, dann ists nichts Ernstes, und Haarlocken werden heutzutage nur noch ganz selten gesammelt. Vergiß es nicht. Und auch nicht diese Geheimsprache, diese Privatwelt: Hör ihr zu, wenn sie mal mit ihm telephoniert, denn fast unvorstellbar wärs, wenn sie es nicht täte. Und es wird nichts dran sein, nichts Gefährliches für eure Ehe, ich schwörs dir. Denk an mich!

Wird gemacht! Und sorge dafür, tu dein Bestes, daß sie gleich heute noch zurückkommt. Spätestens morgen.

Ui ui! Sieh da! Ein Ultimatum?

Nicht direkt. Wie mans nimmt. Er antwortete etwas verlegen, wollte der Mann mit der Haltung bleiben, der intelligente, Gottes irdisches Ebenbild in puncto Vergebung. Aber der menschliche Faktor kratzte an dieser letzten Vollkommenheit. Am besten heute noch, aber spätestens morgen brauchte er Toy an dem Platz, an den sie gehörte, denn morgen nachmittag kamen die Kinder aus dem Camp des CVJM. Toys drei Wochen im Atelierversteck, diesem Liebesnest, waren ihnen erspart geblieben, das Sommerlager im Camp hatte eine Woche vorher angefangen.

Und sie kam noch am selben Tag. Dank Melanies Drängen? Oder weil sie einen erstaunlichen Appetit hatte? Mit gemischten Gefühlen beobachtete er sie beim Haut- und Fleisch-Abknabbern eines Hähnchenbeins nach dem Verschlingen von Käsebroten; danach machte sie sich über einen brustförmigen, im Kühlschrank versteinerten Reispudding her, Himbeersirup in ihn knetend, damit er weich würde und sie ihm ohne Wartezeit zu verlieren den Rest geben könnte. Ihn rührte zwar ihre Eßlust, aber es behagte ihm nicht, wie sie hier die Ankunft der Kinder vorwegnahm, als ihr gutmütiger Vater wollte er sich wirklich nicht sehen, und außerdem fiel ihm diese dumme Redewendung ein, dieses Von-Luft-und-Liebe-leben, und das hatten sie anscheinend getan, Toy und der kleine Verführer, dort in ihrer Variante von *Sommerlager*, *Camp*. Er fühlte sich ausgeschlossen, aber er bereitete den Espresso wie an jedem Abend, bevor Toy abgehauen war, und bei dieser gewohnten, endlich wieder aufgenommenen Sitte ging es ihm wieder gut. Sie und er, sie waren wieder unter Dach und Fach. Er wußte sie und sich damit in Sicherheit, während er den Espresso in die kleinen dunkelbraunen Tassen goß.

Endlich satt? Du hast wohl eine Diät gemacht.

Toy, die Lachnummer der Familie, das mit Fröhlichkeit Akzente setzende Zentrum, lachte zwitschernd: Nicht unbedingt! Nicht auf jedem Gebiet! Oh, und jetzt *muß* ich einfach unter die Dusche! Nach der Dusche hab ich mich am allermeisten gesehnt. Sie mußte wieder lachen. Ja! Wirklich! Aber nur ein ganz kleines bißchen mehr als nach dir. Sie sah ihn zärtlich an und plötzlich sogar ernst. Du, ich bin hundemüde. Sei nicht böse, aber nach dem Duschen darf ich sofort ins Bett, darf ichs?

Er machte in der Küche Ordnung, er schickte seine Augen und seine Sinne noch beim Zapping vor dem Fernsehapparat durch verschiedene Sendungen, während sein Gehirn auf seine Art ein Durcheinander erzeugte, die Bildeindrücke und sein Denken fanden nie zueinander, und wenn sich plötzlich doch ein Zusammenhang ergab – eine nackte Frau auf dem Bett neben ihrem von unordentlichen Bettüchern partiell bedeckten Liebhaber erklärte, so wie er habe noch keiner sie geschafft und jetzt sei sie *hundemüde* und der Liebhaber streichelte ihre Schultern mit einem törichten stolzen Lächeln – dann richtete er den Geber pfeilschnell auf den Bildschirm und drückte die Szene weg und besah sich dann einen langweiligen Menschen vom Betriebsrat eines Unternehmens, der sich über die Menschenverachtung der Aufsichtsräte ausließ.

An Toys ordentliches Bett trat er spät am Abend. Toy mußte sofort eingeschlafen sein, denn sie hatte sogar vergessen, ihre Leselampe auszuschalten. Er betrachtete ihr weiches rosiges Gesicht. Es sah unversehrt aus. Von keiner ihm fremden oder gar feindlichen Erfahrung markiert. Der kleine Gernegroß hatte keine Spuren hinterlassen, recht geschieht ihm, und wer weiß, vielleicht hatten sie außer Schmusen und Herumknutschen gar nichts miteinander, machte er sich vor und glaubte sogar ein wenig daran. Frauen hatten für diese Teddybärspielchen und Flüstereien viel mehr übrig als für handfesten Sex, und Toy war eine Frau, die sehr gern sehr viel redete und viel vom Streicheln und gegenseitigen Anblicken hielt. Eine Mühsal, die ihm zusetzte, dieses einander Anschauen, möglichst Aug in Auge, und Toy konnte schrecklich lang durchhalten. Seit längerem hatte sie es aufgegeben, mit ihm Blickkontakt und Von-oben-bis-unten-und-wieder-rauf-Betrachten. Nun mochte sie es mit dem Jüngelchen ausgekostet haben, offenbar bis zur Neige, nun war Schluß damit, und Toy lag, sauber geduscht und mit zu vollem Magen, in dem Bett, in das sie gehörte.

Er hob ihren Wecker hoch. Wieder beruhigend: Sie

hatte ihn nach alter Gewohnheit auf sieben Uhr gestellt. Als er den Wecker wieder auf seinen Platz und wegen der Leuchtziffern ein Stück zurückschieben wollte – Leuchtziffern sollten aus irgendeinem Grund der Gesundheit schaden –, da stieß er gegen etwas Papierenes, Knittrig-Weiches. Er nahm es auf. Toys Leselampe schaltete er aus. Im Wohnzimmer – schwarzweiße Kühe, eine langgestreckte Herde, liefen auf dem Bildschirm über eine kleine Brücke, die Kühe sahen verblüffend groß aus in der Spielzeuglandschaft mit niedrigen Häusern und zerrauften Büschen, und ein Bauer erklärte, warum die Kühe eine Fehlinvestition seien – unter der Stehlampe begutachtete er seinen Fund vom Platz neben Toys Kopfkissen. Zwei kleine Zuckertüten, wie sie in Cafés auf Kaffeeuntertassen gelegt werden. Auf der einen Zuckertüte grinsten ihn Max und Moritz an. Die zweite Zuckertüte von derselben Firma zeigte das Abbild der Frommen Helene und etwas Unleserliches war daraufgekritzelt. Zwei Wörter, nicht zu entziffern. Dahinter fünf Zahlen. Vielleicht eine Telephonnummer. Eine Streichholzschachtel, länglich und flach, warb mit Goldlettern auf schwarzem Grund für *The Inn.* Ins Innere der Streichholzschachtel hatten zwei Zahnstocher nur eingeknickt gepaßt. Er las aufgeregt geheimnissüchtig wie das oberste Greenhorn von einem Detektiv bei seinem ersten Ermittlungsauftrag, was auf dem dünnen Einwickelpapier der Zahnstocher stand, und dazu holte er sich sogar die Lupe: Nicht sehr aufschlußreich, es stand nur *Fackelmann, stuzzicadenti* auf der einen Seite und *Fackelmann, Zahnstocher* auf der anderen Seite darauf.

Über den Bildschirm lief immer noch die Kuhherde. Sie erreichten ihre Weide und fingen sofort mit dem Fressen an, pflichtschuldig und melancholisch senkten sie ihre breiten Hälse, die Ohren schlackerten und die Köpfe vertieften sich ins Gras. Wieder erzeugte sein Gehirn keinen Zusammenhang zwischen den Eindrücken und Gedanken, den Kühen und dem Bauern, der wieder den Bildschirm blockierte und nichts Freundliches für die Kühe empfand, und Toys kleiner schlimmer Sammlung. *Ob es was Ernstes ist oder nur eine Lappalie … du erkennst es daran, daß sie kleine Andenken wichtig finden und aufheben* … Er schob Melanies Sätze aus seinem Bewußtsein. Frauenkitsch, Weibergewäsch. Zwei Nahaufnahmen: Auf dem Bildschirm knickte eine Kuh, deren Fell anders als bei den großplackig gemusterten schwarz-weiß gesprenkelt war wie Terrazzoboden, die Vorderbeine ein und ließ sich im Gras nieder, sie blinzelte in die Kamera und sah schuldbewußt aus, gleichzeitig aber auch fast verächtlich und prinzipiell uninteressiert, und mit diesem Ihr-Menschen-seid-mir-vollkommen-egal-Blick begann sie mit breitem Hin- und Herschieben ihres feuchten schwarzen Mauls das Wiederkäuen. Die andere Nahaufnahme: Geheimwelt der Andenken. Wie unschuldig sah doch die Schuld aus.

Er brachte schnell Toys Spielzeug – sie heißt ja *Spielzeug*, dachte er – an ihr Bett zurück, dann wollte er wieder die Terrazzo-Kuh beobachten. Doch der Idiot von einem Kameramann hatte ihr nicht zugetraut, die Zuschauer bei der Stange zu halten, und jetzt wuselten Schweine auf engem Raum umeinander, und eine Frau mit frischer Dauerwelle drängte sich vor ihren Mann, der herunterstammeln wollte, wie viel Hektar er bewirtschafte, und sagte mit scharfer Stimme: Nein wirklich, es rechnet sich wirklich nicht. Wissen Sie, es lohnt sich einfach nicht mehr.

Ist was passiert?

Und im Lift bekam ich plötzlich diese Erleuchtung. Bis zum ersten Stockwerk noch war ich furchtbar aufgeregt, aber dann kam diese wundervolle Ruhe über mich.

Carmen wartete einen Augenblick auf die Frage ihrer Freundin, die etwa so lauten würde: Und wodurch? Und was war das für eine Erleuchtung? Sag schon. Aber die Freundin blieb stumm, blickte nur mit forschendem Argwohn. Sicher hatte sie ihre Kritik schon fix und fertig im Kopf, kurz danach auf der Zunge.

Das war so. Mir fiel unerwartet eine ganz lausige Gesprächsrunde ein, die ich mit Victor kürzlich im Fernsehen angeschaut hatte, wir haben diese Seichtigkeit stumm ertragen, die Leute auf dem Bildschirm schlugen sich mit dem Thema *Seitensprung* herum, als ginge es um ein philosophisches, enorm wichtiges Phänomen, und uns wars peinlich, jeder dachte wahrscheinlich an die gräßlichen hundsgemeinen Sachen, die wir in unserem Zusammenleben schon gemacht hatten …

Ja und? fragte die Freundin, die jetzt etwas ungeduldig wurde, sie schlug ihre Beine andersherum übereinander und klopfte mit dem rechten Fuß auf den Teppich, und Carmen mußte an die kleinen filzgepolsterten Hämmer im Innern ihres Klaviers denken, wie sie auf und ab hüpften, wenn ihre Taste gedrückt wurde.

Ja ja, ich komme schon zur Sache, sagte Carmen. Wie du weißt, hat es mich aufgeregt, daß Firmin Reich ruhig unten bei den anderen und bei ihren Drinks sitzenblieb, als ich wegging, und ich hatte schließlich mein Weggehen oft genug angedeutet, ich hatte erklärt, daß ich in mein Bett wollte und vorher ein Bad nehmen, und ich denk schon, daß ich dabei ziemlich anzüglich war. Aber nichts, rein gar nichts an Wirkung bei Firmin.

Laß ihn ziehen, sagte die Freundin. Willst du mal? Sie hielt Carmen ihre Zigarette hin. Es war eine selbstgedrehte Zigarette, die dünn und verdächtig aussah, verdächtig erst recht die Art, in der die Freundin die Zigarette hielt, wie eine Blume, zwischen den Kuppen von Mittel- und Zeigefinger und Daumen, und wie sie an ihr sog, andächtig, und das Zeug inhalierte. Carmen vermutete, es handle sich um einen Joint.

Jetzt nicht, danke. Ich erzähl dir erst mal weiter, oder?

Die Freundin gähnte und nickte mit dem Kopf, sie blickte nicht mehr kritisch, auch nicht wissensdurstig. Mach weiter, hieß das, und glich einem Gnadenakt. Was war die Erleuchtung?

Mir fiel also zwischen erstem und zweitem Stockwerk diese blöde Talkshow ein, und dann aber der junge Politiker, ein Ministerpräsidentschaftskandidat, er war der einzige mit Mut in dieser miesen Runde, kann ich dir sagen. Alle fanden Seitensprünge völlig in Ordnung, es gab sogar fast so was wie Werbung für ein Hotel in Wien, in dem man sich auf praktizierende Ehebrecher spezialisiert hat, und da mittenhinein fragte er: Haben Sie sich je überlegt, ob nicht auch das *Nein* ein Glücksgefühl bringt? So ungefähr. Er meinte wohl: Gut, man gerät schon mal in eine Versuchung, aber dann entscheidet man sich fürs *Nein*. Verzichten, verstehst du? Und das Glücksgefühl durch diese Über windung, den Widerstand gegen diese erste dumme Aufwallung.

Die Freundin schnaubte enerviert: CDU, oder?

Carmen, vertieft in ihre Erinnerung, überhörte den Einwurf. So kams zu meiner Erleuchtung. Ich hab bis in den fünften Stock rauf in mir gesagt: Es ist aus, oh Gott ich danke dir dafür, daß es aus ist. Und dann im Badewasser, Schaum bis zur Nasenspitze, ich kann dir sagen, ich habe immer noch in dieser Dankbarkeit geschwelgt, es war das Glücksgefühl, von dem der junge Politiker geredet hatte – die andern haben ihn natürlich alle doof gefunden ... Meine Aufregung und meine Wut, alles vorbei, Firmin so gut wie ersäuft, in meinem Badewasser. Carmen lachte. Oh welch ein Segen und Glück, gings mir dauernd im Kopf rum, und ich habs auch vor mich hingesprochen, es ist aus, definitiv aus, wie *rein* ich bin, wie *rein* ich zu Victor zurückkehren werde ...

Herr im Himmel, was für eine superedle Story. Carmen, Carmen. Über dich wäre dem guten Bizet niemals ein Takt Musik eingefallen. Dieses Libretto hätte er ins Feuer geschmissen.

Aber der Freundin schien die Sache nicht mehr zuzusetzen, was, wie Carmen annahm, vom Joint kam. Es war ganz sicher ein Joint. Die Pupillen der Freundin waren groß und dunkel, ihr Gesicht hatte einen rosig-erweckten Ausdruck angenommen.

Ich bin nicht fertig, sagte Carmen. Ihre Stimme klang plötzlich düster. Die Badezimmerszene hatte sie in schwelgerischem Sopran geschildert. Jetzt redete sie alltagsnüchtern. Ich bin leider ganz und gar nicht fertig. Ich dachte gerade also an Victor und wie rein und guten Gewissens ich ihn am Bahnhof umarmen würde, und dann dachte ich an die Kinder, ich würde ihnen noch Geschenke kaufen müssen, aber es wären dann keine Bestechungsgeschenke, ich war wirklich bestens dran, aber dann! Oh Gott!

Gott verzeiht, sagte die Freundin. Was war dann? Sie schien jetzt interessiert, aber vielleicht hatte auch das wieder nur mit dem Joint zu tun.

Gott wird mich für jede Fliege strafen, die ich erschlagen habe, er wird mich zur Rechenschaft ziehen, ich sags dir. Hör zu, ich steige aus dem Bad, bin bestens aufgelegt und fange auch an, die richtige schöne Müdigkeit zu spüren, ich fange an, mich auf mein Bett zu freuen, mein Bett für mich allein, und ab und zu sende ich ein paar ganz eklige Gedanken an Firmin aus und lache drüber, das alles mache ich, als es klopft.

Firmin, stellte die Freundin fest.

Firmin, bestätigte Carmen. Er hätte überhaupt nicht am Türspalt *Darf ich rein* und *Ich bins* flüstern müssen, ich wußte es auch so.

Klar, sagte die Freundin, sie war bei einem ihrer letzten Züge, die Zigarette verschwand jetzt fast zwischen ihren Fingerkuppen.

Was hast du gemacht?

Ich habe innerlich *Nein* gesagt, nein, du darfst nicht rein, aber *ja* zu ihm. Carmen tat einen tiefen Seufzer. Ist das nicht schrecklich? Wie kann man so wankelmütig sein?

Ist was passiert?

Statt einer Antwort bat Carmen um einen Zug von dieser sicherlich illegalen Zigarette.

Hier, nimm sie, ist fast nichts mehr übrig. Die Freundin gab ihr den Stummel. Carmen hielt den Stummel vorsichtig so, wie sie es bei der Freundin beobachtet hatte. Sie wagte sich noch nicht ans Rauchen heran.

Ja, es ist was passiert.

Es war nichts passiert, nichts von dem, was die Freundin nun denken mußte und was jeder gedacht hätte. Firmin hatte nur dumm im Zimmer umhergeschaut und herumgestanden und gesagt, er sei gekommen, um Carmen eine gute Nacht zu wünschen. Danach war sie wieder allein gewesen, aber nach ihrer erleuchtenden Reinheit konnte sie sich kaum mehr sehnen. Sie fühlte überhaupt nichts mehr.

Jetzt sog sie an der Zigarette. Offenbar zu spät. Die Freundin lachte: Sie ist aus, merkst du denn gar nichts?

Es war ein Wunder

Plötzlich war es so leicht, davon zu sprechen. Sie sagte gewagte Sätze und glaubte sich sogar dabei: Ja, ja, es ist ein großes Wunder, und ich bin jetzt sehr froh darüber, daß ich diese Ausdauer aufgebracht habe. Oh ja, das tat ich, alle diese schrecklichen sechs Jahre hindurch habe ich ihn besucht, Tag für Tag. Sie saßen an seinem Bett? Sie hielten seine Hand, das taten Sie doch sicher. Und streichelten ihn. Ja, sagte sie. Das waren zwar eher langweilige Antworten, die sie gleichwohl stolz machten; es entsprach der Wahrheit, sie hatte ihn täglich besucht, sogar damals mit dem Abszeß am linken Fuß, als sie kaum laufen konnte, und die Pflegerinnen hatten ihr bestätigt, wie hilfreich sie ihnen gewesen war und wie entscheidend ihr Beitrag zum Wunder, oh gewiß, nur durch sie hatte es geschehen können. Diese ständigen Bejahungen waren lebensecht, aber nur die eher unwirklichen, traumwandlerischen Sachen, die sie hier von sich gab und mit denen sie sich selber überraschte, hoben sie ganz aus dem Alltäglichen heraus. Zum Beispiel vorhin, da kam sie sich wie eine andere Frau vor, wie eine interessante Fremde, als sie zu ihrer eigenen Verblüffung behauptet hatte: Wie er so dalag, da liebte ich ihn mehr als am Tag unserer Hochzeit. Danach wurden ihre Auskünfte wieder nüchterner. Vielleicht lag das an den Fragen. Ja: Ich freue mich darauf, ihn zu mir nach Haus zu holen. Ja: Ihn wieder bei mir zu haben.

Das waren nicht die Sätze, die aus dem Rahmen

fielen. Doch das Schöne daran bestand im Wunder – schon wieder ein Wunder: Jetzt glaubte sie daran. Glaubte an all das, wovor ihr, seit er aufgewacht war und alle, sie auch, vom Wunder sprachen, angst und bange war. Jetzt glaubte sie, daß sie sich auf ihn freue.

Die andere Frau dort ihr gegenüber, so nah und doch fern, die ihr alle diese Fragen stellte, sah elegant und schön aus, und sie selber kam sich ungeschickt frisiert und geschminkt vor, obwohl das doch gar nicht stimmen konnte, denn vorhin hatte ein junges Ding sie ganz gut zurechtgemacht. Die andere Frau lächelte viel, aber ernst und ehrfürchtig meistens, sogar erschüttert. Eine schlanke, herrliche, wortgewandte Frau in einem sehr kurzen Rock, eng wie ein Futteral, aber die Jacke war sehr weit und an den Schultern ausgepolstert, und sie selber wußte nicht mehr, ob sie sich richtig entschieden hatte, als sie den Angorapullover mit den aufgestickten Blumen für das Geeignete hielt, seit einer Woche hatte sie darüber gegrübelt. Die andere Frau hörte nicht auf, sie zu lobpreisen: Gefüttert haben Sie ihn – er hat es nicht gemerkt und wohl doch gemerkt, sagen wir mal: mit dem Herzen, er hats gespürt. Gar nichts gemerkt und gespürt hat er, und ich hab ihn auch nicht gefüttert, in diesen sechs Jahren im Koma ging das ja gar nicht, jetzt erst, seit zwei Wochen füttere ich ihn, und das ist ziemlich gräßlich, dachte sie, aber sie widersprach nicht, außerdem, die andere redete ja immer weiter: ... und Sie hielten seine Hände, täglich, sechs Jahre lang ... einen Kuß haben Sie ihm dann und wann auf die Stirn gedrückt, stelle ich mir vor ...

Es war erhebend, ihr wurde so großartig und feierlich zumute, sie erkannte in sich diese Heldin des Alltags, als die sie hier geehrt wurde. Nein, sie hatte ihn nicht geküßt, aber es war so überwältigend, der Frau zuzuhören, den Schilderungen von Wohltaten, die sie angeblich begangen hatte, so atemberaubend, daß sie auf einmal dachte, sie könne die anteilnehmende schöne Frau in ein schreckliches Geheimnis einweihen. Aber das gäbe allem zuvor Gesagten eine sehr unerwartete Wendung. Und doch, ihr war bei dieser wundervollen Person nach Beichte zumute. Viel mehr als beim Priester, dem gegenüber sie nichts von dem, was in ihr die bleischwere schlimme Wahrheit war, über die Lippen brachte.

Sie fing an, sich aufzuregen. Wie in Trance hörte sie der siegreichen, allem gewachsenen Frau zu, die wieder den glänzenden kristallfunkelnden Blick mit dem wundergläubigen Ausdruck aussandte und das Loblied der ehelichen Treue, der Beharrlichkeit und der Tugend sang. Sie nahm zur Kenntnis, zu den wenigen zu zählen, die auf die wahre große Liebe ihres Lebens getroffen seien, und sie empfand sich zwar als ausgezeichnet, spürte jedoch dieses Gewicht, und sie wollte es an die Schöne loswerden.

Und woher nahmen Sie Ihre Zuversicht, Ihren Mann nach seinem schweren Sturz vom Scheunendach und in all den sechs Jahren seines Komas doch eines Tages zurückzugewinnen? Vorhin sagten Sie, Sie hätten gebetet. War da nicht noch mehr? War es nicht vor allem diese große einmalige Liebe zu ihm? Diese Passion? Sie widerstanden gewiß allen möglichen Anfechtungen in diesen sechs Jahren. Eine junge Frau wie Sie – da gab es bestimmt Versuchungen. Ihre eigene Sexualität … andere Männer … aber nein! Nun?

Sie dachte plötzlich, diese Frau redet vom Beten wie der Blinde von der Farbe. Sie ist zu glücklich, um was vom Beten zu verstehen. Und dann: Passion? Anfechtungen? Versuchungen? Sie erinnerte sich an keine einzige. Auch nicht an ihre Sexualität, von der hatte sie keinen blassen Schimmer. Ihre Hochstimmung schwand dahin. Sie mußte etwas verpaßt haben. Jetzt kommt der Moment des Anvertrauens. Dies hier ist der Ort, mit dieser Frau und dem Weltall drumherum, in dieser Unwirklichkeit, und es wird für diese Millionen sein, denen ich wichtiger bin als je zuvor irgendeinem einzelnen Menschen.

Sechs Jahre Koma, und dann: sein erstes Blinzeln. Das Wunder!

Stur nickte sie jetzt nur mehr so vor sich hin.

Das Reden fällt ihr sichtlich schwer, erklärte die schöne Frau dem Kosmos. Wir haben Sie strapaziert, Sie sind ein stiller Mensch, der keine Worte draus macht, daß er auf dem rechten Weg geht. Genießen Sie also, wir wünschen es Ihnen von ganzem Herzen, Ihren Neuanfang mit Ihrem so sehr geliebten Mann. Ihr zweites Leben mit ihm. Sie haben es sich weißgott verdient.

Und die Frau strahlte sie an, fern glasklar glitzernd wie ein unerreichbarer Stern am Nachthimmel.

So sehr geliebt? Nun gut, er war ihr Mann. Sie raffte sich auf und sagte rasch, in glücklicher Panik, denn die Rettung schien nah, und sie mußte sich beeilen, um ihre einzige und letzte Chance nicht zu verpassen: Was ich nur gar nicht weiß, wie soll ich jetzt mit ihm leben? Sie entlassen ihn nächste Woche, ich werde alles machen müssen, alles, verstehen Sie? Er wird Jahre brauchen ... Sie sah ihren Auferstandenen vor sich, diesen formlosen Fleischkloß, der die Augen so komisch schräg in seinem dicken Gesicht aufmachte und wieder zuklappte, und mit noch mehr Mut fügte sie hinzu: Er ist ja bloß ein Klumpen Fleisch, ein Schwabbel, gut, er lebt wieder, ich meine, er ist bei Bewußtsein ... Sie wartete angespannt hoffnungsvoll auf Hilfe. Auf das bis in ihre Abgründe tieflotende Interesse der schönen Frau an ihr.

Sie sind nicht mehr zugeschaltet, sagte die plötzlich technisch veränderte Stimme der Schönen, seit eins komma drei Minuten nicht mehr, und vielen Dank auch, Tschüß!

Zwei Männer arbeiteten an den Schnüren und Mikrophonen und was das alles gewesen war, das sie mit dem fernen anderen Sender verbunden hatte.

Wie wars?

Es ist ein bißchen wie Kino, oder? Klar, mit diesem Hinweis aufs Kino habe ich ihn gewissermaßen aufwecken wollen, aber er lachte nur schief, und es sah mehr wie Faziallähmung aus, nicht wie Lachen, und das machte für mich den Kinovergleich erst recht idiotisch. Ich hätte es ja verdammt gern gehabt, wenn der Kinovergleich auch nur halbwegs hinhaute, wenn du verstehst, was ich meine.

Rhally, meine israelische Freundin, verstand, was ich meinte. Sie verstand das viel besser, als daß ich überhaupt auf einen Mann wie ihn immer noch setze.

Ich hatte wieder mindestens fünf Minuten lang nicht aufgepaßt, mich stattdessen in meinen Erinnerungen herumgetrieben. Nimm dich zusammen, sagte ich mir, und konzentrierte mich auf die Frau und den Mann am Kaminfeuer und wie sie miteinander nicht vom Fleck kamen, aber dann hörte ich Ralph *Wie wars?* fragen und schweifte wieder ab. Laß uns die Mamma besuchen, würde ich sagen, wir waren lang nicht bei ihr, und dann erzähle ich euch beiden gemeinsam, wie es war. Es gibt übrigens blödsinnig wenig Erzählstoff, Ralph, alles war ziemlich langweilig und so wie es immer ist. Ich bin Einkäuferin und eine Woche unterwegs gewesen, und seit der Verlag, bei dem Ralph im Vertrieb gearbeitet hat, kurz vor der Pleite – wir hoffen, er geht pleite – auf einen Schlag neun Leute entlassen mußte, darunter Ralph, sitzt er zu Haus rum. Er behauptet, er habe herausgefunden, die Buchbranche sei *zu*, aber ich fürchte, er mogelt sich da was vor, sie haben seinen Stolz gebrochen, als sie ihn entließen, meinte neulich jemand aus unserem Kreis. Also, Ralph mopst sich, und wenn ich von einer Geschäftsreise zurückkomme, will er haargenau erzählt bekommen, wie es war.

Komisch, dauernd vermischten sich meine Zukunftsprojektionen, wie Frank Finninger es nennen würde, mit den Spannungen zwischen dem Mann und der Frau am Kamin, und meine Absichten mit ihren Absichten, keiner kannte anscheinend genau die Absichten des andern, obwohl ich, glaube ich, die Frau ganz gut verstand. Sie wollte was von ihm und wollte das auch wieder nicht, aber was sie bestimmt wollte, das war, daß wenigstens er was von ihr wollte. Das Übliche, gewiß, aber wenn es ausbleibt, kränkt das eine Frau.

Wie im Kino, ist es nicht wie im Kino? Hach – wieder bloß dieses Zahnwehgesicht bei ihm. Aber wir sitzen nicht in einem Film von heute, habe ich gemeinsam mit der Frau gesagt. Wir wären, wenn schon Kino, dann in einem, das auf Oldtimer spezialisiert ist, und sähen irgendeinen Film aus den vierziger Jahren.

Der Mann hat mich an ein zuhinterst plaziertes Pferd auf der Rennbahn erinnert.

In den vierziger Jahren haben sich ein Mann und eine Frau noch schwer miteinander abgequält. Du, Rhally, fast hätte ich *zwei Verliebte* gesagt statt *ein Mann und eine Frau*.

Er steckt sie mit seiner Feigheit an, urteilte Rhally, und ich fand, ich müsse ihn aus Fairneß verteidigen: Es ist Schüchternheit, nicht Feigheit. Es ist so was Unmodernes wie Diskretion. Ich habe vermutlich einen Volltreffer gelandet, mit *Diskretion*, wenn auch bloß bei mir. Rhally begriff gar nichts. Ich wunderte mich wie über etwas, woran ich vorher nie gedacht hatte, nämlich, daß Diskretion mich beeindruckt.

Andererseits hielt ich den Mann auch für reichlich langwierig. Und als er zu ihr sagte *Ich bin Naßrasierer*, so, als wolle er sich auf eine Annonce hin vorstellen oder seinem Charakter bei einer Bewerbung ein günstiges Merkmal anfügen, da fand ich ihn wirklich albern, richtig abstoßend.

Aber ich sagte zu Rhally, die Popcorn kaute und sich langweilte – das zeigte sie mir mit dem Popcornfressen –, die Draufgänger, die Kurzentschlossenen, sie bringens rascher hinter sich. Und dann heißts auch schon bald: Auf Nimmerwiedersehen. Der Ofen ist aus. Das große Feuer der Leidenschaft verbrennt wie Zunder bei diesen Zupackern. Sieh dir Elisa und ihre Superleidenschaften an. Die längste hat drei Monate gedauert. Elisa ist so zapplig wie ihre Typen, sie ist richtiggehend läufig, und sie müssen sofort miteinander ins Bett, und so was hat nie Dauer. Sie kennen sich sehr schnell von A bis Z, und dann ists für Elisa wie in ihrer Ehe, und für ihre Liebhaber ists wie Ehe, also Schluß, aus und vorbei.

Ich sah mir mittlerweile, auch nicht sehr konzentriert, das andere Pärchen rechts vom Kaminfeuer an. Das waren für mich Elisa und einer ihrer Kindsköpfe. Diese zwei haben mich viel weniger interessiert als die beiden Älteren und Verklemmteren, aber auch Feineren, die sich miteinander herumquälten.

Also, mit ihm hocke ich rum, sagte ich mir, mit dem Naßrasierer und allerletzten Pferd auf der Rennstrecke, genau mit so einem von denen, die im entscheidenden Moment das Verkehrte sagen und keinen Entschluß fassen. Ich zeig ihm meine Strümpfe, es sind besondere

Strümpfe mit kreuz und quer aufs schwarze Nylon gesetzten honigfarbenen und etwas reliefartigen dicken Strichen, und dazu zieh ich das Hosenbein meiner Jeans ein Stück hoch, ja fast bis in die Wadenmitte, und sage: Sieht wie die Samengehänge aus, die immer von den Birken fallen, ich habe so eine im Vorgarten, diese Birke spielt verrückt, immerzu liegt alles voll damit. Nichts von ihm, wirklich: nichts. Oder wie Raupen, igitt! Siehts etwa wie Raupen aus? Und dann bringt er endlich raus: Was doch die Strumpfmode heute alles vermag – oder so was Fades von der Art.

Durch das rücksichtslose laute Geräusch, mit dem Rhally ihre leere Popcorntüte zerknüllte, sollte ich mitkriegen, daß sie von einem Paar wie diesem die Nase komplett voll hatte. Das Kontrastpärchen, der Draufgänger und die Dahinschmachtende, nützt ihr auch nichts, die zwei sind Nebenrollen, *supporting stars* für die beiden schwierigen Langatmigen.

Wie wars? Alles wie immer, die Abschlüsse auch nicht übel, und abends habe ich in meinen üblichen Restaurants gegessen, nie was Besonderes, ich habs so in mich reingeschlungen und bin so circa nach der 22.30-Nachrichtensendung ins Bett gegangen – verdammt, ich hatte keine Lust, jetzt immer schon an meinen Bericht für Ralph und eventuell meine Mamma zu denken, ich hätte mich gern mit der komischen Geschichte, die sich da abspielte, beschäftigt und sie ab jetzt ganz freiwillig mit meiner komischen Geschichte vermischt – keine Liebesgeschichte im eigentlichen Sinn, keine, die andere Menschen interessieren würde, nicht heutzutage, nicht Menschen wie meine Freundin Rhally, moderne Menschen. Also schob ich Ralph und meine Mamma und meinen Erzählstoff gewaltsam zurück. Was ich von meinen Reisen wiedergebe, hat mich an einen Fisch erinnert. An einen zerlegten Fisch, ich lasse das Fleisch weg, mein Bericht, das ist das blasse Skelett vom Fisch, ich rede mich den Gräten entlang.

Mit so einem hocke ich rum, kein vernünftiger Mensch würde auf dieses Pferd setzen, und mir wars schon längst zu spät, ich kriegs mit der Angst zu tun, wenn es nachts später und später wird und ich noch auf bin, es ging schon auf halb drei, ich sehe dann auch nicht mehr gut aus, nicht nachts um halb drei. Dann sage ich mir zwar: Was machts schon aus, ob du nun schläfst oder nicht, was zählt schon eine einzige Nacht? Aber es ist vergeblich. Ich fühle mich einfach scheußlich.

Neben mir stöhnte Rhally: Will er nun oder will er nicht?

Ich nehms schon an, er will, er hofft, es passiert von selbst, als wärs ein Wetterwechsel, und er hat nichts damit zu tun, so schlagen ja auch Blitze ein.

Bei ihm schlägt nicht mal ein Blitz ein. Der Blitz macht einen Bogen um ihn. Er hat keinen Mumm in den Knochen. Rhally kennt bei Männern wie ihm kein Erbarmen.

Er bestellt sich noch einen Rotwein, sieh doch, das macht er, hab Geduld mit ihm: So versuchte ich, Rhally umzustimmen und dem Mann und der Frau noch eine Chance zu geben. Aber Rotwein, ausgerechnet ein so langsames Getränk wie Rotwein, so einen Schlaftrunk, nein, das hielt ich auch nicht für sehr vielversprechend. Als brächte Rotwein irgendwas zwischen den beiden in Gang.

Rhally schnalzte mit der Zunge. Das dauert und dauert. Wie alt ist denn bloß dieser verfluchte Film.

Ich hab alte Filme gern.

Wie gehts weiter, wie wars?

Bist du sicher, daß ich dich morgen nicht wecken soll, hat er gefragt. Sie hielten ein an der Weggabelung: Der Flur zu seinem Zimmer ging weiter geradeaus, zu ihrem Zimmer mußte man rechts abbiegen.

Wußt ichs doch, er redet schon vom nächsten Morgen. Rhally japste nach Luft. Ein Obertrottel, wahrhaftig.

Ich fragte mich, warum ich so über ihn dachte wie sie und was es war, das mir an ihm gefiel. Beides gleichzeitig, beide Empfindungen.

Ich bin *nicht* sicher, war die Antwort der Frau auf seine blöde Frage nach dem Wecken.

Aber er hat nichts gemerkt oder nichts damit anfangen können. Zum ersten Mal haben sie sich in einem Motel getroffen, so scheint es doch, diese zwei Verkrampften, und dann das: Rhally redete wieder zu laut. Paß auf, gleich fängt er nochmal an mit einem Histörchen von seinem niedlichen kleinen Sohn, verdammt nochmal. Er ist wie sein Söhnchen. Will und will nicht ins Bett. Er will den Abschied rauszögern. Aber es fällt ihm nichts ein, womit er noch Lust zu spielen hätte. Ogottogott.

Die Verquält-Verliebten sagten sich noch irgendwas, das ich nicht verstand, weil ich an Ralphy und seine Fragen, wie es war, denken mußte und ihn arbeitslos beleidigt rumhängen sah und weil Rhally *und so weiter und so weiter* sagte. Mir reichts.

Pssst! Das machte auf sie wenig Eindruck. Immerhin tuschelte sie diesmal: Ja ja, nie will das Söhnchen schlafengehen, wenn nicht der Papi diese Fortsetzungsgeschichte weitererzählt. Es war einmal ein Naßrasierer.

Rhally versetzte ihrer Freundin Arlene einen kleinen Stoß mit dem Ellbogen in die Rippen und stand auf.

Arlene fühlte sich komisch, wie doppelt und dreifach. Rhally hatte das Auto, deshalb blieb sie nicht sitzen. Viele Leute störte ihr Aufbruch nicht. Es gab kaum noch Interessenten für diese alten, etwas prüden Filme in Schwarzweiß, und schon gar nicht in der Vierzehn-Uhr-Vorstellung.

Scheußlich hell und gemein, sagte Arlene, als sie aus der Schattenwelt einer fremden Angstgeschichte in ihre eigene trat, mitten hinein in einen lauten sonnigen Tag.

Wie wars?

Rhally und ich haben einen ziemlich altmodischen Film gesehen.

Das meine ich natürlich nicht, sagte Ralph, der zugleich aus seiner Dose Bier trinken und Arlene mit den Augen verfolgen konnte. Ich hab immer wieder angerufen, und um drei bist du noch nicht in deinem Zimmer gewesen.

Der Nachtportier ist ein Idiot.

Den Eindruck hatte ich nicht. Ich hab mich länger mit ihm unterhalten, und er hat nachgeforscht, ich rief bis drei Uhr nachts an.

Auch altmodisch, hier ists ja wie im Oldtimer-Spezialitäten-Kino, sagte Arlene und ging aus der Küche, ehe Ralph irgendwelchen Quatsch sagen konnte. Dennoch, das war nicht das letzte Wort.

Der ganz normale Wahnsinn

Holen Sie mich um 17 Uhr 15 am Quai Lopez, Ecke Leinpfad ab. Nummer 35, das falunrote Haus mit den weißen Pilastern. Bei den drei Hemlock-Kiefern. Ich komme dann raus, Sie brauchen nicht einmal zu klingeln.

Das wars, was ich ihm angegeben hatte. Er war ein netter Mann, kein Supermann, aber mir gefiel er, und ich hatte Lust, ihn wiederzusehen, vielleicht hauptsächlich, weil er dazu Lust hatte, und zwar ganz schön deutlich. So was soll ja anstecken.

Holen Sie mich Sie-wissen-schon-wo ab. Damit fing alles bestens an, jedenfalls dachte ichs mir damals so, und ich hoffte, es würde auch bestens weitergehen. Daran, wie es ausginge, dachte ich nicht, Zukunftspläne mache ich schon lange keine mehr. Und es war mein Fehler. Mein alter Fehler ist eine Verführung zum Spiel, es ist eine leichte Drehung, so kommts mir vor, könnte sein in meinem Kopf, etwas dreht sich plötzlich ganz schnell wie ein Kreisel, und mir wird wohl und lebendig dabei zumute, und schon entsteht etwas Leichtsinniges. Mein Alltag ist sonst nicht besonders, wissen Sie.

Ich sollte die ganze Geschichte erzählen, damit Sie wissen, worum es ging. Es war *mein* Fehler, daß ich die Adresse zum Abholen gab, ohne nähere Erklärung, die Adresse ist ja in Ordnung, und daß ich um 17 Uhr 15 aus dem Haus käme, damit ist auch alles in Ordnung. Sie werden das noch verstehen, das mit meinem Fehler.

Aber verrückt, immer noch denke ich: Es ist *seine* Schuld. Er heißt Herr Winterberg, und wir fanden es gleich so komisch, daß ich mit dem Nachnamen Sommer heiße, wir fanden, es habe eine Bedeutung, und er redete irgendwas Schönes von einem höheren Plan und so zwei gehörten zusammen, aber das war später, mir gefiel es verdammt gut, ihm auch, sonst hätte ers ja wohl nicht gesagt. Jetzt mag ich ihn nicht mehr, und es ist seine Schuld, obwohl ich den Fehler gemacht habe. Sie verstehen mich natürlich immer noch nicht. Lonny sagt auch oft: Redest *du* unzusammenhängend, oh Mann, Billa! Lonny arbeitet bei der Queen in der Praxis, aber sie weiß nicht recht, ob sie wirklich Zahnarzthelferin werden will. Seit wann wir per *Queen* von ihr reden und warum, weiß ich nicht mehr.

Also folgendes: Ich ging damals auf meinem gewohnten Rundweg mit dem todschicken Hund spazieren. Ich bin ziemlich stolz neben einem solchen Hund, obwohl ich ihn nicht besonders mag, er mich auch nicht, nehme ich mal an, man merkt so einem Hund überhaupt nichts an, er ist derartig reinrassig und ein Afghane, einer von den ganz ausgefallenen mit dunkelbraunem Fell, auch über die Augen hängt das Fell, so daß er mich gar nicht richtig sehen kann, und er geht tänzelnd, sehr zivilisiert. Mischlinge mögen einen oder sie mögen einen nicht, diese kleinen Hunde sind ehrlich, man weiß, woran man bei ihnen ist, aber mit dem affektierten Afghanen ging ich natürlich lieber auf der Uferpromenade spazieren, mit ihm stellt man etwas vor, und ich war so angezogen wie alle hier aus dem Snobquartier, nicht die Pelzmantel- und Collierelegant, sondern diese abgewetzte bei den Jeans, drüber aber eine Jacke, für die ich sehr viel Geld ausgegeben habe. Herrn Winterbergs Hund konnte dem Afghanen nicht das Wasser reichen, aber wie Hunde sind, sie beschnuppern sich, und ich genierte mich ein bißchen für den blöden hochnäsigen Afghanen, der seinen ganzen Stolz am Hintern von dem kleinen Kläffer vergaß, und ich genierte mich vor Herrn Winterberg, der das alles aber natürlich fand oder auch nicht mitbekam, was weiß ich, ich könnte auch sagen: Er hatte nur Augen für mich.

Von jetzt an mach ichs kürzer. Wir sind immer öfter zusammengetroffen, schließlich haben sich unsere Wege dann nicht mehr gekreuzt, sondern wir sind dieselbe Strecke gelaufen. Um halb vier spätestens muß ich zurück sein. Eines Tages hat Herrn Winterberg der tägliche Spaziergang nicht mehr genügt. Wir sollten mal ohne Tiergesellschaft zusammensein: So ungefähr seine Worte. Sein schiefes Lächeln ging mir auf einmal durch und durch. Ein bißchen größer hätte er ja sein können, habe ich gedacht, aber dick ist er nicht, nicht sehr. Und ein bißchen dick, sagen wir: stattlich, das habe ich gern. Und ich sagte ihm also, wo er mich abholen sollte. Er hat die Augenbrauen hochgezogen, denn schließlich hatte ich eine der feinsten Adressen der ganzen Stadt angegeben. Trau ich mich dahin? Bringen Sie besser einen Bodyguard mit, habe ich gesagt, und wir lachten, und ich sah ihm an, daß er mich und sich von nun an richtig bewunderte. Ich wohnte in dieser riesigen Villa, und er durfte mich dort abholen.

Gut, und dann sind wir ziemlich oft von dort aus losgegangen. Ich stand immer schon bereit, er brauchte nicht erst zu klingeln. Das muß ihm imponiert haben: meine Pünktlichkeit. Worüber ich mich freute, denn ich kenne ja auch den Trick, einen Mann warten zu lassen, es macht dich wichtiger, es macht dein Erscheinen immer dringender, und du stehst da wie jemand, der es fast vergessen hat, daß er verabredet ist und dem plötzlich einfällt: Ah, da war doch noch was. Aber schön, Herrn Winterberg ließ ich nicht warten, das konnte ich nicht, ich erklärs noch warum, ich sage vorerst: Mein Zeitplan erfordert es, daß ich Termine genau einhalte. Er lobte ganz erstaunt: Die meisten Mädchen lassen einen warten. Pünktliche Frauen kann man mit der Lupe suchen. Nun, Sie haben keine Lupe gebraucht. Ich erzählte Herrn Winterberg, um neun Uhr abends müsse ich spätestens zurück sein bei meinen Lehrbüchern, ich sei nicht mehr allzu weit von meinem Magister-Examen entfernt und so weiter ... Ich kenne mich ganz gut aus, kriege viel mit von Ute, die Germanistik studiert. Bin ziemlich im Streß, leider. Das war keine Lüge. Weiter im Text. Herr Winterberg wollte mit mir ausgehen. Zu Fuß ists weit bis in die Stadt, also hat er mich in seinem ziemlich winzigen Auto abgeholt, irgendso einem Japaner, Suzuki oder so was, ich verstehe nicht viel von Autos, er aber, und ich weiß noch, daß unsere ganze erste Unterhaltung im »Akropolis« sich um Autos drehte, Autos müssen eine Botschaft vermitteln, sie müssen eine Aussage haben, und er erklärte mir, was damit gemeint sei. Später mal fragte er, was ja nicht ausbleiben konnte beim Wagenpark vor der Garage der Nr. 35, Quai Lopez, ob wir nicht einmal den Daimler oder den neuen Honda benutzen könnten. Ah, ich finds so viel amüsanter in Ihrem kleinen Japs, hatte ich da gerufen, und *man sitzt auch dichter zusammen* drangehängt, hätte ich vielleicht nicht tun sollen, aber wir hatten uns beide einen angetrunken, nicht richtig, nur bis zu einer angenehmen Beduselung, und deshalb kams auch hervorragend bei ihm an. Er dachte sicher: Diese Mädchen aus reichem Haus haben ihre Marotten.

Manchmal kam ich in knifflige Situationen. Zum Beispiel wollte er mich natürlich nach Haus zurückbringen. Das wäre noch nicht das Schlimmste gewesen, aber er erwies sich als ein echter Kavalier, bestand drauf, abzuwarten, bis ich im Haus wäre. Aber zum Glück bin ich erfinderisch, auch Lonny schüttelt immer den Kopf, wenn ich sie mit einem meiner Einfälle überrasche. Ich sagte also, das gäbe Ärger, meine Eltern sähen nicht gern, wenn sein Suzuki oder Mazda vor der Villa parkte und ich raus käme, aber sie wüßten von mir, daß ich gern einen Abendbummel durch die Wohngegend machte, um über meine Arbeit nachzudenken und so weiter und so fort, also gab er nach und setzte mich an der Stelle vom Leinpfad ab, wo man die Ecke zum Quai Lopez sieht und die wundervollen hohen Hemlock-Kiefern, das sind kanadische Bäume, und nachts sehen sie aus wie drei Riesen, die eng zusammenstehen, um einen Plan auszuhecken. Und dann wars heikel, als er mich nach dem Thema meiner Arbeit fragte. Keiner kann von mir sagen, daß ich nicht schnell bin, aber davon später. Und einmal bin ich aus einem Restaurant wieder raus. Ich stand schon mitten im Raum, einen Schritt hinter Herrn Winterberg, längst Hermann übrigens und ich Billa. Er nennt sich so im Spaß: Hermann der Etrusker. Als wir mit dem Du-Sagen und den Vornamen anfingen, machte er eine kleine Verbeugung und sagte: Hermann der Etrusker. Er hat eine sehr gute Allgemeinbildung. Er ist ja auch schon etwas älter, einundvierzig, was mir nur recht ist nach dem ganzen Ärger mit Alf, wirklich, von diesen unreifen Jungen habe ich gründlich die Nase voll, und deshalb gehen wir auch niemals in Diskotheken. Hermann der Etrusker hat mal vorgeschlagen, wir sollten es doch tun, er wäre neugierig drauf, aber ich kenne diese Jungen, sie können ganz schön gemein sein, und sie würden ihn wahrscheinlich auslachen. Doch zurück zu dem Restaurant, aus dem ich wieder raus bin, mein Etrusker hinter mir her. Ich machte kehrt, obwohl ich schon mitten im Lokal war, denn ich hatte an einem Tisch die Queen erkannt mit zwei anderen Frauen und einem Herrn, wahrscheinlich Leuten aus ihrem ärztlichen Kreisverein, denn nach den Vorträgen dort haben sie den Tick und gehen zu den *kleinen Italienern* oder den *kleinen Türken um die Ecke*, wie die Queen das dann erzählt, und ich wäre jetzt jedem andern gern begegnet mit meinem stattlichen, nicht wirklich dicken Hermann, nur selbstverständlich nicht ihr, der Queen und ihrem Anhang. Hermann was vorzuschwindeln ist immer furchtbar leicht gewesen. Und so hab ich ihm draußen was dahergeflunkert, mir wärs nicht gut und ich glaubte, ich bekäme meine Tage, Männer haben Sinn für so was, es spitzt sie an, sie erinnern sich: Ach ja, die armen Frauen, sie sind schwach. Es macht sie ritterlich, und uns Frauen umgibt ein Geheimnis.

Mit Lonny habe ich damals regelmäßig über alles geredet, sowieso, aber in *der* Geschichte telephonierten wir sogar abends noch, auch wenn wir uns am Tag schon unterhalten hatten. Du, Billa, das geht auf die Dauer nicht gut. Lonny ist neugierig, trotzdem fing sie zu warnen an. Sie ist eine Schwarzseherin, und ich spürte erst recht, wenn sie mir mit ihrer Vorsichtigkeit kam, diese kleine interessante Drehung im Kopf und machte weiter mit Hermann, der übrigens ein bißchen altmodisch ist in bezug auf Sex und so was, aber geküßt haben wir uns schon seit einer längeren Nacht im »Metro«. Meistens hat er geredet. Ich habe ihm gern zugehört, obwohl ... was er sagte, fand ich oft ein bißchen langweilig. Viel über die marode Wirtschaft im Osten, er ist Wirtschaftsprüfer und hat seine eigenen Vorstellungen, ich glaube über Industriekerne und Standorte und Sanierungsprogramme. Und über Autos und daß Autos ohne *Aussage* keine Marktchancen haben. Außerdem interessiert er sich für Geschichte und sogar auch für Kunst, und jetzt komme ich darauf zurück, daß er mich nach dem Thema meiner Examensarbeit gefragt hat. Und jetzt sehen Sie mal, wie schnell ich reagiere. Sofort fiel mir Ute ein, ich bin über sie bestens informiert, ich sagte: Das Thema ist »Der ganz normale Wahnsinn im Werk von Cannotta«. Canetti, sagte er ganz freundlich, er dachte wohl, ich hätte mich bloß versprochen, und ich hatte ja auch schon ein paar Gimlets intus. Trotzdem, mir war einen Moment lang richtig schwindlig geworden. Canetti, klar. Wolltest mich wohl testen, fragte Hermann. Erraten, sagte ich. Da hatten wirs wieder: seine Allgemeinbildung. Blöderweise liest er viel, wenn auch zum Glück mehr Bücher über Geschichte.

Was wollte ich eigentlich mit ihm? Ich kam aus diesem schicken herrlichen Palais mit seinen Pilastern und dem weißangestrichenen Gartenzaun, der bogenförmig zwischen den steinernen Säulen, die ihn halten, um das riesige Grundstück herum verläuft, und er war nur der kleine Fahrer eines Fleischklopsautos. Also was? Erwartete ich, er würde sich verwandeln, als ein verkappter Ölbaron zu erkennen geben, so wie ich mich verwandeln würde – also, »Pretty Woman« sahen wir auch in einem Kino, das Wiederholungen bringt, gemeinsam, vielleicht deshalb dieser Gedankengang. Was er sich von mir erwartete, habe ich mich nie gefragt, komisch. Ich meine, was er dachte, sich davon versprach, mit mir herumzumachen, bei *der* gesellschaftlichen Schlucht zwischen uns.

Einmal war ich gemein und schickte meinen süßen einzigen wahren Liebling weg, meinen kleinen Fabi. Über diese schauderhafte Erinnerung würde ich lieber nicht reden. Ich tu es nur, weil es wohl besser ist, die Sache vollständig zu schildern. Fabi erschien total unerwartet in der Villa und das auch noch weniger als eine Stunde vor meiner Abholverabredung mit Hermann Winterberg, und er wollte, was er ja grundsätzlich darf, im wundervollen pflanzenwuchernden grünen Garten spielen, aber ich fuhr ihn an, wirklich gräßlich gemein, und sagte: Wo kommst du überhaupt her? Um diese Zeit? Warum bist du nicht bei der Omama? Außerdem ist das dein verdammtes Vierteljahr beim Pappa.

Oh Graus, ich sehe ihn noch immer abziehen, und das Bild seiner kleinen rundlichen Gestalt und das gekippte blaue Kreuz von den Trägern seines Sommeroveralls kommt mir, wenn ich einschlafen will, bis heute noch in die Quere, als schiebe es sich unter meine geschlossenen Augenlider, einfach verheerend, er hatte seine Jockeymütze auf dem Kopf, er ist sehr stolz auf diese Mütze aus pinkfarbenem Acryl, und ich sehe es immer wieder, wie er sie kurz abnimmt, er geht und geht den Leinpfad runter, und sich am Kopf kratzt, so hat ers bei Männern beobachtet, und sicher wollte er mir gegenüber gleichgültig tun, als lasse ihn meine Abfuhr kalt.

Hermann Winterberg ist schuld, dieser Etrusker, wenn auch hundertmal stimmt, daß alles mit meinem Fehler anfing. Ich habe nicht vor, alles wieder ins Reine zu bringen. Ich wüßte auch gar nicht wie. Ich komme mir so reingelegt vor.

Es war ein Donnerstag, um es zum Ende zu bringen, ein ganz gewöhnlicher Donnerstag. Nur sehr heiß, über dreißig Grad heiß. Sonst ein Donnerstag wie jeder andere, als es gegen vier Uhr klingelte. Ich war im Bad zwar fertig, aber ich vertiefte mich noch in ein paar kosmetische Neuerwerbungen, also konnte ich nicht gleich an die Haustür, als es klingelte. Ute war vor mir da. Ute in ihrer hochwichtigen geheiligten häuslichen Klausur für die Examensarbeit, deswegen macht sie nicht wie sonst irgendwelche Auslandsreisen, aber dauernd erwartet und empfängt sie ihren Freund. Nun gut, beziehungsweise schlecht: Sie wars, die öffnete. Und ich blieb in der offenen Tür zwischen Bad und dem kleinen Flur, der zum großartigen Entrée unter der Lichtkuppel führt, stehen. Warum? Weiß ich auch nicht. Ich achtete nicht weiter drauf, was Ute sagte, doch dann hörte ich meinen Namen. Billa? Ja, sie ist hier. Daraufhin eindeutig Hermanns Stimme, und mir sackten die Knie ab, ich wurde überall weich, und im Kopf drehte es sich, aber das war nicht der schöne Kreisel, es war nicht wie sonst. Ich konnte nicht verstehen, was dieser Etrusker sagte, und kam auf komische Gedanken, wie man sie hat, wenn man ein paar Gläser zu viel getrunken hat oder bei Fieber: Wie soll jemand zu mir gehören, von dieser verdammten höheren Warte aus, der nicht einfach *Winter* heißt, sondern Winter*berg*, Winter mit einem Berg dahinter. Ich mußte fast lachen, das reimte sich ja, was ich da dachte, wenn man das überhaupt *denken* nennen kann. Dieser Plan, nach dem so zwei zusammengehören. Ist doch Quatsch.

Ja, sagte Ute mit ihrer etwas hochgestochenen Art zu sprechen, Billa stimmt, aber Sommer, das sind wir.

Na, macht schon weiter, schneller schneller, nicht so

lahm, ein bißchen flott, dalli dalli, gings mir durch den Kopf, und dann sagte Ute wieder was und mein Japsfleischklopschauffeur lachte. Und ich dachte, los los.

Ja, sie ist wirklich nett, Billa. Sie putzt bei uns, sagte Ute freundlich.

Billa? Billa! Lieber Himmel, die konnten lang nach mir rufen.

Such nach mir

Als dann wirklich die McClay-Kaserne geräumt und Jacks Division abgezogen wurde, zurück nach USA, bekam ich es doch etwas mit der Angst zu tun, Vorfreude und Neugier inclusive. Ich hatte so viele amerikanische Filme mit ihm gesehen und mich immer dorthin gewünscht, aber auf einmal, als es an den Aufbruch ging, dachte ich, mein Kinosessel und das Zuschauen und Phantasieren hat mir eigentlich genügt.

Vielleicht hätte ich nicht so naiv sein sollen, vielleicht wäre es dann nicht zu diesem Schock gekommen. Mittlerer Westen, ein Nest zwischen Chicago – meilenweit weg – und ichweißnichtwas, Madison nach dreistündiger Fahrt, und wenn du dann keinen kennst, mit dem du mal reden kannst! Natürlich, ich hatte ja Jack, ich war seine Frau, aber ich meine jetzt einen zum Reden, der hier in diesem riesigen flachen Ackerland ebenso fremd war wie ich. Ich sah in alle Himmelsrichtungen, wir wohnten damals in einem Block mit 15 Stockwerken am Rand von diesem Kaff und waren im elften, und es gab immer nur Horizont und dazwischen Straßen im sonnenbeschienenen gerstenfarbenen Land, und ich dachte: Wie weit bis zu irgendeinem Endpunkt, bis zu einem Ufer, Himmel, wie soll ich es hier aushalten. Die Sonne dörrte mich aus, ich wurde richtig stur von der Sonne und der Hitze, und im Winter stemmte ich mich gegen den eisigen Wind, der meistens aus Nordosten kam. Aber Nordosten oder sonst irgendeine Orientierung für die Sonne, den Wind, Schneetreiben, Glutstürme – es kam doch alles von nirgendwoher, so hat es wenigstens auf mich gewirkt.

Ich sagte Jack, hier sei ich unglücklich, hier gehe ich vor die Hunde, sagte ich zu ihm. Das Klima und diese Öde und Weite ringsum, mich macht das auf die Dauer fertig, und eh du dich versiehst, hast du eine alte vertrocknete bösartige Frau an deiner Seite. Immer schwärmte ich ihm was von den Südstaaten vor. Und daß ich etwas näher an die Küste ziehen wolle. So zogen wir, Jack tat es mir zuliebe, in die Nähe von Raleigh, North Carolina. Immerhin gab er seinen guten Mechaniker-Job auf, und natürlich verstanden meine Schwiegereltern diesen Entschluß nicht und mißbilligten ihn und haben mich zur Strafe wochenlang kaum angeschaut. Ich nahm das auf mich, ich sähe aus wie Jacks Mutter, Dörrobstgesicht und krüpplige rote Hände, wenn ich hier oben länger bliebe, sagte ich mir, und deshalb wars mir egal, daß ich von dem ganzen Bekanntenkreis um Jack und seine Eltern herum geschnitten wurde.

Gings mir besser, dort im Süden? Es *gefiel* mir besser, und das ist ja schon was. Ich hatte den bedeckten Himmel gern, er sah filzig aus, als seien Baumwollflocken bis dort hinaufgestiegen, die Sonne war hier nie gewalttätig. Aber mächtig schwül, das wars. Das tat mir nicht sehr gut, ich betrachtete jeden Abend meine Beine, weil ich oft Wadenkrämpfe hatte, und untersuchte sie nach Krampfadern. Meine Mutter hat welche, in dicken bläulichen Knäueln an manchen Stellen, und so was könnte erblich sein. Zu Jack hatte ich noch oben im Mittleren Westen gesagt, das Meer müßte näher sein. Ich muß gar nicht selbst am Meer sein, aber das Gefühl, daß es nah ist und man hin könnte und alles irgendwo ein Ende hat, das brauche ich. Doch zuerst fühlte ich mich da unten ganz gut, mehr seelisch, körperlich nicht so sehr, und ich gab zu viel Geld aus für den Friseur, weil du dir in dem feuchten Klima dauernd die Haare neu machen lassen mußt, es lohnt sich eigentlich gar nicht. Und alles schimmelt, das war auch weniger schön, ebenso die vielen Insekten und größere Viecher, sogar Schlangen, wir hatten einmal eine in der Bruchbude mit ihren offenen verzogenen Türen, in der wir zur Miete wohnten. Aber da war ja noch unser Camper, und mit dem sind wir öfter herumgefahren, klimatisiert, und wir saßen mit Leuten auf ihren Verandastufen und tranken Bier aus der Dose, bis tief in die dunstigen warmen Nächte hinein. Doch Jack verlor seinen Job bei einer Autoreparaturwerkstatt, und er mußte nach Raleigh fahren, um sich umzuhören, ob dort was zu machen wäre, es ist immerhin die Stadt der Lucky Strike. Wir schoben es aber noch ein bißchen hinaus, denn ich bekam eine Anstellung in so einem Rund-um-die-Uhr-Schuppen. Bis ich den verlor, schon nach wenigen Wochen, Pech. Weil ich die verdammten *upside-downs* mit den *muffins* verwechselte, mal übertrieben gesagt, und auch nicht unentwegt lächelte, unter anderm wegen meiner Krampfadern, denn nun hatte ich wirklich welche, vom langen Stehen. Obwohl der Job hart war und der Chef mich zickig fand, weil ich keine Lust hatte, mich von der Kundschaft (und nebenbei bemerkt auch von ihm) betatschen zu lassen, vornehm ausgedrückt, in den paar Wochen im Imbißladen fühlte ich mich einheimisch, ich war jemand, den ich nebenher beobachtete und nicht aus den Augen ließ, als würde ich in einem Buch lesen, über eine Amerikanerin in einer Story, die in North Carolina spielt. Das fand ich richtig interessant, trotz Streß und allem, was sonst noch mies war.

Eines Tages, Jack war in die nächste Stadt losgefahren in Begleitung zweier Freunde im uralten Chevy mit diesen altmodischen langen Kotflügeln, um sich bei einer Auto-An-und-Verkauf-Firma zu bewerben, machte ich so in unserer Hütte herum, dachte an nichts, ich war wie in Trance, das kommt von der Schwüle, und die Samen tanzten mir vor den Augen rum, ja und da nahm ich einfach den Camper. Vorher hatte ich, wie man es aus Filmen kennt, mit meinem Lippenstift auf den Badezimmerspiegel einen Gruß für Jack geschrieben. Geputzt hatte ich den Spiegel seit langem nicht mehr, erstens ist er sowieso fast blind, graugesprenkelt, weil das Glas nicht mehr intakt ist, wir schuldeten drei Monate Miete für dieses Loch, man denke nur, der Vermieter hatte gar kein Recht, *irgendwas* dafür zu verlangen. Ich schrieb: Good luck, my Lucky Strike. Das mit der Lucky Strike hielt ich für ziemlich toll. Und: Such nach mir! Das schrieb ich auf deutsch, Jack hats ja einigermaßen gelernt.

Ich suche selber nach mir, ging es mir durch meinen dösigen Kopf, vielleicht hatte ich Fieber von irgendeinem Moskitostich, aber ich konnte keinen Stich finden, und mich juckte auch nicht irgendeine bestimmte Stelle. Ich hatte keine Ahnung, wohin ich mit dem Camper fuhr, mals links rum, dann rechts rum, mal geradeaus, eine lange Zeit, bis in die Dunkelheit hinein. Wie konnte ich noch wissen, wo ich war, und wie sollte Jack es wissen.

Ich schlief ein bißchen und fuhr in der Morgenfrühe weiter, fast dachte ich, ich wollte zurück, aber ich wußte überhaupt keine Richtungen mehr. Eines Tages griff einer nach mir, ein Riesentyp, um mich zu vergewaltigen, und ich sagte, ich machs freiwillig, wenn

Sie mir was zu trinken und zu essen geben, ich weiß nicht, wo ich bin und wie lang schon unterwegs, mein Mund war völlig ausgetrocknet, aber freiwillig machte es dem Mann keinen Spaß. So träumte ich vor mich hin. Es geht mir ganz gut, schrieb ich. Lieber Jack ... es wurde ein langer Brief. Doch hatte ich natürlich keine Briefmarke und keinen Briefkasten, und so zerriß ich das Ganze, alles.

Waidmannslust

Es ist wirklich sehr hübsch geworden, die lange Wartezeit hat sich gelohnt. Diese Experten vom Denkmalschutz haben ganze Arbeit geleistet, alle Achtung. Wirklich, man sitzt sehr angenehm auf der Terrasse. Was vorher dieses ziemlich einfache Gärtchen zwischen Hecken war, mit den etwas primitiven Tischen und Stühlen auf dem Kies, mehr so eine Möblierung nach Art der Gartenwirtschaften, das ist jetzt eine todschicke Plattform aus Sandsteinbelag, man sitzt in eleganten, bequemen weißen Sesseln auf appetitlich gepolsterten Kissen vor den rosarot gedeckten runden Tischen. Wie gesagt, sehr hübsch. Ein Aufstieg, komfortabel. Nicht mehr so ländlich wie ehemals, das Ländliche war ja auch nett, aber eben doch eher ... na ja, ländlich-sittlich.

Der Studienrat in Ruhe, Werner Gumbert, telephonierte mit seiner Tochter Renate, einer vierundvierzigjährigen, überaus vorzeigbaren ledigen Unternehmensberaterin, und berichtete ihr von dem renovierten Ausflugsziel, dem Jagdschlößchen Waidmannslust, das sie noch aus ihrer Kindheit kannte, und wo bis auf ein Forstmuseum mit alten Jagdwaffen nichts übriggeblieben war. Außer den Fassaden. Das Innere hatte man entkernt, saniert, modernisiert. Es fungierte wieder als Restaurant-Café und war in seiner neuen Gestalt seit ein paar Wochen wieder in Betrieb. Dem Ruheständler Gumbert, der nach dem Tod seiner Frau ein paar Monate gebraucht hatte, bis er sich in seine alte, fröhlichneugierige weltoffene Ausflügler- und Urlaubermentalität zurückretten konnte, lag viel an jeder brauchbaren Attraktion, nah und fern, er tat sich nach Zielen um, aß und trank gern, aber maßvoll, in adretten Gaststätten, und manchmal nahm er alte Bekannte mit oder ließ sich von alten Bekannten mitnehmen, seltener ging er mit seiner Tochter aus.

Auf Renate konnte ein Vater rein äußerlich betrachtet stolz sein. Sie war eine große schlanke ansehnliche Person, auch im Beruf erfolgreich – und doch Gumbert nicht ganz geheuer, eigentlich nicht sein Typ Frau. Nicht anschmiegsam, oder womöglich gegenüber anderen, womöglich Frauen? Sie lebte mit Freundinnen zusammen, zur Zeit mit einer Musikstudentin, die Gumbert der Schnorrerei verdächtigte, sonst aber sympathisch fand.

Noch mehr als das Jagdschlößchen Waidmannslust hatte es Gumbert, den Freund dieses für seine persönliche Unternehmungslust wie geschaffenen, nämlich trockenen und sonnigen Hochsommers, eine junge Kellnerin angetan, die ihn bereits bei seinem zweiten Besuch – dem zweiten erst und dann schon! – mit einem nachhaltigen heimeligen Lächeln und den Worten begrüßte: Ich sehe gern bekannte Gesichter! So stark also hatte sich Gumberts Première als Gast dieser charmanten warmherzigen jungen Bedienerin eingeprägt. Sie war ein Mädchen ganz nach seinem Geschmack, übrigens schon gewesen, bevor sie ihn wiedererkannt und ihm damit geschmeichelt hatte. Sie erinnerte ihn an frisches Obst, gerade pflückreif, der ziemlich dicklippige Mund so fruchtig, saftiger Fruchtfleischmund, Gumbert mußte an Kirschen denken, und im Vergleich mit seiner eher auf die spröde Weise attraktiven Tochter schnitt diese liebenswerte Kleine sehr gut ab, und er dachte väterlich über sie und *ihre* töchterlichen zärtlichen Qualitäten nach. *Sie* wäre anschmiegsam, *sie* könnte ihren Vater vielleicht ein bißchen anhimmeln, und plötzlich hoffte er, ihr Vater wäre entweder ein mieser mickriger Mistkerl, irgendso ein Nichts, oder längst unter der Erde, sie hätte ihn nie zu Gesicht bekommen.

Die junge Kellnerin trug, gemäß der Sitte des renovierten Betriebs, der auch den Besitzer gewechselt hatte, eine knöchellange schneeweiße gestärkte Schürze über einer weißen Bluse mit kleinem Stehkragen und einigen Rüschen und Blue Jeans, nicht ganz so passend, diese Blue Jeans, aber zum Glück sah man von denen fast gar nichts, denn die Schürze umschloß ihren angenehm gerundeten Körper ganz und bis zu den Knöcheln.

Ihr rötliches Haar war im Nacken zusammengebunden, sie war nicht so groß und schon gar nicht so androgyn wie Renate. Gumbert war diesmal mit zwei ehemaligen Kollegen gekommen, die beiden unternahmen oft kleine Ausflüge mit ihm, und daß die liebreizende Kellnerin auch mit den Kollegen lächelte, ebenso wie mit Gästen an Nachbartischen, störte ihn ein wenig. Weil er aber nicht leicht verzagte – das langwierige Sterben seiner Frau hatte ihn gelehrt, der Starke zu sein, Widerstand zu leisten – fragte er, die Liebliche brachte soeben den Kaffee: Was dürfte ich Ihnen spendieren?

Oh vielen Dank, das ist sehr nett von Ihnen, aber ich möchte lieber nichts, sagte sie. Vielen Dank trotzdem.

Gumbert wurde ein Stammgast im Waidmannslust, und die Freundlichkeiten seiner Angeschwärmten blieben gleichmäßig. Nicht gesteigert, aber auch nicht gemindert, prägte er sich ein, um nicht in trübe Stimmung zu geraten. Die war neulich aufgekommen, als er sie, es war fast nichts los auf der Terrasse, weil in der Stadt ein Heimatfest gefeiert wurde, wahrhaftig dazu gebracht hatte, sich für ein paar Minuten zu ihm an seinen Tisch zu setzen.

Im allgemeinen sieht der Chef das nicht so gern, sagte sie. Aber heute wird er nichts dagegen haben.

Nein, weder zu essen noch zu trinken wünschte sie. Sie sah ihn strahlend an, während er ihr von seinen weiten Reisen durch die Welt erzählte. Kaum ein Fleckchen auf diesem Planeten, das er nicht als Tourist bereits aufgestöbert hatte. Nicht als gewöhnlicher Tourist, nein: er schloß sich Studienreisegruppen an.

Ich bringe gern einmal einige Photos mit.

Das wäre interessant.

Noch besser, ich führte Ihnen bei mir in meiner Wohnung meine Videofilme vor. Ich habe eine sehr schöne geräumige Penthouse-Wohnung mit Dachterrasse. Ich liebe Pflanzen. Sie auch?

Auch sie liebte Pflanzen. Aber aus den Filmvorführungen würde nichts. Sie lachte. Ich kann mir nicht denken, daß mein Freund davon sehr begeistert wäre.

Daher seine trübe Stimmung. Aber die verging. Es war doch vollkommen einsichtig, es lag doch auf der Hand, daß sich irgendein Bursche für ein Mädchen wie dieses erwärmte. Fast besser so ein Freund als die Musikstudentin seiner Renate. Und kam es nicht einem Kompliment gleich, wenn sie mit der Mißbilligung ihres Freundes rechnete? Mißbilligung beim Gedanken, sein Mädchen hielte sich mit ihm, Werner Gumbert, allein in einer Wohnung auf? Oh gewiß, ja, mit nichts Geringerem als der Eifersucht rechnete sie, und er, mit seinen sechsundsechzig Jahren, er träte sozusagen als Rivale an.

War Gumbert ein dauernd erstaunter Mensch? Wißbegierig und in chronischer Erwartung, überrascht zu werden? Oder sah er nur so aus? Er hatte eine Stupsnase, eine solche Nase ist bei Männern selten, sie war so hoch nach oben gestellt, daß der Einblick in seine Nasenlöcher sich nicht vermeiden ließ, er hatte ein fliehendes Kinn, so nannte er es, im Grunde hatte er gar kein Kinn. Er ging erhobenen Kopfes, weil er nicht sehr groß war, weder dick noch dünn, etwas von beidem. In der Mitte vielleicht ein bißchen drall. Und seine physiognomische Ausstattung brachte es mit sich, daß er es nicht zustande brachte, ernsthaft auszusehen. Selbst als es um seine Frau immer schlechter gestanden hatte, machte er auf Ärzte und Pflegefall einen unerschütterlichen, leicht belustigten und neugierigen Eindruck, auch am Tag der Beerdigung. Alles in allem sah er nicht übel aus, er hätte genau so gut Ende Fünfzig sein können, und noch bedeckte sein erdfarbenes glattes Haar, kaum Grau darin, linksgescheitelt den ovalen Schädel komplett.

Als er seine vorzeigbare Tochter Renate ins Jagdschlößchen ausführte, hoffte Gumbert insgeheim, seine kleine Freundin wäre ein bißchen eifersüchtig, ungefähr so wie ihr Freund auf ihn. Aber väterlicher Stolz war ihm viel wert, ihm lag nichts an Tricks und Spielchen, für die ihm Hannelore, so hieß die Kellnerin, außerdem zu schade war. Deshalb stellte er ihr Renate als seine Tochter vor, nur kurz verführt vom Gedanken, sie als anonyme kühle Blonde in den Augen der anderen zu seiner geheimnisvollen Begleiterin – Geliebten? – aufzupeppen. Wer wußte denn auch, ob das nicht unklug gewesen wäre? Hannelore machte einen wohltuend soliden Eindruck. Ein unsolider Gumbert könnte ihr nicht gefallen.

Renate lobte das renovierte Lokal, den blaßgelben Verputz der Barockfassade und die in Weiß abgesetzten Stuckornamente fand sie geschmackvoll, und schön den Blick über den baumbestandenen Abhang. Weil wieder nicht viele Gäste Hannelore und ihre Kollegin in Trab hielten und geschützt gegen jegliches Mißtrauen in seine Absichten durch *Tochter* Renates Gesellschaft, wagte Gumbert beim Bezahlen einen Vorstoß:

Wie wärs mit einem gemeinsamen Rundgang um den Teich? Meine Tochter und ich, wir nähmen Sie sehr gern auf unseren Verdauungsspaziergang mit. Es dauert nicht lang.

Hannelore lachte ihr fruchtiges Sommerlachen. Die Kirschenlippen sprangen auf. Vor Reife platzendes Obst. Oh danke! Ich kenne den Weg um den Teich. Es ist wunderschön im Wald am Ufer.

Ab wann haben Sie frei? Renate übernahm sachlich den Annäherungsvorgang ihres Vaters.

Oh, das dauert noch. Hannelores lachendes Gesicht: ein Obstgarten. Emailliertes Pfirsichrosa auf runden Wangen. Bis zum Abend. Sie bedankte sich für Gumberts großzügiges Trinkgeld, auf das er stets mit den Worten *Der Rest ist für Sie* aufmerksam machte. Und dann wünschte sie Vater und Tochter *noch einen schönen Abend* und lief schnell, trotz der langen Schürze geschickt, über die Terrasse zu einem anderen Tisch.

Den Rundgang genoß Gumbert dennoch. Auf den Seerosenblättern ruhten die Bleßhühner aus, das Reiherpaar, wie Aufsichtspersonal, hockte unbewegt auf seinem Stammplatz im Gezweig eines Baums, der beinah im Wasser stand, Enten schwammen umher, watschelten an Land und zurück ans Ufer und ließen sich wieder ins Wasser gleiten, auf dem sich die spitzwinkligen Dreiecke ihrer Kielspur beim Wegschwimmen ausbreiteten und dann versanken, und das Dschungeldunkelgrün des Waldsaums spiegelte sich im Teich, samt Reihern und den Kondensstreifen von Flugzeugen und den Baumkronen, wodurch er unendlich tief wirkte.

Gumbert erzählte seiner Tochter, er habe der jungen Kellnerin vorgeschlagen, den Beruf zu wechseln. Ich sagte ihr: Sie sollten Krankenschwester werden. Liebenswürdige herzliche Frauen mit frischen jungen Gesichtern, Frauen wie Sie, die fehlen in unseren Krankenhäusern. Junge Frauen, die mit einem Lächeln in die Zimmer eintreten, am Bett stehen, bereit zu einem kleinen Gespräch, und die nicht durch die Straßen ziehen mit Parolen gegen irgendwelche Ausbeutung am Krankenbett und für mehr Geld streiken.

Während Renate etwas unkonzentriert und über ihren Vater hinweg auflachte, aber dabei nicht amüsiert und erst recht nicht interessiert klang, erinnerte Gumbert sich der kleinen Szene, in die er nun wieder einsank.

Sie müssen wissen, meine Frau hat in einem Krankenhaus viel mitgemacht, ist dort auch gestorben.

Ah, das tut mir leid. Es fiel Hannelore nicht leicht, ihr lustiges Gesicht in ein ernstes trauriges umzugestalten.

Und außerdem, mir steht selber demnächst eine kleine Operation ins Haus. Besser gesagt: Ins *Kranken*haus. Gumbert lachte und blickte in neugierig erstaunter Erwartung zu der jungen Frau hin, auf seine stupsnasige kinnlose Weise sah er vergnügt aus. Obwohl er doch beängstigt war. Er konnte nun einmal in seine vorgegebene Gesichtsstruktur nicht den Ausdruck zwingen, nach dem ihm, im Fall von Ernst, Besorgnis zumute war. Doch die Operationsfurcht schwand dahin wie schmelzender Schnee unter Sonneneinstrahlung, kleine Sonne Hannelore, er sah sie schon an seinem Krankenbett stehen, und zugleich jetzt hier am rosagedeckten Tisch auf der Waidmannslust-Terrasse; ihre Lippen heute eher wie sehr dicke Himbeeren, oder wie diese Himbeerbonbons aus seiner Kindheit, dicht und regelmäßiger als in der Natur, besetzt mit vergrößerten wärzchenartigen Noppen und von leuchtendem Rot, die hellen Augen wie Sanddornfrüchte. Ach, welch mitleidiges und gleichzeitig beruhigend zuversichtliches, kraftvolles Lächeln der Kleinen, wie Gumbert die körperlich nicht wirklich kleine Bedienerin bei sich nannte.

Operieren wird man Sie? Sie legte ihm in Butter geschwenkte glänzende Kartoffeln – nicht zum Sattwerden, aber erlesen, erlesen wenige – neben goldgelb schimmernde Schollenfilets. Im Jagdschlößchen hatte Gumbert gelernt, etwas feiner zu speisen, und das hieß auch: weniger. Eine Operation, das ist nicht schön. Hoffentlich ists nichts Schlimmes.

Gumbert lachte. Man redet nicht gern drüber, wissen Sie, typische Männersache, Männer kriegen das, ich meine, Männer meines Alters. Es wunderte ihn, daß er *doch* gern drüber redete. Schlau fand er es, mit seinem Alter zu kokettieren. Er sah ja passabel aus und jünger obendrein, und die Kleine, mit diesem *Freund*, auf den gewiß so wenig Verlaß war wie auf alle diese jungen Burschen heutzutage, sehnte sich bestimmt nach dem schützenden *älteren* Mann, dem väterlichen Freund. Doch Hannelore schien es weder schlau noch sonstwas zu finden.

Überlegen Sie sich das, bat Gumbert beim Zahlen, dann sagte er: Der Rest ist für Sie.

Hannelore hatte vergessen, was sie sich überlegen sollte.

Sie hätten das Talent zur Krankenschwester. Sie bringen alles Rüstzeug dafür mit.

Oh! Hannelore lachte.

Ich hatte mein Leben lang mit jungen Menschen zu tun, hab sie zum Abitur geführt, zur *Reife*prüfung, wissen Sie. Reife, sie ist heute eine Seltenheit. Es müßte Finderlohn für denjenigen geben, der sie noch irgendwo ausfindig gemacht hat.

Schönen Tag noch, sagte Hannelore strahlend. Wundervoll ausgereift und doch noch ganz frisch, diese ungepflückte Frucht. Ja, ungepflückt. In seinen Phantasien über die junge Frau tilgte Gumbert den Freund so gut es ging, und es ging einigermaßen, zumindest, was das Pflücken und dann Kosten, Schmatzen, Genießen betraf.

Daß Sie sich hier bestens machen, steht ja fest, ich als Ihr Chef gäbe Sie auch nicht so leicht her. Aber dies scheint mir nicht der passende Ort für Ihre Qualifikation zu sein. Und denken Sie an die Not in den Krankenhäusern, an den Mangel an Herzlichkeit und Liebe beim Pflegepersonal. Ich habs mit meiner armen geplagten Frau erlebt. Sie krümmte sich vor Schmerzen, sie lag im Sterben, sie … ums kurz zu machen: Ich habe Schwestern erlebt, die mißmutig eine Injektion gaben und dabei seufzten und auf die Uhr schauten. Gumbert versuchte vergebens den betrübten Ausdruck, ein Scheitern, von dem er nichts wußte, er sah neugierig und aktiv aus und war aufgestanden.

Es wäre nichts für mich, leider, sagte Hannelore. Erstens kann ich kein Blut sehen, leider …

Aber aber, machte Gumbert und hoffte, es gelinge

ihm, sie anzüglich zu betrachten. Frauen sehen alle vier Wochen Blut, oder nicht?

War er zu weit gegangen? Nein. Sie war ein Kind ihrer Zeit, in mancher Hinsicht eben doch, und unbefangen antwortete sie: Das ist was anderes. Aber die obstige weißbeschürzte und bis zum weichen Kinn rüschengeschmückte Kleine lächelte diesmal nicht. Ich werde bald heiraten, sagte sie, und dann will ich ein Baby haben.

Nun wurde ihr Gesicht, ihr liebes und liebespendendes Gesicht, wieder fröhlich, es bekam einen Glanz wie vom vorweggeträumten Schweiß der Wehen, und leider wurde Gumbert, der sich dabei töricht fand, eifersüchtig.

Wissen Sie, bei Babies ekelt mich nichts. Aber alte Leute, ich weiß nicht. Sie schüttelte sich ein bißchen. Gleich darauf schien sie zu erschrecken, und das strotzende Fruchtgesicht bekam einen leeren Ausdruck. Sie sagte: Oh Pardon!

Was denn: Oh Pardon?

Die beiden starrten aufeinander los, wie um die Wette. Sie waren in der Klemme, und wer fände als erster heraus?

Ich fühle mich nicht getroffen. Gumbert war der erste. Er hatte sich so gut in der Gewalt, daß er lachen konnte, und er zog ab, nachdem sie *Dann ists ja gut* gesagt und auch wieder gelacht hatte.

Eine Woche später, ein wunderschöner Sommersonntagnachmittag, wie geschaffen für ein ausgedehntes Kaffeestündchen vor oder nach dem Teichrundgang im grünen Idyll des Jagdschlößchens, rief Gumberts vielbeschäftigte Tochter ihren Vater an.

Hallo, Paps! Wie wärs mit einem Besuch bei deiner Freundin von der Waidmannslust! Ich würde gern

Gitta das Restaurant und die Caféterrasse zeigen, und wir könnten dich mitnehmen.

Gitta war die Musikstudentin, mit der die Tochter zur Zeit zusammenlebte. Normalerweise hätte Gumbert sogar in Kauf genommen, die undurchsichtige und, wer weiß, vielleicht durchtriebene junge Schnorrerin mit einzuladen. Aber nichts, wenn er ans Jagdschlößchen dachte, und er dachte oft dran, nichts war mehr wie vorher. Trotzdem verlockte Gumbert Renates Vorschlag.

Sie redete weiter: Stell dir vor, ich habe den Zukünftigen deiner Hannelore kennengelernt. Renate lachte ihr kräftiges Lachen, das Gumbert sonderbarerweise so gut wie nie ansteckte.

Hannelore? Welche Hannelore?

Na hör mal. Deine Serviertochter, diese Hübsche, Dralle!

Serviertochter. Das hatte sie schön gesagt. Gumbert spielte einen Menschen, der mühsam und dann erleichtert einen gesunkenen Schatz aus den Tiefen des Vergessens fischt.

Und du wirst nicht raten, wo.

Was ... wo?

Wo ich ihren Zukünftigen kennengelernt habe. Renate seufzte amüsiert. Er wohnt bei dir um die Ecke und bezahlt bei einer dieser ausbeuterischen Vermieterinnen einen Haufen Geld für ein Zimmerloch im Souterrain. Er ist Student. Nr. 12, Meisenweg, er wohnt in Rufweite.

Student! Gumbert freute sich gar nicht. Bevor er den Freund aus seinem Gedächtnis verbannt hatte, war er irgendwas bei der Müllabfuhr gewesen.

Renate erzählte: Wir sind in der Disco aufeinandergeprallt.

In der Disco? Gumbert fand, seine Tochter passe nicht in Discos, wenn schon sowieso nicht, dann aus Altersgründen. Wahrscheinlich verleitete diese kleine Musikstudentin sie zu derartigen Entgleisungen, und ebenso wahrscheinlich bezahlte seine Tochter die Zeche. Er bemerkte, wie er sich dauernd bemühte zu übersehen, daß ihm noch viel viel weniger seine *Serviertochter* in einer Disco am angemessenen Platz zu sein schien, wahrhaftig, noch viel weniger als seine *leibliche* Tochter, die ein Mensch war, um den man sich im Grunde gar keine Sorgen machen mußte.

Vater, deine Freundin Hannelore, ohne diese lange weiße Schürze, du hättest sie nicht wiedererkannt. Todschick, offene lange Haare, und werweißwie angemalt. Richtig supergeil.

Gumbert fand an seiner Tochter diesen Jargon ihrer immer zu jungen Freundinnen nicht gut. Renate war mit vierundvierzig zu alt für ein Wort wie *supergeil.* Und ihm wars gleichzeitig egal, er merkte es wohl, wie er wieder das abdrängte, was ihm nicht egal war: Das völlig ausgewechselte Bild der jungen anständigen Frau mit der weißen Schürze.

Also, ziehen wir zu dritt los? Holen wir dich ab, so gegen drei? Komm, sag schon *ja.*

Ich müßte bei den Beckmanns absagen. Sie haben mich zum Kaffee eingeladen. Gumbert log nicht. Es wäre auch einfach, abzusagen. Er ging gern hin, aber heute nachmittag weniger. Die Spalts wären da, der junge Spalt hatte die junge Beckmann geheiratet, Musiker beide, und sie würden wieder schrecklich lang schwierige langweilige moderne Musik vorführen, sie klapperten die Musikliteratur ab, die es für die Kombination Cello/Violine gab, der junge Spalt war Cellist, die junge Beckmann-Tochter Geigerin, sie spielten wirklich gut, so weit Gumbert das beurteilen konnte, aber alles hatte sich das letzte Mal bei diesem Martinu und Saint-Saëns oder wie sie hießen nach ständigem Fehlermachen angehört.

Also sind wir circa drei Uhr bei dir. Hast du was Schönes zum Mittagessen?

Ich hab mein Schnitzel wie jeden Sonntag.

Fein. Laß dir Platz im Magen für Omas Zimtkuchen. Ich weiß von deiner Freundin, daß du dem nicht widerstehen kannst.

Habt ihr denn über mich gesprochen? Gumbert vergaß den *Studenten* und die discomäßig ausstaffierte Person, die ihn heiraten würde, vor seinen Augen erschien ihm eine sonnige Terrasse, darauf, unter einem der breiten zeltdachartigen Sonnenschirme am rosa gedeckten Tisch er selber, eingerahmt von zwei jungen Frauen, und ihnen gegenüber, stramm aufgerichtet in der langen weißen Schürze und den Bestellzettel auf dem kleinen Block in der einen, den Kugelschreiber in der andern Hand, strahlend und saftig und mit Himbeernoppenmund seine *Serviertochter*. Er blickte voll in diesen wunderschönen Moment hinein.

Aber natürlich haben wir von dir gesprochen. Renate lachte wieder, und wieder konnte er nicht einstimmen, sie lachte immer über etwas, das er nicht genau verstand. Wir haben nicht gesprochen, wir haben gebrüllt. Es ist laut in einer Disco. Du hättest gemeint, sie sei ideal als Krankenschwester, hat sie mir erzählt. Aber sie hat mir gesagt, sie habe nicht vor, alten Männern den Hintern abzuwischen. Na wie auch immer, sie wird diesen Jungen heiraten, sieht ganz nett aus und steckt jetzt im Examen. Bis drei dann. Sie legte auf. Nicht mit mir, sagte Gumbert, der Besseres vorhatte, zu sich selber. Nicht mit mir. Er opferte einen Stein aus seiner Sammlung, die Hannelore nicht hatte besichtigen wollen, einen Stein aus Kreta oder von welchem Strand dieses Planeten auch immer, Gumbert regte sich viel zu sehr auf, um sorgfältig seine Wahl zu treffen, und steckte den schönen Stein in die Jackentasche, die er ausbeulte; er fuhr mit ihm aus dem elften Stockwerk seiner Penthouse-Wohnung hinunter ins Parterre, schloß die Eingangstür auf, stand auf der Straße. Er wohnt um die Ecke. Da drüben, dieses Souterrain muß es sein. Frau Heinrich vermietet an Studenten. Wirds wohl sein. Gumbert schmiß den Stein aus seiner Sammlung durch das Souterrainfenster, hinter dem nach allen Gesetzen der Wahrscheinlichkeit Hannelores Freund wohnte. Obwohl es wie jeden Sonntag menschenleer war und Mittagessenszeit, keiner würde hinter seinem Vorhang stehen und ihn beobachten, beeilte Gumbert sich, zurückzukommen. Er war ein anständiger Bürger, ein Studienrat im Ruhestand, es gab so leicht keinen unverdächtigeren Menschen als ihn.

Dieser miese Typ, dieser Nichtsnutz. Ha, lachte er. Auch der Student wäre eines Tages bloß ein alter Mann, um dessen unsympathischen unappetitlichen Hintern seine saubere Frau einen Bogen machen würde.

Gumbert bot nicht den Anblick eines Mannes, dem durch zugefügtes Unrecht eine kriminelle Handlung unterlaufen ist, natürlich nicht, im Wortsinn *natürlich* nicht, denn seiner Natur entsprechend sorgten die Stupsnase, die seine Oberlippe mit sich nach oben zog, und das mit dem Hals vereinte Kinn für sein übliches unschuldiges, neugierig verwundertes Aussehen. Einen wunderschönen Tag noch, wünschte er einer älteren Dame, die häufig Frau Pflaum besuchte und im 4. Stock ausstieg.

Seinen Stein aus Kreta oder sonstwoher bekam Gumbert übrigens wieder. Eines Tages in einem Päckchen. Genau so eine Handschrift hätte er von Hannelore erwartet, säuberlich wie Perlen an einer Schnur aufgereihte runde Buchstaben. »Sehr geehrter Herr Gumbert, leider sieht man Sie gar nicht mehr bei uns hier draußen. Das Wetter ist immer noch sehr gut. Sie sind doch hoffentlich nicht erkrankt? Wenn Sie zur Zeit wegen Ihrer Operation im Krankenhaus liegen müssen, wünsche ich Ihnen alles erdenklich Gute und rasche Genesung, wozu dieser Stein für Ihre Sammlung beitragen soll. Hans-Michael hat ihn zufällig gefunden, und da dachte ich gleich an Sie und Ihre Sammlung. In der Hoffnung, daß dieses Päckchen Sie erreicht und wir hier draußen Sie recht bald wieder begrüßen dürfen, verbleibe ich mit den besten Grüßen und Wünschen Ihre Hannelore von Tisch 5.«

Ein Strom des Grundanständigen drang durch diese Sendung in Gumbert ein, und die Wirkung war: Er glaubte seiner Tochter kein Wort mehr. Alles nicht wahr, nicht die häßliche Ausdrucksweise – *alte Männerhintern* oder so ähnlich –, nicht diese frische Frucht Hannelore als kriegsbemalte Discoschlampe. Der ganze Spuk: alles nicht wahr. Renates Humor war ihm so fremd und unglaubwürdig wie ihr vitales lautes Lachen, das er nie verstand.

Gumbert hat sich guten Muts ins Waidmannslust aufgemacht, in Begleitschutz zwar – die Beckmanns und die jungen Musiker, ernste junge Leute, diese Spalts, kamen mit – sie rückten zwei Tische, 5 und 6, aneinander, unterstützt von Hannelore in der langen gestärkten weißen Schürze, das rötliche dichte Haar ordentlich zusammengebunden, ein Obstkompott ihr fröhliches Gesicht. Gumbert bedankte sich für den

Stein und sah einen goldenen Ring an ihrer rechten Hand blinken. Aber an Heirat hatte er ja sowieso nie gedacht.

Haddon Hall

Nein, der paßt mir auch nicht. Tunja ging noch einmal ein paar Schritte auf den langen Spiegel zu und wieder zurück, drehte sich halb nach rechts und betrachtete sich über die Schulter, dann das gleiche Begutachten linksherum. Sie hatte sich während der Anprobe strenge Blicke zugeworfen und ihr Straßengesicht aufgesetzt, und nach ihrer Entscheidung gegen den Pullover löste sie diese Das-ist-die-offizielle-Tunja-Mimik auf und schnitt Grimassen. Ich mag ihn und ich mag Ringelmuster, obwohl die garantiert out sind, aber er ist nun mal zu eng.

Ist er nicht. Er hat gepaßt, widersprach Melina, die dachte: Hat er nicht. Ha, ich bin fünf Jahre älter, aber schlanker. Er hat dir gut gestanden, du weißt nicht, was du tust, wenn du ihn ablehnst.

Das wußte Tunja nur allzu gut. Und die Querstreifen machen zusätzlich dick. Warum trägst du ihn nicht mehr? Es ist ein schöner Pullover, out oder nicht.

Weil er mir zu warm ist, ich meine, er ist was für verfrorene Leute wie dich, und mir ists sowieso immer zu warm. Melina fand sich ein bißchen, mehr aber auch nicht, gemein, als sie ergänzte: Außerdem ist er *mir* ein bißchen zu weit.

Wirklich? Tunja, arglos, stöhnte. Ich hab in den Ferien zugenommen, das stimmt leider. Aber von jetzt an wird strengstens aufgepaßt. Seit gestern höre ich zu essen auf, wenn ich überhaupt noch nicht satt bin.

Kaum habe ich angefangen, da höre ich auch schon auf. Es ist einfach gräßlich.

Es ist vor allem ungesund. Du kriegst ein zu kleines Herz vom Fasten. Melina wollte nicht, daß die Freundin abnahm.

Hast du je von der Nachsättigung gehört? Sie soll angeblich so eine halbe Stunde nach dem Essen kommen. Diese Bluse hier paßt. Tunja blickte diesmal beim Drehen und Wenden und dem Zupfen da und dort viel freundlicher in den Spiegel als vorhin im zu engen Pullover. Sie kommt aber nicht.

Wer kommt nicht? Das ist eigentlich meine Lieblingsbluse. Jetzt war Melina mit dem Stöhnen dran. Ich hatte sie ein paarmal an, aber mir war klar, sie ist zu weit, zu groß. Ich seh wie Grock drin aus.

Sie ist wunderschön. Tunja hörte nicht auf, sich zu betrachten. Wer nicht kommt? Die Nachsättigung.

Etwas mehr müßtest du wahrscheinlich essen, dann käme sie. Wart doch ab, bis du von selber wieder dünner wirst, der Streß wirds richten. Puh, von mir aus könnten die Ferien noch bis in alle Ewigkeit dauern. Zieh bitte die Bluse aus, die Trennung macht mich traurig, selbst wenn du es bist, an die ich sie loswerde. Melina lachte. Diese asymmetrischen Muster findet man so leicht nicht mehr. Womöglich sind auch sie out.

Macht nichts. Tunja ließ sich nicht erschüttern. Ich behalt sie an. Keine Angst, ich ziehe ja meine Jacke drüber.

Ja ja, macht nichts, dachte Melina, weil sie festgestellt hatte, daß die wunderschöne Bluse über den Hüften der Freundin *aufsaß*, und sie mußte natürlich glatt herunterfallen. Es gab einfach Kleinigkeiten, die guttaten.

Du kannst fünf Jahre früher in den Vorruhestand als ich, sagte Tunja und ging voraus in Melinas Wohnzimmer.

Was bedeuten diese fünf Jahre, wenn insgesamt einunddreißig Jahre vor dir liegen, rief Melina aus ihrer winzigen Küche, in der jetzt der Kaffee durch den Filter gelaufen war.

Die beiden waren Lehrerinnen, aber an verschiedenen Schulen. Melina unterrichtete an einer Sonderschule, Tunja hatte es als Lehrerin einer Ganztagsschule schwerer, fand Melina. Nachmittags auch noch Schule: ein vernichtender Gedanke.

Die Freundinnen saßen im kleinen Erker, dem das sonst konventionell zugeschnittene Zimmer den entscheidenden Kick gab. Melina hatte es mit niedrigen Ledersesseln möbliert und mit einem kleinen Empiresofa, das sie stilwidrig, aber es sah sehr gut aus, ebenfalls mit Leder im rötlichen Dunkelbraun der Sessel hatte beziehen lassen. Vor den Fenstern waren türkisgrüne Jalousien halb heruntergezogen, obwohl keine Sonne schien, aber Melina fand es schick, sie sagte immer: Gebrochenes Licht macht Räume so viel interessanter, Licht in Streifen. Ihren kleinen Tisch nannte sie Billardtisch. Zwar war er rund, doch mit dem für Billardtische charakteristischen grünen Filz beklebt. Beim Genießen ihrer Einrichtung dachte sie immer an den Doc – so nannten Tunja und sie den Hochgeschätzten –, und immer, wenn sie eine neue originelle Idee verwirklichte (gestern hatte sie ein paar nostalgische Kinoprospekte aus den Fünfziger Jahren entdeckt und an die Tür zu ihrem kleinen Arbeitszimmer gepinnt), sah sie die amüsant aufpäppelnden Zugaben mit Docs Augen, die sie entweder gar nicht oder doch nur sehr sehr selten sahen: Er hatte sie erst insgesamt dreimal besucht und fast gar keine Bemerkungen gemacht. Aber das schadete nichts.

Es gab Kaffee und Nußcremeschnitten, Tunjas große Leidenschaft, und Melina freute sich, als Tunja zugriff, in fatalistischem Ton untermalt von den Worten: Nichts Süßes, Finger weg vom Süßen, Tunja! Ohgottogott. Na ja, ab morgen. Was du heut nicht kannst besorgen, das verschiebe ruhig auf morgen.

Hoch die Tassen!

Hast ja auch recht, auf den Streß kann ich mich verlassen.

Verdammte Schule!

Auf die Ferien!

Auf den Vorruhestand! Was kann man tun, um vorzeitig entlassen zu werden?

Melina wiegte den Kopf, sie kniff die Augen eng und zog die Mundwinkel runter, wodurch sie hoffte, ein Ganovengesicht anzudeuten. Na, meinst du nicht, daß wir *dafür* so einiges tun? Schau dich nur an. Wenn nur ein Bruchteil von all dem ans Tageslicht kommt, werfen die uns raus.

Die Jacke ist gekauft, sagte Tunja.

Und zwar mit Aberkennung sämtlicher Beamtenrechte, Dienstbezüge. Melina hielt der Freundin den Teller mit den Nußcremeschnitten unter die Nase.

Ich warte wohl besser auf die Nachsättigung. Tunja nahm eine zweite Schnitte.

Warte lieber auf den Streß.

Streß, oh ja. Den hab ich auch mit Mani. Mal Eustreß, dann Dystreß.

Wegen Ha-Ge? Ist er denn unentwegt eifersüchtig?

Klar, aber er drückt sich vor jeder Aussprache.

Mani war Manfred und Tunjas Liebhaber. Ha-Ge war Hans-Georg und so was Ähnliches wie Tunjas

Lebensgefährte, oder hatte sie sich irgendwann mit ihm verlobt? Sie wußte es selbst nicht, und wenn verlobt, dann unverbindlich.

Daß du überhaupt noch Eustreß mit Mani hast. Trotz Doc. Und seit Doc. Melina schüttelte den Kopf über ihre Freundin. Sie sei ihr ein Rätsel. Du gehst mit beiden ins Bett? Auch mit Ha-Ge sicher noch, wie ich dich allmählich leider einschätze.

Ich habe eben ein großes Herz. Tunja rettete sich in einen Lachanfall. Zuerst war der bloß ein Kunstwerk, aber dann mußte sie wirklich lachen, weil ihr einfiel, daß Liebhaber und Lebensgefährte – oder halbwegs Verlobter, was immer er war – ausschließlich auf Doc eifersüchtig sein müßten, auf eine Leidenschaft, von der beide nicht das mindeste ahnten.

Großes Herz, das ist eine edle Umschreibung für diese Unterleibsgeschichten.

Vergiß nicht, daß ich einen Busen habe und noch höher drüber einen Mund zum Küssen, von wegen: Unterleib.

Man spricht auch von Edelnutten. Noch Kaffee?

Bitte, ja. Hast du einen Kirsch dazu?

Melina hatte Kirsch dazu. Paßt zwar nicht zum Nußgeschmack, aber bitte. Ich nehme meinen Kaffee Kirsch erst zur Zigarette, nachher.

Ich brauch sofort was Alkoholisches. Tunja skandierte: Denk ich an Doc ba bam, ba ba … denk ich an Doc'chen in der Nacht / Bin ich um den Verstand gebracht.

Doc-chen … nein … *chen* paßt schon gar nicht zu ihm. Melina stellte sich Doc vor, sein blasses Gesicht, die ermüdeten Augen hinter der Brille, die, immer trübe, immer geputzt werden müßte und von der er nicht einmal wußte, warum er sie trug, wegen Astigmatismus oder war er kurzsichtig? Und seinen hellhäutigen Hals, da wo der Hemdkragen anfängt, seine großen weißen Hände, und ihr wurde kribblig und weich zumute.

Warum hat Heinrich Heine ausgerechnet in der Nacht an Deutschland denken müssen, der Ärmste, sagte Tunja.

Wegen *gebracht. Nacht – gebracht.* Reimzwang.

Ich denke Tag *und* Nacht an den Doc. Tunja seufzte vergnügt.

Vielleicht wars aber nicht nur der Reimzwang, sagte Melina. In der Nacht an etwas denken müssen, bedeutet eben auch Schlaflosigkeit und so weiter, also die Ärgernisse, die einen auch nachts nicht schlafen lassen, die kommen doch besser raus bei Heine mit seinem Deutschland. Denk ich an Deutschland an dem Tag / Fühl ich, daß ich nichts essen mag. Ist schwächer. Außerdem sagt man nicht *an dem* Tag. *Am* Tag, sagt man. Es paßt also inhaltlich *und* formal.

Du meine Güte, hat die Schule angefangen? fragte Tunja.

Nicht *meine* und nicht *deine.* Melina atmete nach tiefem Lufthholen ruckartig aus, mit Verachtung. Eigentlich furchtbar primitiv, unser Anfängerzeug als ewiger Unterrichtsstoff. Bis zum Vorruhestand nichts als A B C und Einmaleins. Ihr kam eine kleine Bosheit in den Sinn, und sie fügte hinzu: Eigentlich auch peinlich gegenüber dem Doc. Im Höheren Lehramt würden wir mehr vorstellen, *etwas* mehr.

Tunja sah fast dumm aus vor Überraschung. Aha, das hatte gesessen. Aber wie sie es von ihrer Freundin gewohnt war, rappelte die sich schnell wieder auf, lachte sogar – diese Frau kann lachen lachen, jederzeit, dachte Melina geradezu erschüttert – und sagte: Ich sehe das ganz anders. Ich finds entscheidend wichtig, was wir machen. Und schwierig erst recht. Im Höheren Lehramt bauen sie auf unserem Fundament auf, vergessen wir das mal nicht. Tut mir leid, kommt vielleicht vom Kirschwasser, aber mir wird warm. Ich muß die Jacke ausziehen.

Was um Himmels willen sollte ich denn dagegen haben?

Du wolltest nicht dauernd deine Lieblingsbluse an mir sehen.

Ach so, stimmt. Ich hatte diese Bluse auch deshalb so besonders gern, weil es extrem heikel war, damals, als ich sie ergatterte. Weiß ich noch wie heute. Und ein solcher Sieg ... ich meine, an so einer Mutprobe hängt man irgendwie. Es ist nicht nur das asymmetrische Muster, das spezielle Grün ...

Und was war so besonders gefährlich?

Die Frau vom Schulrat. Ich entdeckte sie plötzlich am Blusenrondell schräg gegenüber.

Ui jeh! Tunja hielt sich die Hand vor den aufgesperrten Mund und riß die Augen auf. Große blaue Augen, wie zwei runde, mit frischem Wasser gefüllte Swimmingpools. Und weiter?

Die Frau vom Schulrat linste dauernd zu mir rüber, verstehst du.

Oh Herr des Himmels!

Du sollst den Namen deines Herrn ...

Laß nur, ich bin katholisch. Wir sehen das nicht so eng. Tunja lupfte an der Bluse, und wieder bemerkte Melina in freundschaftlicher Schadenfreude, daß sie ihr eine Spur zu eng war. Eine echte Beute, sagte Tunja.

Fast geeignet für den unehrenhaften Vorruhestand. Melina nahm betont unbesorgt, ja beinah gelangweilt und so gleichgültig nebenbei, als merke sie gar nicht, was sie tat, eine dritte Nußcremeschnitte. Aber sie tat es auffällig. Tunja mußte es unbedingt mitbekommen. Und Tunja bekam es mit. Sie sah der Freundin mit einem Ausdruck des Zwiespalts zu: Neidisch verzichten? Oder fünf gerade sein lassen? Tunja entschied sich für letzteres.

Du lebst gefährlich, Liebling.

Du ja auch. Denk an die Jeans. Mit Jeans hab ichs noch nie aufgenommen.

Aber mit einem ziemlich großen Papierkorb.

Die Freundinnen kicherten, Melina sagte: Und die Frau des Schulrats, ich weiß nicht, ich weiß nicht, verdächtig lang stand sie da rum, später noch bei den Blazern, was meinst du …

Du meinst – sie auch?

Wer weiß, wer weiß.

Allerdings. Man täuscht sich in den Menschen. Und die Frau vom Schulrat ist verdammt gut geeignet. Sie sieht so unglaublich bieder aus, die Redlichkeit in Person. Ich hab neulich einer Türkin gesagt, was sie falsch macht. Sie wurde nämlich beinahe erwischt. Ich hab sie vor dem Kaufhaus abgepaßt und ihr gesagt: So kommen Sie nicht weiter. Zuerst dachte sie, ich wollte sie beschimpfen, bis sie kapiert hat, was ich gemeint habe. Ich habs gut gemeint. Mit dem Kopftuch sind Sie doch sofort verdächtig. Auf Leute wie Sie paßt man auf. Auf diese gutangezogenen dicklichen bürgerlichen Frauen wie die vom Schulrat nicht.

War ganz schön edel von dir, lobte Melina.

Multikulturell, sagte Tunja und schüttelte sich. Sie erzählte, die Türkin habe ihr in schlechtem Deutsch erklärt, ihr Kopftuch werde sie nie absetzen. Sie kriegt dann die größten Schwierigkeiten mit ihrer Familie.

Die kriegt sie auch, wenn sie nichts beischafft, sagte Melina. Aber sie sind unbelehrbar.

Die Freundinnen stießen das Wort *multikulturell* nochmals ironisch und wie eine Schmähung gegen alle, die es heiligten, aus. Sie beide praktizierten das Zusammenleben der Menschen aus unterschiedlichen Regionen, Lebensformen, Traditionen und Sprachen täglich in ihren Unterrichtsstunden. Kleine Eriträer saßen neben russischen Aussiedlerkindern, kleine Türken zwischen Deutschen und womöglich kurdischen Türken und Albanern und so weiter, und es war alles möglich, nur einfach, das wars nicht.

Wie stehts denn so zwischen dir und dem Doc? fragte Melina.

Gut stehts, bestens. Tunja blickte schwärmerisch schmachtend. Ich sags ja, wenn bloß Mani und Ha-Ge nicht wären. Die machen Streß. Uff! Sie lachte. Und sie ahnen nicht, wie lächerlich ihr blöder Hahnenkampf ist, seit Doc. Das ist schon wieder komisch.

Melina war nicht eifersüchtig auf Tunjas Glück. Es würde, bei so viel Ausübung, in absehbarer Zeit zur Gewohnheit und sich daher abnutzen, fast wie Ehe. Sie hielt ihre Strategie für intelligenter. So wie sie die Sache anging, mit spröder Zurückhaltung, wäre sie von *nicht* absehbarer Dauer. Sie hatte Zukunft. Schwelende Feuer waren zuverlässiger als Stichflammen. Vieles verband seit vielen Jahren die beiden Freundinnen, aber diese Gemeinsamkeit war neu: Seit nun fast einem Jahr liebten sie denselben Mann. Und es gab nicht einmal Probleme, den Grund dafür nannten sie Arbeitsteilung. Insgeheim hielt Melina sich für schlauer. Tunja war einfach nur spontan. Natürlich versetzte es Melina einen Stich, wenn sie zu dritt ausgingen und der Doc seinen Arm um Tunjas Schultern legte, sie war ja nicht aus Stein und sehr verliebt, aber sandte der Doc denn etwa nicht einen halbscheuen, doch begehrlichen und erfahrungssuchenden Blick über den Tisch in ihr, Melinas, Gesicht? Oh doch, das tat er, mit dem Arm auf Tunjas Schultern, einen Blick, durch den er weder seinen Arm noch Tunjas Schultern spüren konnte. Und die eine war blond (Tunja), die andere braun (Melina), er würde Abwechslung brauchen, von der etwas Molligen zur beinah Dünnen, falls er war wie alle Männer. Melina vermutete, daß er das nicht war. Sie setzte geduldig auf die Zeit. Auf die Langzeitwirkung. Die Zeit arbeitete für sie, die Geheimnisvolle, während Tunja, längst geheimnislos, den Verschleißerscheinungen aller Phänomene unterläge, wie jede Pflanze, wie ein Teppich oder wie die jetzt noch aufregende asymmetrische Bluse. Alles alles alterte, blich aus, wurde mürbe, verlor seinen Initialreiz.

Tunja hatte unterdessen von der ersten halben Nacht in Docs Wohnung erzählt. Es war so absolut wundervoll, er war so süß und göttlich. Oh Himmel. Sie beugte sich im Ledersesselchen vor, sah der Freundin ins Gesicht, ernsthaft, und in einem lernbegierigen Ton fragte sie: Gibts das wirklich? Du liebst ihn, aber du hörst dir das alles ohne Eifersucht an? Ich würde platzen, ich könnts nicht ertragen. Du kannst nicht wirklich so hinter ihm her sein, wie ichs bin. Du liebst ihn nicht dermaßen elementar. Tunja schüttelte sich, als grause ihr vor irgendwas. Vor ihrer Liebe, vor ihrer Freundin?

Doch, das kann ich. Ich kann so verdammt scharf auf ihn sein wie du und doch … mich bremsen. Melina lachte stumm in sich hinein, sie schien mit ihrem Geheimnis verbündet, und dem lachte sie zu, diesem Geheimnis.

Bist du ein bißchen pervers? Oder was? Melina, bist dus?

Nenn es, wie du willst.

Oder frigide? Früher warst dus nie.

Melina fragte sich, woher Tunja, die schon wieder lachen mußte, das wissen wollte. Tunja war diejenige, die ihre jeweiligen Liebesgeschichten nacherzählte, nicht Melina, und sie dachte, so viele Abenteuer hat sie nicht zu bieten, und deshalb geht sie beim Rapport derart in die Breite und in die Details. Arme liebe kleine Tunja. Sie beteuerte soeben, zwischen Doc und ihr fehle es an nichts, vom Sex bis hin zum Seelenaustausch. Und sie meinte, Melina müsse eben doch pervers sein, zumindest ein bißchen pervers.

Rauchen wir was? Oh, Melina, der Doc, er raucht zu viel. Ich kanns kaum mitansehen.

Ich weiß nicht, was ich bin, pervers oder sonstwas, aber ich weiß, nichts ist so anregend wie Vorstufen. Wenn du verstehst, was ich meine.

Tunja verstand. Aber irgendwann ist man die Vorstufen raufgegangen und dann oben. Vor dem Portal. Und dann tritt man ein.

Oder auch nicht. Man muß nicht rein. Man kann das rauszögern.

Willst du denn immer unten stehenbleiben? Na, mir solls recht sein. Um so besser für mich, stimmts? Ich weiß nämlich, er mag dich. Chancengleich waren wir, aber jetzt bin ich dran.

Das bist du. Melina sagte das in einem sehr befriedigten Ton. Sie konnte ja auch ganz getrost offen ihre Hinhaltetechnik preisgeben, denn Tunja war dran beim Doc, und die Zeit arbeitete gegen sie und für Melina.

Er hat mir gesagt, daß er sich mit dir im *Crazy* trifft.

Stimmt das? Tunja tauschte eine kritische Mimik gegen glanzvolles Strahlen aus: Ich vermute mal, er machts, damit für dich ein paar Brosamen vom Tisch des Herrn abfallen. Beziehungsweise vom Tisch der Dame. Der Dame Tunja.

Es stimmt, wir treffen uns, das heißt, wenn ich nicht noch absage. Melina hob die Stimme: Die Wahrheit ist, ich mag mich im Grunde nicht mal mehr mit ihm treffen. Das letzte Treffen, es war für mich fast ausschließlich Streß.

Du bist wirklich ganz schön sonderbar.

Die Liebe ist sonderbar. Und sie macht sonderbar.

Mich nicht.

Die Verwirklichung schadet der Phantasie.

Ach was. Phantasien können gar nicht so gut sein wie Verwirklichungen.

Umgekehrt.

Na dann nimm diese Bluse. Hättest du sie nicht trotz der Frau des Schulrats … und so weiter … und das Kirschwasser. Gib mir noch was in mein Glas. So. So ists besser als phantasieren. Ich hab die Bluse an, ich trinke meinen Kirsch, ich bin mit dem Doc zusammen, das alles ist *wirklich*. Ich brauchs mir nicht zusammenzuphantasieren.

Der Dichter wurde nicht Dichter durch das Mädchen, das er bekam …

Was soll das schon wieder sein?

Sondern er wurde Dichter durch das Mädchen, das er nicht bekam. Und so weiter, noch ein paar Berufe hindurch. Es geht um den Verzicht, kapierst du das? Durch das, was du kriegst, wirst du nur Kleingärtner, aber durch das, was du nicht kriegst und entbehrst, mit Leiden, unter Qualen … durch das wirst du …

Lehrerin an einer Sonderschule. Tunja vollendete

Melinas Satz und grinste in freundschaftlicher Rachsucht.

Und wen hast du damals gekriegt und nicht sublimiert? Wen? Wer wars, dein Liebhaber, durch den du keine Filmdiva oder keine weltberühmte Sängerin geworden bist, sondern … Melina senkte die Stimme und nickte Tunja grämlich und mit bitterem Mund zu: Lehrerin an einer Ganztagsschule?

Ich wiederhols dir, das ist nicht wenig. Unterschätze nicht immerzu unsere Arbeit. Außerdem hätte ich gar nichts werden können. Mein Vater war kein Arzt wie deiner, er war ein bedauernswerter Kumpel. Tunja war keine Spur gekränkt. Diese Unterhaltung entsprach dem üblichen Wortwechsel zwischen den Freundinnen.

Aber wer weiß, was der Doc noch mal eines schönen glorreichen Tages durch mich wird, rief Melina pathetisch. Er könnte sich habilitieren. Vor lauter verzehrendem Nichtbekommen der Melina. Während er durch die Tunja, die er bekam, der Doc bleibt, der er ist.

Und in den wir verliebt sind. Das heißt, den wir lieben. Den *ich* liebe. Bei dir bin ich mir nach wie vor nicht so sicher.

Gehen wir ein bißchen? Melina stand auf. Der Billardtisch mit dem hübschen englischen Geschirr bot zwar einen ungemein häuslichen Anblick, aber unabgeräumtes Geschirr machte sie immer ungeduldig. Wann sähe der Doc dieses Geschirr? Auf den Tellern waren in bräunlichen und ziegelsteinroten Farben Ansichten von Haddon Hall abgebildet, ein Service von Johnson Brothers. Im Vordergrund fuhr, von zwei munter lostrabenden Pferden gezogen, die im engen Geschirr ihre Köpfe einander zuwandten, der rötlich gekleidete Kutscher hoch oben auf dem Kutschbock, ein Gespann los, aus dem Tellerrand hinaus, hinten im elegant gedeckten Wagen für die adligen Passagiere erkannte man nur so etwas wie einen Kopfputz – oder wars eine besonders hochaufgetürmte Damenfrisur? Den Mittelgrund füllte ein heller gepflasterter Hof aus, über den eine Frau ging, vielleicht eine Dame, die sich von den Insassen der Kutsche verabschiedet hatte, wahrscheinlich aber, fand Melina, die sich in die kleinen Szenen träumte, eine Dienstmagd. Den hinteren Abschluß bildete Haddon Hall selber, braune imponierende Fassaden mit gelblichen und, noch mehr, rostroten Zinnen und kleinen Türmen, fast eine Burg, ein Schloß wie eine Festung. Die runde Kulisse – rund, weil Teller nun einmal nicht eckig waren – schlossen zu beiden Seiten Pflanzen ab, auf der rechten Seite bog sich ein großer Baum mit zarter Grünübermalung auf dem Braun der Blätter in die Wölbung des Geschirrs, der linke Baum war schmäler, und reichte auch nicht so hoch wie sein Pendant hinauf in einen Himmel, der auf dem hellbeigen Porzellan mit übereinandergestaffelten hellbraunen Wolken bedeckt war.

Gehen? fragte Tunja zurück. Ich könnte, ohne große Qualen der Entbehrung, drauf verzichten.

Durch den Spaziergang, den sie nicht bekam …

Wurde sie eine Matrone. Tunja lachte Melina aus. Siehst du, beim Spaziergang klappts nicht. Wenn ich aufs Gehen verzichte, steige ich nicht auf zu den Sternen.

Es würde dir gut tun.

Was, guttun?

Gehen natürlich. Du verlierst kein Wort über mein Geschirr. Ist es nicht … Melina gab auf. Tunja bemerkte niemals, wenn Melina ihrer Einrichtung eine neue originelle Komponente hinzugefügt hatte.

Es ist sehr hübsch. Gekauft?

Gekauft. Was glaubst du denn. All diese Einzelteile? Ich habs für vier Personen komplett.

Na ja, es geht ja auch hintereinander, Stück für Stück.

Die Freundinnen lachten gemeinsam.

Was war eigentlich deine jüngste Anschaffung, wollte Melina wissen, und wie üblich handelte es sich bei Tunjas Eroberungen um Utensilien aus der Kosmetikabteilung.

Die Kosmetikabteilung ist nicht so sicher, wie du denkst, warnte Melina.

Wieso nicht? Die Gegenstände sind klein, Lippenstifte zum Beispiel sind winzig klein, aber ich schaff auch Reisenecessaires. Ich hab dem Doc eins geschenkt. Sehr elegant. Grundfarbe fast schwarz, dunkelrote und senfgelbe Streifen längs rüber. Aus so einer Art Frottierstoff. Innen leider Plastik, aber andere kriegt man ja nicht mehr.

Es gibt auch Ledéretuis dieser Art. Aber trotzdem, sei dir in der Kosmetikabteilung nicht zu sicher, und zwar weil die von unseren lieben Kleinen bevorzugt wird.

Doch nicht von denen unter zehn Jahren.

Denkst du! Tunja, raff dich auf. Ein paar Schritte nur, einmal um den Block und in die John F. Kennedy-Anlage und wieder zurück. Ich kann nach all diesen Nußcremeschnitten hier nicht länger rumsitzen.

Melina trug ihr Geschirr in die Küche. Sie liebte Haddon Hall und ihr kleines Ereignis der Abfahrt einer Kutsche, und in ihrer Vorstellung bewunderte der Doc soeben das Genrebildchen, das sie in der Hand hielt, das auf einem der ganz kleinen Teller, Durchmesser ungefähr zehn Zentimeter, und er streifte aus einer seiner unendlichen Zigaretten Asche drauf; ja, es galt alles ihm, was sie schön fand und um sich herum ansammelte, und indem sie es sah, sah er es, oder er würde es sehen. Und wenn er es auch niemals sähe. Es war schwer zu erklären, nein, es war überhaupt nicht zu erklären, aber das machte keinen Unterschied, sie empfand eine tiefe, wohlig geborgene Zufriedenheit in solchen Miniaturempfindungen, kostbaren Momenten, die ihr so vorkamen, als könne man eine seltsame Freude aufspießen, es waren Schnappschüsse vom Glück, wirklich. Arme Tunja. Die alles erleben mußte und nicht merkte, wie das Feuer abbrannte. Nach ihren paar Affairen war Tunja jedesmal völlig erledigt gewesen, völlig am Ende, stand mit leeren Händen da.

Vor dem Gartentor legte Tunja ihren Kopf in den Nacken zurück, um zu prüfen, ob sie sich das einbildete oder ob tatsächlich ein hauchdünnes Sprühen vom Himmel kam. Es nieselt, stellte sie fest.

Minimale Tröpfchen, beruhigte Melina.

Ich hab eine neue Frisur. Tunja wimmerte ein bißchen.

Was soll der schon passieren? Aber Melina ging zurück, um der Freundin einen Schirm zu besorgen. Wahrscheinlich traf sie am Abend den Doc. Für die dringende Notwendigkeit, so schön wie irgend möglich auszusehen – also möglichst genau so, wie man sich selber am schönsten fand – hatte sie jedes Verständnis. Sie waren vor drei Tagen gemeinsam beim Friseur gewesen, beide für eine neue Dauerwelle, doch während Tunja die Dauerwelle als Stütze und als Spenderin von Fülle brauchte, um dann das Haar glatt zu tragen, bevorzugte Melina, der es bei der Aktion auch um die Vortäuschung von sehr reichlichem Haarwuchs ging, eine gekräuselte Frisur. Also tat ihr die feuchte

Luft gut. Der Regen war so fein, als schnicke jemand ein nasses Haarsieb über ihnen aus.

Und durch wen ist er Doc geworden? Doc, das ist doch immerhin was. Tunja gab zu, sie finde diesen Gedanken interessant. Er bringe sie ins Grübeln.

Mach dir keine Sorgen, tröstete Melina.

Ist ers geworden durch die Frau, die er bekam?

Die zwei mochten selbstverständlich die Ehefrau des Doc nicht. Sie war ziemlich hübsch, und deshalb verständigten sie sich darauf, sie sei es auf eine wenig aparte, eher herkömmliche Weise, was den Tatsachen nicht entsprach, und deshalb entlastete es sie mehr, wenn sie von ihr behaupteten, sie mache nichts aus sich, und das stimmte. Es blieb trotzdem ein wenig unangenehm, daß der Doc verheiratet war. Zur Zeit machte seine Frau ein Sabbatical irgendwo in New England. Es *muß* ein College sein, eine Uni *kanns* gar nicht sein: wieder eine feste Übereinkunft. Noch wahrscheinlicher: eine Highschool. Nein, das war nicht sehr wahrscheinlich. Aber jeder wußte, wie wenig an einem College verlangt wurde. Ein College, das kam so ungefähr auf eine Höhere Schule hier heraus.

Ich denke eher, er hat zuvor auf eine verzichtet, und durch die, die er nicht bekam, hat er immerhin promoviert – bis es zu diesem blöden Stop kam. Zur Ehe. Ehe, phh!

Heiraten ist saumäßig schlecht fürs Besteigen der Gipfel.

Wir müssen von jetzt an aufpassen, daß wir nicht in Hundedreck treten.

Sie hatten die Kennedy-Anlage erreicht. Tunja fand den Kiesboden, mit oder ohne Hundedreck, für ihre neuen Schuhe sowieso ungeeignet. Es waren Schuhe fürs Zimmer. Ich bin mit dem Auto gekommen, ich hab mit keinem *Spaziergang* gerechnet, und auch noch in der Dunkelheit. Aber bei deinem Geh-Wahn.

Tut dir gut. Erinnere dich: drei Nußcremeschnitten, drei!

Ich bin ein bißchen beschickert, ich merks erst hier draußen. Oh Himmel, das eben war irgendwie *weich*. Tunja winkelte ein Bein an, um die Schuhsohle zu begutachten, aber sie konnte natürlich nichts erkennen.

Der Boden ist weich. Es muß nichts Schlimmes gewesen sein. Sind die Schuhe *gekauft*?

Bedauerlicherweise ja. Übrigens, ich mag Katzen.

Bekannt.

Und ich bin drauf und dran, ein Pärchen zu kaufen. Oder aus dem Tierheim zu holen.

Wirklich? Melina klang nicht sonderlich interessiert. Ohne diesen Stop in seiner Karriere hätte der Doc sich habilitiert, daran mußte sie denken. Sie sagte: Und der Doc wurde nicht Professor durch das Mädchen, das er bekam, er wurde Professor durch das Mädchen, das er nicht bekam. Tunja, durch dich bleibt er der Doc.

Tunja lachte bloß. Professor, das sei bloß ein Titel, der Doc aber als Doc geistig bereits so anregend, daß er keiner Aufbesserung bedürfe.

Seit Doc, Melina, frag ich mich oft, wenn ich mit Mani rede oder erst recht, und das ist x-mal schlimmer, mit Ha-Ge, meiner offiziellen Nummer I, wie die mir früher, vor dem Doc, genügen konnten, erstens das. Und zweitens, wenn ich dann an geistreiche Männer denke, die man im Fernsehen sieht und reden hört …

Was für ein Fernsehen hast du denn? fragte Melina.

Da frag ich mich, was für Frauen diese geistreichen Männer wohl haben. Es sind doch bestimmt Frauen, mit denen sie sich auseinandersetzen und reden können. Und Mani und Ha-Ge, sie kommen mir vor wie innen tot. Nichts drin. Vollkommen tot.

Große Dichter und Denker bevorzugten von jeher häusliche Frauchen, die gut kochen.

Das glaube ich einfach nicht.

Die das Haus in Ordnung halten. Sich nicht in ihre Arbeit einmischen, sondern den Alltag organisieren. Und genau so ein Mann würde Ha-Ge dir sein. Du bist die geistreich dahinsprudelnde Frau, und er bügelt die Wäsche, kauft ein. Melina dachte nach, ehe sie Tunja erklären wollte, wie ideal eine Ehe mit dem guten, etwas langweiligen, aber doch zuverlässigen Ha-Ge für sie sei, und kam darauf, daß Tunja vielleicht doch einen anderen Mann brauchte. Denn im Unterschied zu Kant, Goethe, Lichtenberg, Spinoza und all den anderen Geisteshelden brachte die Freundin ja nichts hervor, sie schuf kein Werk für die Nachwelt, es gab keinen Grund für sie, sich mit Freuden zurückzuziehen, eine Klausur der Stille zu genießen – im Gegenteil. Tunja wollte reden, reden, reden. Sie hatte nichts zu hinterlassen, sie wollte es jetzt. Und auf einmal tat sie ihr leid. Um zu trösten, sagte sie: Du hast doch immerhin Zuhörer. Du bist jemand, der gern redet.

Aber nicht gegen eine Wand. Und um irgendein borniertes *Aha* oder *Ja wenn das so ist* als Reaktion einzuheimsen. Laß uns umkehren. Der Doc soll meine Schuhe sehen, so lang sie noch nicht von diesem Matsch besudelt sind.

Der Doc ist doch eigentlich auch eher einsilbig? Ist er doch, oder? Bei mir ist ers und ich finds gut.

Es geht furchtbar viel in ihm vor, man sieht ihm das Nachdenken an. Tunja seufzte verliebt mit kleinem Kichern, eingebettet in ihren Atemzug. Ja, ich rede mehr als er, aber er denkt nach drüber, man sieht ihm richtig zu dabei, wenn er denkt.

Dann strengts ihn an. Melina sagte das, um Tunja einen Stich zu versetzen, aber da sie selber in den Doc verliebt war, piekte der auch sie. Quasselnde Männer sind weibisch, erklärte sie.

Ich hoffe nur, daß er sich freut. Die Freundinnen kamen am Vorgarten des Hauses an, in dem Melina das Stockwerk unterm Dach, das mit dem reizvollen kleinen Erker, als Mieterin bewohnte. Ich komm nur noch mit rauf, um meine Tasche zu holen, dann muß ich absausen. Wieder kicherte Tunja. Ich habs so im Gefühl, daß er mich heute abend anruft.

Melina teilte dieses Gefühl, nur mit dem Unterschied, sie wäre diejenige, die der Doc anriefe. Selbst das Telephonieren mit ihm strengte sie an, sie sprachen nur über Belangloses, aber sie brauchte es. Etwas Nahrung von Zeit zu Zeit braucht auch die Phantasie.

Worauf, sich freut?

Auf das Kätzchen. Ich hole eins für ihn und das andere für mich.

Melina glaubte nicht dran, daß sich der Doc freuen würde, sie hielt die Überraschung für reichlich gewagt, schwieg sich darüber aber aus, was sie vor sich selbst als *nicht nett* und *kaum zu verantworten* einstufte, und dennoch, sie hielt den Mund.

Der Doc rief an diesem Abend keine der beiden an. Als um halb elf noch bei Melina das Telephon klingelte, war Tunja dran.

Melina, wenn du übrigens glaubst, mit deiner Taktik Vorstufe und so weiter, Hinhalten und all das könntest du mich eines Tages aus dem Rennen werfen …

Was dann?

Du denkst wohl an die Fabel vom Hasen und dem

Igel, hm? Tunja hörte sich fröhlich an. Der Igel war aber nur früher am Ziel, weil er seine Frau geschickt hat. Wen willst du schicken? Tunja lachte sich gründlich aus. Und vergiß nicht, ich *bins* längst, am Ziel.

Vielleicht einen Brief? schlug Melina der Freundin zum Nachdenken vor. Außerdem gibts auch das Sprichwort: Wer zuletzt lacht, lacht am längsten.

Vorerst bin ichs, die lacht, entschied Tunja. Und morgen bin ich mit ihm verabredet. Als gutmütiger Mensch versprach sie, mit dem Doc über die Freundin zu reden. Das tun wir sowieso immer. Nach einem Gelächter, diesmal im Diminutiv und pianissimo, sagte sie: So lang wir noch in dem Stadium sind, in dem man redet.

Vergißt du auch nicht, wie ich bei ihm heiße? Irrst du dich auch nicht?

Und wenn, stell dir vor, einmal hab ich mich versprochen, da hat er mich korrigiert. Ist das nicht großartig!

Das *war* großartig. Für den Doc hatte Melina die beiden ersten Vokale ihres Vornamens umgetauscht, für ihn war sie Milena, hieß wie eine der Kafka-Bräute, und daß daran ihre Eltern nicht gedacht hatten, würde sie lebenslänglich für eine Dummheit halten. Zwar war es wirklich nett, wie kooperativ Tunja mit ihrem Namenstick umging, trotzdem, sie konnte sich nicht helfen, sie riet gegen liebevolleres Wissen: Und bring ihm ruhig eins von den beiden Kätzchen mit. Selbst wenn er sich aus Katzen bisher nicht viel machte, gerührt wird er sein, das garantiere ich dir.

Genau so denke ich darüber. Oh Melina-Milena, mein Doppel- und Dreifachleben, nein Vierfachleben … und daß ich überhaupt noch denken kann, ist es nicht ein Wunder? Meinst du, ich geh in diesem Streß drauf? Zerreißt er mich? Ohgott, und bald geht die Schule los. Streß Streß. Sie atmete tief durch, trotz all des Gestöhnes schien sie stimuliert und guter Dinge zu sein. Du hasts gut, meine Liebe, du lebst allein. Du kannst dich deiner Liebe, wenn ich sie auch für pervers halte, aber es muß ja wohl Liebe sein, in aller Seelenruhe hingeben. Aber steh mal einen Abend durch wie meinen. Ich hatte Feldsalat, Ha-Ges Lieblingssalat, ich mache mir die Mühe, ihn zu belesen, und bloß um mich zu strafen, denn er war so weit einwandfrei, sammelte er nach pingeligem Gestocher im Salat auf dem Tellerrand irgendwelche Blättchen, die er für beanstandenswert hielt. Weil ers *wollte.* Wirklich faul war kein einziges Blatt oder höchstens zwei bis drei. Und das alles, damit ich merke, er ist sauer auf mich wegen Mani. Wegen Mani! Hihi! Keinen blassen Schimmer hat er, worauf er wirklich sauer und mehr als das sein müßte. Der Doc – Ha-Ge weiß nicht mal, daß er existiert!

»... ich fürchte, mit diesem Brief sollte ich Schluß machen. Milena, ermahne ich mich, schenk dir nicht ein weiteres Glas Chablis Premier Cru ein, Milena, laß gut sein für heute, und ich mute dir ja außerdem eine grausige Handschrift zu, außerdem fang ich zu frieren an, weißt du, nach dem herrlichen heißen Schaumbad wars mir so warm, daß ich bloß so eine Miniatur von einem Hemdchen übergestreift habe, aber jetzt ...« Milena verwandelte sich in Melina zurück und wußte weder weiter noch ob sie alle diese schlüpfrigen Anzüglichkeiten couvertieren, adressieren, in den Briefkasten werfen sollte. Dem Brief an den Doc, dieser Verführungskunst in Worten, die sie allen realen Szenarien vorzog, müßte noch eine kräftige Prise Geist hinzugegeben werden. Ich hungere danach, im

Dingsda weiterzulesen, etwas in dieser Richtung plante sie als Schlußapotheose. Was könnte *Dingsda* sein? Auf dem Bildschirm, den Melina ins Überlegen versunken anstarrte, endete eben eine Familienschlacht in überschwenglichen Umarmungen, die tortenbeschmierten und eierverkleckſten Gesichter preßten sich zum Küssen aneinander, und die Moderatorin im enganliegenden Glitzeranzug schüttelte ihr langes glattes blondes Haar in künstlicher Begeisterung, sie trat einen Schritt in die Szene vor und bekannte dem Publikum, sie könne nicht anders, sie müsse mit der Sprache heraus und diese Darstellung eines Familienkrachs für die preiswürdigste halten. Sie war eine Deutsche, sprach aber mit einer Art von internationalem Akzent, die Television-Sprache. Und Melina schrieb: »Ich freu mich schon drauf, da weiterzulesen, wo ich vor dem Bad aufgehört habe, Montaigne. Wenn alles gut geht, werde ich heute nacht fertig mit ihm. Und der gute alte Carlyle wartet schon. Gute Nacht wünscht dir und vieles mehr, aber du kannst ja zwischen den Zeilen lesen, Deine Milena.« Sie drückte so lang auf die Fernbedienungstaste, bis sie sich an einer Talkshow festbiß, die Sache war schon länger in Gang und es schien um Urin zu gehen, ein Mann mit Draufgängerhabitus und niedriger Stirn erzählte dann aber von seinen Erfahrungen mit Hengsten, dann gings aber doch um Urin, um den der Hengste, und anscheinend heilte der Mann damit alle möglichen Leiden, von offenen Wunden bis zu Problemen mit Sex, und Melina, die dachte, ich müßte heut abend wenigstens mal duschen, kam nicht los davon, während die frischgebadete Milena schaumentstiegen im winzigen Hemdchen Montaigne las.

Am letzten Feriensonntag waren die Freundinnen abends zum Essen verabredet; das *Hanoi* war ein neuer

Schauplatz, das gemeinsame Essen Tradition und, eine Nacht vor Schulbeginn, *Henkersmahlzeit*. Pünktlich um neunzehn Uhr dreißig saß Melina am reservierten Zweiertisch. Wie sie mit den Metallstäbchen zurechtkäme, blieb noch offen, aber sie hatte Gutes übers *Hanoi* gehört, und daß die vietnamesische Küche um so schärfer gewürzt sei, je höher sie über dem 39. Breitengrad liege. Es machte ihr nichts aus zu warten. Sie gab sich der Erinnerung an die knappe Stunde im *Crazy* hin. Doc hatte wundervoll nervös gewirkt und sie so merkwürdig angeschaut, bald mit zusammengekniffenen, bald mit weit geöffneten Augen, mal mit Brille, mal ohne. Redestoff: so lückenhaft wie die Waren in einem Geschäft, das Inventur macht. Melina kannte die Ursache für solche Verlegenheit: Doc war verliebt in sie. Tunja war gewiß erste Wahl als Gebrauchsgut. Doch Melina – mit ihr mußte anders verfahren werden. Und der Ärmste, der Liebste, der Scheue und Ernste, er wußte nicht, wie. Er blinzelte und wischte sich über die Augen. Weinte er etwa? Das wohl doch nicht, da sie gerade das langweilige Thema des Pro-Kopf-Verkehrsaufkommens in der Stadt behandelten, und danach zählte er die Städte in der Reihenfolge ihrer Verkehrsdichte auf, er kam nur bis Düsseldorf, und es interessierte beide überhaupt nicht. Es hat uns bloß interessiert, an einem kleinen Tisch zusammenzusitzen, und wie uns das interessiert hat! Melina war sich weder im *Crazy* noch beim Erinnern im *Hanoi* sicher, ob er von ihrer Neuerwerbung beeindruckt war. Sie hatte tatsächlich nochmal eine asymmetrische Bluse gefunden, besser als die, mit der sie Tunja beglücken mußte, weil sie ihr selber nicht paßte. Schwarz als Grundfarbe, darauf versetzt mit dunkelblauen Placken rotgepunktete Einlagen, schräg geschnitten. Und die Knopfleiste violett. Weil man sich auf seine Routine nicht verlassen durfte, war Melina beim Erwerb sehr vorsichtig gewesen. Als sie zum Doc sagte *Demnächst solltest du aber mal ein Stündchen auf Tunja verzichten und dich bei ihrer Freundin umschauen* und dabei an ihren Erker dachte und Haddon Hall in seinen bräunlichen und rostroten Farben auf dem grünen Filz des Billardtischs verteilt vor sich sah, zwei Gedecke, die kleine Kutsche fuhr davon, und sich den Doc auf dem braunen Leder des Empiresofas vorstellte – er streckte seine herrlichen langen Beine seitlich aus, der Tisch stand zu nah – dachte sie mutig: Es wird schön, es ist an der Zeit. Und gleichzeitig vorsichtig: Man kanns immer noch rausschieben.

Tunja kam fast eine halbe Stunde zu spät und zu aufgeregt ins *Hanoi.* Sie ließ sich keine Zeit, Mantel, Schal, Handschuhe loszuwerden. Noch bevor sie mit ihren Sachen schnell zur Garderobe ging, aber dort vor dem kleinen Spiegel doch kurz verweilte, um ihre Haare zu verwuscheln, schnaubte sie Melina zu: Oh du glaubst es nicht! Der arme arme Doc!

Was ist passiert? Kurze Wartezeit für Melina, bis Tunja sich auf ihren Stuhl plumpsen ließ. Sie schlug die Speisekarte auf, ein dickes hohes abgegriffenes Buch aus reliefverschwollenem hirschbraunem Kunstleder, blätterte in den mit Plastikhüllen geschützten Seiten, las aber nicht darin, blickte nicht hinein, sondern auf Melina: Der Doc, du weißt es ja, ihm selber war nicht klar, weswegen er seine Brille eigentlich braucht, er hatte einfach keinen *Befund* – nein, wir haben noch nicht gewählt, wies Tunja den zierlichen Vietnamesen in Kellneruniform ab, zuerst wollte sie streng sein, doch dann, auf den Reflex Er-ist-ein-Mann hin, glänzte sie ihn an. Guter Typ, tuschelte sie Melina zu, als der Kellner sich entfernte. Es ist der erste Asiate meines Lebens, den ich sexy finde.

Du hast ihn höchstens zwanzig Sekunden lang gesehen. Weiter, was ist mit Docs Brille? Was ist mit seinen Augen?

Damit ist: Er wird blind, er merkts schon seit längerem, mit Brille oder ohne, er sieht alles verschwommen ...

Er muß schleunigst zum Augenarzt. Melina fühlte ein Rütteln links unter der Brust. Dann drückte etwas bis in die Kehle herauf.

Farben sieht er schon lange nicht mehr, ich frag ihn: wie sind meine Augen, und der Arme, er schüttelt nur den Kopf. Und die Haare? Dasselbe. Oh du grüne Neune! Ist das nicht ein Hammer?

Aber er müßte sich doch daran erinnern. Melina dachte: Das ist die lustige Blonde mit den Swimmingpool-Augen, eins von diesen wirklich brauchbaren und angenehmen Gebrauchsgütern. Und dort, noch fern, das ist die Braune, dunkle Augen, eine Nachfahrin der Kafka-Milena, etwas für später und für sehr sehr lang, ein hochgestecktes Ziel ... alles Quatsch, demnach. Wie absolut verheerend, total auf dem Irrweg, mega-out, was diesen Strang meiner Phantasien betrifft.

Tunja hatte die ganze Zeit über weiter lamentiert und schockiert, und war jetzt bei: Ich sag ihm, mit Laser kann man heute längst enorm viel tun, diese ganzen Star-Patienten, sie sehen plötzlich wieder alles, grüner Star oder grauer, da kenn ich mich nicht aus ... und da hat der Schatz doch wirklich einen Witz gelandet und gesagt: Was mein Star, wenns einer ist, für eine Farbe hat, grün oder grau, ich bin ja farbenblind, also kanns mir egal sein. Komisch, oder?

Ich finds nicht komisch. Ich halte es für eine blöde Reaktion. Er ist gräßlich gleichgültig mit seiner Gesundheit. Er muß sofort zum Augenarzt.

War er ja. Und der hat ihm anscheinend nicht viel Schönes erzählt, das schließe ich daraus, daß mir der Doc wenig davon berichtet hat …

Melina hörte nicht mehr zu. Der Billardtisch zwischen den Ledermöbeln im Erker. Das komische Blinzeln und Augenwischen im *Crazy*. Die vorgestern geschickt erworbene dreireihige Gliederkette mit vergißmeinnichtblauen durchsichtigen kleinen Kugeln, die wie Murmeln ganz zart weiß marmoriert waren. Ihre fast noch frische Krauskopffrisur. Die exzentrischen *Farben* asymmetrisch auf der Bluse, einer Super-Risiko-Bluse – alles für ihn! Damit er es *sah*. Und mit seinem *Blick* dafür ausgewählt, gleichsam *er* hatte bestimmt, was dem Schönen an Schönem noch zugefügt werden sollte! Oh, und Haddon Hall! Merkwürdigerweise kam sie über Haddon Hall am allerwenigsten hinweg. Als wärs das Schloß, in deren Bewohner sie sich eines fernen Tages hineinphantasieren würden.

Tunja, auf dem Boden der Tatsachen, warnte: Wir müssen allmählich wirklich bestellen. Zu vietnamesischem Essen gibts Bier.

Also, laß uns erstmal ein paar Bier trinken. Ich fürchte, nach Essen ist mir nicht mehr sehr zumute. Melina meinte es ernst.

Tunja sah ihr das an, und um ihr im Liebesleid nicht nachzustehen, stimmte sie der asketischen Entscheidung zu. Außerdem bin ich damals schon im *Haiphong* mit diesen glitschigen Metallstäbchen nicht zurechtgekommen. Ich habe zwar Hunger, aber …

Du willst ja abnehmen.

Ich sollte auf den Streß warten. Morgen geht die verdammte Schule los. Und wenn das kein Streß ist, das mit Doc!

Iß ruhig, wenn du willst.

Ich will ja nicht. Okay, die Henkersmahlzeit fällt aus. Es gibt Gangster, die dem Wärter ihr letztes Essen ins Gesicht schmeißen.

Was wir brauchen, ist ein Priester.

Beim zweiten Bier überlegten die Freundinnen, ob es vielleicht gut sei, den Doc mit einem Besuch zu überraschen. Zuerst fanden sie es gut, aber dann erbrachte ihre Diskussion über diesen Plan, es sei hauptsächlich für sie beide gut, für ihn wärs nicht das Ideale.

Haddon Hall. Zu Haus im kleinen Erker betrachtete Melina das runde Genrebild auf dem kleinsten Teller des Geschirrs, auf dem der Doc in der Zukunft seine Zigarettenasche abstreifen sollte, zwischen Burgzinnen und Kutsche, in die gepflasterte Mitte, über die im blaßrosa Gewand eine Frau lief, Dame oder Magd, zwischen die umrahmenden braunen Bäume mit dem grünlich verwischten Blätterflor. Hatte sie nicht immer gedacht: Egal wann ers je tut und ob ers je tut – *Tun* ist furchtbar anstrengend, nebenbei – es geschieht ja immerzu in der Phantasie. Ja was tats denn, das ganze Malheur, ihr und ihren Erfindungen an? Waren Erfindungen und Träume nicht allemal besser als das, was wirklich geschah? Tunjas Geschichte wäre irgendwann zu Ende. Ihre nicht. Ihre war unzerstörbar, außer, sie selber wollte nicht mehr. Melina besann sich drauf, prägte sich fest ein: Er sieht alles, er sieht Haddon Hall, indem er es nicht sieht, so wie seither, ich sah alles, Haddon Hall, alles, mit seinen Augen, also ist alles wie vorher, da er es ja niemals sah ... und eben doch sah, weil ich es mir einbildete. Und war das nicht jedesmal wundervoll, bei jeder neuen Zutat? Nichts hat sich geändert, was bleibt, ist die Phantasie.

Am ersten Schultag wollte Melina gerade mit Ösmir schimpfen. Er hatte vom Banknachbarn Boris etwas geklaut, das wie eine Geldbörse aussah. Weil er ganz hinten saß, konnte sie es vorne an ihrem Tisch nicht genau erkennen, was sie aber mitbekam, mit einem Alle-Achtung-Eindruck, war der introvertierte Gleichmut, durch den ein Klasse-Diebstahl zustande kam. Ösmir schien gar nicht zu wissen, was er tat. Eine ausgezeichnete Arbeit, eine Eins plus für das Spiel der Gedankenverlorenheit. Respekt Respekt. Melina mußte ihres Amtes walten, diese Kinder waren ihr zur Erziehung und Belehrung anvertraut, auch zum Schutz, der kleine Boris unterlag ihrer Obhut. Du mieser Debütant und Rivale, warte nur! Die Augen deiner Lehrerin sind wachsam, außerdem sachkundig.

Aber Melina hörte im angefangenen Tadel auf, gleich nach *he, Ösmir!* Denn als er den Kopf hob und ihr sein Gesicht zeigte, warnte sie etwas in seinem Blick. Es war ein gut informierter Blick. Und Melina erinnerte sich: Bei der gescheiterten Anschaffung eines wunderhübschen drolligen Bechers in Katzenform – um den Doc eines sehr sehr fernen Tages *Kaffee aus der Katze* zu fragen, womit sie sicher Tunja ausstäche, die den Doc mit einer lebenden Katze unglücklich gemacht hatte – war Ösmir ihr plötzlich in die Quere gekommen. Er streifte zwischen den kreuz und quer postierten Absurditäten der *Dingsda*-Abteilung so ziellos scheinbar ins Nachdenken versunken und mit der gleichen Perfektion wie sie.

Ist was? fragte Ösmir schlau treuherzig.

Schon gut.

Melina hatte sich an diesem Nachmittag mit einem Parfum entschädigt. Riechen geht gut bei Blinden.

Leilas Post

Oh wirklich, es ist über die Maßen schön, es übertrifft alle Erwartungen. Man macht sich ja sein Bild davon, aber dieses Bild kann keiner sich vorstellen. Ich komme nicht aus dem Staunen raus, könnte dauernd wiederholen: Das gefällt mir aber gut hier. Alles himmelblau und weiß und wolkenweich, schöneres Weiß und besser gepolstert als die Möblierung, die ich zu Haus hatte und die auf ihre Weise erstklassig war, aber eben auf *ihre* Weise, unsere Konstrukteure können es nun einmal nicht besser, und eine gehörige Stange Geld hat sie gekostet, meine Einrichtung da unten bei mir zu Haus, und mir hats genügt, ich war stolz drauf, so lang ich nichts Besseres kannte, nichts, das dem hier auch nur nahekommt, so sehe ich es jetzt, war das, was ich zu Hause ideal fand. Und dazu diese Musik – etwas schmalzig, ich hatte dafür immer was übrig, obwohl ich auch klassische Musik liebe, ernsthaft liebe, ja, bei klassischer Musik, da ist es wirklich Liebe. Klassische Musik, an die komme ich hier auch jederzeit heran. Aber vorerst höre ich die ein wenig süßliche und seichte, im Moment noch ist mir mehr nach so was, es lotet nicht so tief und hilft mir beim Gefühl, ganz leicht zu sein, sehr ungewohnt für mich, ich kann schon gar nicht mehr zurückdenken, so weit weg ist das und ewig her – *ewig!* – daß ich mich mit diesem erstaunlich dicken Körper abgemüht habe und irgendwann doch auch einmal schlank gewesen sein muß, bevor all dieses weiche Fleisch sich auf mir versammelte. Aber wann immer ich eventuell nicht dick war, nur vielleicht mollig – nie in meinem Leben habe ich mich so federleicht gefühlt wie hier. Das ist unerklärlich und merkwürdig. Nochmal zu der säuseligen Musik: Ich kam, was die betrifft, später nicht mehr auf meine Kosten, wie mit allem, das eine Spur halbseiden war, nennen wirs mal so, mir fällt jetzt nichts Besseres ein, und mit *später* meine ich: seit meiner Heirat. Ich war mit einem Wissenschaftler verheiratet, wissen Sie, er war ein Arbeitstier von jeher, und ich ein bißchen vergnügungssüchtig. Er hat mir offen erklärt, an erster Stelle kommt meine Arbeit, und das hätte nichts mit mir zu tun, also wir beide schienen nicht ganz genau zueinander zu passen, wir waren nicht deckungsgleich, so sahen unsere Freunde es, seine superseriösen und meine eher leichtfertigen. Einer redete vom Fehlen der Kongruenz, jemand sagte, unsere Ehe sei ein Mißverständnis, aber wir beide wußten, sie täuschten sich alle ganz gewaltig, denn was sie übersahen, das war: Wir liebten uns. Wir sind immer wie zwei aneinandergestrickte Maschen in einem langen warmen Schal gewesen. Meinetwegen eine rechts, eine links, falls Sie was vom Stricken verstehen. Und wenn einer unten war, hievte der andere sich rauf, um oben zu sein, bereit zu helfen. Unten zu sein entsprach uns beiden leider mehr. Wir waren *beide* Sorgenkinder, aber wenn einer von uns schlimmer dran war als der andere, raffte der sich auf, wipp wapp, ja, ja, unsere Ehe glich einer Wippschaukel, und die hielt sich nie besonders lang in der Balance. Ich hatte meine Depressionen, er hatte seine Depressionen, und beide sind wir, aber als Stehaufmännchen wahrhaftig zirkusreif, Alkoholliebhaber gewesen, wir haben eine Masse Tabletten gebraucht, sind immer wieder raufgekommen, wie gesagt, jeweils durch des andern Beistand. Bei ihm wars schlimmer, wenn es ihm schlecht ging, ich meine das im Hinblick auf sein berufliches Leben als Wissenschaftler. Denn dann war er blockiert, seine letzten beiden Depressionen haben, mit einem verhältnismäßig gesunden Intervall von ein paar Monaten, furchtbar lang gedauert, die vorletzte fast ein Jahr lang, und wenn eine Depression ein Jahr oder drüber anhält, sagt man, läßt sie sich nicht mehr wegkriegen, und deshalb hatte er auch jede Zuversicht verloren, es war einfach schrecklich, ich konnte ihm die ganze endlose Zeit über ja auch gar nichts von meinen eigenen Angstschüben und sonstigen Problemen, gräßlichen Schlafstörungen beispielsweise, anvertrauen, das nur nebenbei. Aber er hats dann doch geschafft, und vor allem nach seinem letzten Klinikaufenthalt ging es ihm besser als seit Ewigkeiten – *Ewigkeiten!* – zuvor. Wir sind unbeschreiblich glücklich darüber gewesen, ich mindestens so wie er, da haben wir sie wieder, die Liebe, denn mir gings zwar überhaupt nicht gut, ich hatte wie immer, wenn er in der Klinik war, keinen Tropfen getrunken, der Keller voll, aber ich hab nichts angerührt, nicht einmal die Versuchung gespürt, wirklich nicht – und wie immer, kaum war er wieder zu Haus, da brauchte ich auch schon mein Quantum, zuerst nicht viel, doch diese blöden Rezeptoren da im Gehirn rufen täglich *mehr mehr!* – na und so weiter. Ich hielt mich lang aufrecht, weil ich so glücklich über seine Heilung und seine Rückkehr war, er hat natürlich auch getrunken, aber er kann bei seiner Dosis bleiben und verträgt ziemlich viel, und er genoß die Diskussionen mit den Studenten in seinem Seminar und so weiter und so weiter, und ich konnte trotz des Suffs noch immer prima für ihn kochen, wir beide essen gern *rich*, ich habe mir mit der Kocherei in unseren gemeinsamen Jahrzehnten – es sind drei Jahrzehnte geworden – viel viel Arbeit gemacht, das können Sie mir glauben – ja und da, mitten hinein in diese Rückkehr zu Essen, Trinken, Arbeiten, da habe ich ihn verlassen. Für ihn ist das furchtbar, er hat in seinen schlimmsten Vorahnungen nicht damit gerechnet, und ob ers schafft ohne mich, das steht noch in den Sternen – *in den Sternen!* –, er betet die ganze Nacht zum Herrn, er möge ihn abberufen in sein Licht, so drückt er das aus. Aber daß er nicht selbst die Initiative ergreift, deutlicher gesagt, sich umbringt, das wundert unsere Freunde und Bekannten, sie tuscheln drüber, und meine Freundin Heidi erwähnt dann jedesmal den Strick, den er in seiner Aktentasche versteckt hatte, bevor ihn das Taxi beim letzten Mal in die Klinik abholte, und den ich fand, als ich ihm noch ein paar Sachen in die Tasche tun wollte. Ich hätte ihr das besser gar nicht erzählt. Ob ich ihn bemitleide? Unglücklich bin? Wissen Sie, das ist eine dumme Frage, natürlich wissen Sie das, Sie sind ja auch hier, und hier gibt es Empfindungen dieser Art nicht, und so glücklich wie hier bin ich, so lang ich lebte, noch nie nie, auch in besten Augenblicken nicht, also nie und nimmer gewesen. Höchstens verdutzt, das bin ich, ich habs doch selber nicht vermutet, was passiert ist, daß ich von ihm weg bin, ihn verlassen habe und zwar für immer und – na ja im Ernst: *ewig*. Hoffentlich kommt er mit dem normalen Kummer und mit der normalen Verzweiflung aus, ich meine damit: Das wären die geradezu gesunden Reaktionen drauf. Ich meine, hoffentlich schafft ers ohne Depression, diese Krankheit, obwohl sie ja diesmal nicht endogen wäre, also diesmal wüßten die Ärzte, warum er sie hat. Ich habe ihn verlassen. Das wäre ein Grund. Aber ich wünsche ihm einen Rückzug in seine

Arbeit, die Arbeit war ihm auch dann noch das Wichtigste, wenn er ...

Hier endete, mitten im Satz, als habe jemand sie unterbrochen, Leilas Botschaft. Es war die erste ihrer Art, und Emmanuel kam aus dem Staunen nicht heraus. Noch mehr als alle diese Sätze – sie mußten ja von Leila stammen, wer außer Leila kannte sich so gut in ihrem gemeinsamen Leben aus – noch mehr als diese Berichterstattung brachte ihn aus der Fassung, daß er plötzlich überhaupt wieder im Stande war zu *lesen.* Das Lesen gehört zu seinem Beruf, und er hatte es nicht mehr gekonnt, seit Leila von ihm weggegangen war, er hatte förmlich vergessen, was einzelne Buchstaben bedeuteten. Und nun auf einmal verstand er jedes Wort! Da geschah doch ein Wunder. Über diesem Wunder vernachlässigte er immer wieder, daran zu denken, um wie viel mehr die Botschaft selber ein Wunder war.

Aber obwohl unfaßbar – Leila schickte alle diese Worte an ihn –, es hatte gleichzeitig etwas so Einleuchtendes wie der Graupelschauer, der von Südwesten her gegen die Fenster seines Arbeitszimmers klirrte, und es war so viel richtiger als Leilas Irrtum – denn Emmanuel erblickte darin nach nun schon beinah einer Woche nichts anderes als einen Irrtum –, ihn zu verlassen. Sie ist reingefallen, schlicht und ergreifend. *Schlicht und ergreifend:* Schon übernahm er Leilas Redewendungen. Nie hatten sie ihm gefallen. Manchmal merkte er, daß er, beinah auch wie mit ihrer dumpf-törichten, fatalistischen Stimme, *Ich mag nicht mehr* sagte oder *sämtliche Mängel*, wenn jemand, meistens eine ihrer Freundinnen am Telephon sich nach seinem Befinden erkundigte; so tigerte er durch das stumme, abgestorbene Haus und glaubte, mit ihren Sprüchen auf den Lippen, er gleiche ihr, schleppe ihren bekümmerten schweren

Körper durch die Zimmer. Und wenn er ihr muffiges (aber er hatte es unterschätzt, ihr wars ernst damit) *Ich habs ja so dick* murmelte, mußte er sogar ein bißchen das Gesicht verziehen. Zu irgendeiner Fratze zwischen Grinsen und Kopfschmerzfalten, anders konnte er sich sein Lächeln zur Zeit nicht vorstellen. Denn Leilas *Ich habs dick – dick! –* hatte ihn immer irritiert. Er erinnerte sich jetzt schmerzlich an diese Mischung aus spöttischer Belustigung und stellvertretendem Genieren, die einem Merkt-sie-denn-gar-nichts-Gefühl entsprang. Denn Leila *war* dick. Aber in größter Seelenruhe mit tiefer trauriger Stimme verkündete sie ihren Telephonfreundinnen dieses groteske *Ich habs dick*, tiefernst. Jetzt rührte ihn das. Es schien ihm, als zeige sich, wie gut sie es mit ihm gemeint hatte, wenn sie so nachsichtig mit ihrer Leibesfülle ausgekommen war, wie gut gemeint, weil sie ihm, nachdem sie weg war und er von Erinnerungen leben mußte, die ersten Versuchsanordnungen zu einem Schmunzeln anbot. Jetzt, hinterher, in seiner Verlassenheit.

Emmanuel las wieder ein paar Sätze, froh übers Lesenkönnen, froh, daß diese Sätze für ihn bestimmt waren. Aber waren sie auch an ihn gerichtet? Nein, nicht unbedingt an ihn, nicht an ihn allein! Irgend jemandem erstattete sie einen Bericht. Nun gut, Emmanuel wischte sich über die Stirn. Der Bericht gelangte zu ihm, offenbar nach ihrem Willen und auf unbekannten Wegen. Nun staunte er dreifach.

Wissen Sie, Sie verstehen ... das bedeutete, sie traf Zuhörer. Bei ihrer Mutter war sie nicht, noch nicht. Emmanuel sah Leila auf einmal in der Gesellschaft von kalten Engeln, bald schwarzen, bald silbrig blendenden. Da dachte er: Ich werde verrückt. Um das zu vermeiden, wagte er sich wieder vor ihren Mikrowellenherd, doch bei dessen bloßem Anblick befiel ihn eine Lähmung. Er machte sich auf zur Gefriertruhe: die gleiche Ohnmacht. Oh wie gut sie für mich gesorgt hat! Ein großer Jammer, fast erlösendes Selbstmitleid breitete sich in ihm aus. Emmanuel vergoß ein paar Tränen. Ihm kam es so vor, als höre er Leilas satt klingendes, gut geöltes Lachen, ein Lachen wie nach einer ihrer schweren Mahlzeiten: Geh rüber zur Nachbarin und laß dir erklären, wie man mit diesem Herd umgeht und wie man die Tiefkühlgerichte auftaut. Ich hab doch wohl nicht umsonst alles bestens für dich vorbereitet. Ich hab für Wochen im voraus vorgekocht und eingefroren, Schatz. Emmanuel faßte Mut, aber noch zog er es vor, sich langsam und stetig bis zum Abend hin zu betrinken.

Post Nummer wieviel? Leila fing mitten im Satz an, da, wo sie beim letzten Mal nicht weitergekommen war:

»... vielleicht wichtiger als ich, seine Arbeit, aber das kann man nicht vergleichen, nur andere sahen es so. Oh doch, es stimmt, ich fühle mich besser als je in meinem ganzen Leben. Sage keiner, weil ich mich ja nie wundervoll gefühlt hätte, wäre das Glück jetzt wahrscheinlich nichts Herausragendes. Es *ist* herausragend. Nur zuletzt, ach, jahrelang dauerte dieses *zuletzt*, das stimmt, da haben mich Ängste verfolgt und meine Depressionen und die Angst vor den Ängsten und die verschiedensten körperlichen Malaisen auch, und die Trinkerei, *sämtliche Mängel*, und *ich hatte es dick*, ich suchte nach Ablenkungen, war aber oft zu müde, schließlich sogar für die Ablenkungen, und wenn ich schon mal was vorhatte, Theater, ein Konzert, dann bekam ich bestimmt Durchfall oder ich war besoffen oder ich hatte Herzbeklemmungen, ich saß schnaufend und erstickend auf meinem Bettrand, oh mein Gott, und es wurde schlimmer mit mir. Eigentlich hat mir auch keiner geholfen, ich meine jetzt Nahestehende, ich meine meinen Mann, ohne besonderen Vorwurf, und meine beste Freundin, auch kein wirklicher Vorwurf, sie war einfach viel zu beschäftigt, ich fragte sie immer: Wie schaffst du das noch in unserem Alter?

Emmanuel überlas ein paar Sätze über Leilas Mutter und deren Tod und daß Leila nie darüber hinweggekommen sei – aber eine Spur mogelt sie, wollte er gar nicht denken, nur, er mußte es denken, denn sie hatte noch Spaß danach, an neuen Kleidern aus *Mollie's Corner* (ab Größe 50) und an ausgiebigen Vollbädern mit viel Schaum und Sitzungen auf dem Bidet oder bei ihrem Heilpraktiker und an gutem Essen – und er dachte an diese beste Freundin, die nicht wie Leila dick geworden war, und von der er, als er den Blick über den Platz zwischen dem Haus und dem Karlspfad schweifen ließ, als mache er eine Halluzination mit, meinte, er habe sie vorüberhasten sehen. Allerdings konnte er jetzt öfter einmal seinen Augen nicht trauen. Gestern, als er wie gewöhnlich auf Tränen gefaßt in die Küche getreten war, immer mit dem Gedanken, da steht sie nicht und bereitet unseren Tee, da stand sie doch da, er sah sie deutlich von hinten, seine Leila, ihren schwerfälligen bemühten Körper mit leicht vorgebeugtem Rücken, sorgfältig trotz des Restalkohols und vielleicht schon mit dem ersten Kornschnaps versorgt. Im bei ihr gewohnten Schneckentempo, das auf Emmanuel immer den Eindruck der wohltuenden Zuverlässigkeit machte, übergoß sie den Tee-Extrakt in drei Etappen, und Emmanuel machte die Augen zu und wieder auf und blinzelte, er rieb sich die Augen, alles ganz so wie jemand, der geblendet wurde oder dem ein

Insekt in den Augenwinkeln klebt, und danach stand Leila überhaupt nicht mehr dort am Herd. So konnte es ihm gerade eben auch mit ihrer besten Freundin ergangen sein, deren Rehabilitation durch Leila ihn ergriff – meine arme vernachlässigte Leila, ach wie viel Verständnis für all das Versagen um dich herum – und die er vermutlich mit einem großen schwarzen Vogel verwechselt hatte, mit einer eiligen Rabenkrähe.

Ihre Handschrift hat sich verändert, dachte er. Nicht sehr, aber die flüchtiger hingeschriebenen Buchstaben, zwar noch rund wie früher bei Leila, vermittelten bei Emmanuel die Vorstellung, Leila habe sich von ihrem Phlegma befreien können. Oder diktierte sie dies alles einem ... nun ja, Wesen ... welcher Art wohl ... hier schweifte Emmanuel ab, gab dann auf und begnügte sich mit dem Gedanken, eine Handschrift ändere sich, wenn ein Mensch sein entscheidendstes Ereignis hinter sich gebracht habe, das sei äußerst plausibel.

Ach, und wie erschütternd, schrecklich herzergreifend rührend, was Leila an dieser Stelle schrieb!

»Ich bin nicht dumm, ich war oft allerdings etwas töricht, und als das galt ich weiter, aber ich wars hauptsächlich, so lang ich jung war und mich die Männer lockten, das leichte Leben, aber ich hatte nie was Ernstes mit andern Männern, ich hatte, ehrlich gesagt, überhaupt nichts mit ihnen und selten mal einfach ein bißchen Spaß, und auch das gab sich, auch meine Oberflächlichkeit, und doch schien ich irgendwie auf all das festgelegt zu sein, stimmt ja, ich konnte es immer noch genießen, als ich schon längst nicht mehr taufrisch war und außerdem dicker und dicker wurde, rumzuschmusen und zu schmachten und *Was gibts Schöneres als flirten* nicht nur zu finden, ich sprach das auch aus, heutzutage klingt das ja richtig altmodisch, und als die Zeiten lockerer wurden, da habe auch ich von Sex gesprochen, aber eben nicht mehr als das, nur *gesprochen*, Sie verstehen mich, und ihn *angeseufzt*, meinen Mann, dieses Geistesarbeitstier, den Wissenschaftler, der von Sex nichts wissen wollte, und meine beste Freundin fand, ich solle ihn dafür bewundern, er ähnele doch darin – ja, wem noch gleich, ah ja: Kierkegaard, der sich nicht an seine Regine rantraute und schließlich die Verlobung löste, und man könne nicht zwei Herren dienen, so was in der Preislage, entweder Geist oder Körper und so weiter. Ich muß gestehen, davon hielt ich überhaupt nichts, und es gibt zig Gegenbeispiele, hatte nicht Martin Luther einen Haufen Kinder? Ich weiß es nicht, ich spürte nur, wie mein ganzes Gesicht schwer wurde vom Vorwurf, den ich meinem armen Liebsten hinhielt, diesen schweren Vorwurfsausdruck, trübe Augen, mein Körpergewicht nahm noch zu, so sehr war ich eine einzige Beschwerde. Und es würde mich heute schmerzen, wenn hier nicht alles so wundervoll wäre und man überhaupt noch einen Schimmer davon hätte, was das alles ist: Reue, Schuld, und eben: Schmerzen. Aber ich wollte ja bloß sagen: In Wahrheit bin ich nie dumm gewesen, nicht richtig dumm.«

Aber nein nein nein, mein Liebling, flüsterte Emmanuel und fühlte sich wie so oft, seit Leila ihn verlassen hatte, als habe man ihn in der Mitte zerrissen. Da, wo er war und sie nicht mehr, wußte man nur zu genau, was das alles ist: Reue, Schuld, und eben: Schmerzen. Die nächsten Passagen trösteten ihn ein wenig:

»Oh wie gut es mir hier gefällt. Endlich bricht der Tränenkrug, endlich blüht die Aloe und wie das noch geht, es ist ein langes Gedicht, sehen Sie, sogar jemand wie ich hat Gedichte gelesen und einige davon geliebt, endlich endlich kommt einmal, so, glaub ich, hörts auf, behalten konnte ich Melodien immer viel besser als Texte. Sicher, ich war ziemlich verkannt, macht nichts, macht längst nichts mehr. Wirklich, Schatz, das möchte ich dich gern wissen lassen: Hier gibts sogar Alkoholisches! Aber das ist nicht so erstaunlich wie das, und das ist ein Wunder: Ich kann trinken und trinken, ohne daß was passiert, ohne Angst und nur mit Genuß, es wird nie zu viel, obwohl ich überhaupt nicht an mich halte, ich brauche hier einfach nie nie aufzupassen! Es kommt nie mehr zu Katastrophen, und ich werde nicht düster und verzweifelt von all den Superdrinks, ich kann gut gehen und sprechen und alles, schlafen auch, wundervoll schläft man hier, es ist immer leicht und angenehm, ich habe auch jetzt einiges intus und bei dir, zu Haus bei uns, wäre ich längst stockbesoffen, aber hier – und von Delir keine Spur, ebensowenig von Krämpfen im Gehirn, von Epilepsie, hier doch nicht, auch wenn du aufhörst, machts dir gar nichts aus, du vergißt einfach, wie dir beim Entzug zumute und wie *speiübel* ist.«

Wie schön, wie wunderschön, murmelte Emmanuel. Er wanderte in seinem Arbeitszimmer umher, zuerst besänftigt, weil er Leila, die so viel gelitten hatte, Glück gönnte, dann aber, beim Blick auf die Hundertschaften von Buchrücken, überfiel ihn ein nervöser Kleinmut. Die Buchrücken schienen ihn zu beobachten. Sie taten es, ein Mauerwerk der Mahnung, wie das Gewissen selber, und sogar etwas hämisch. Emmanuel empfand trotz seiner Trauer eine Anwandlung von Zorn, der sich gegen Leila richtete. Er sagte leise: Jetzt hinderst du mich noch viel mehr daran zu arbeiten als früher mit deinem Vorwurfsgesicht und dieser Beschwerdebürde deines Körpers, als es dir um Vergnügen und Sex und läppische Stadtbummel und Trivialitäten im Fernsehen ging. Verdammt, warum hast du dich aus dem Staub gemacht. Ich weiß nicht mehr, wie man auf ein Regal zugeht, ein Buch herausnimmt, das Buch aufschlägt.

Sie hatte ein Briefpapier mit dazu passenden Couverts entdeckt, das ihr absolut ideal vorkam: himmelblau mit vielen wattebauschähnlichen weißen Wölkchen gemustert. Buchstaben, die in den Wölkchen landeten, erinnerten an kleine Vögel. Einmal hatte sie die sehr gute Idee, in eine Mulde, die diese gemütlichen kleinen Wolken formten, eine Figur zu zeichnen, ein bißchen mißglückt, aber sie hatte ohnehin mit einem Richtungspfeil, der in den blauen Himmel wies, die Figur markiert und in der runden Leila-Schrift erklärt: »Deine Leila, sie sitzt gut.« Sie hatte erfahren – sie bekam so ziemlich alles über sein gegenwärtiges trostloses Einsiedlerleben mit –, daß er kürzlich zu jemandem, der sich seiner Grabeslaune anzupassen versuchte und sich aus Schicklichkeit trauervoll nach seinem Befinden erkundigte, beinah und ausnahmsweise erheitert gesagt hatte: Oft sehe ich sie auf einer kleinen Wolke sitzen, sie blinzelt mir ironisch zu und schüttelt den Kopf über meine Jammertalgemütsverfassung, als wolle sie mir sagen: Stell dich nicht so an, nimms wie es ist, wie kannst du nur so ein Theater draus machen, und vergiß nicht: Du brauchst mal wieder was Ordentliches auf den Tisch, iß was!

Für ihre Briefe an Emmanuel brauchte sie viel Zeit, nicht aus Mangel an Einfällen, aber es galt, die Emmanuel vertrauten Leila-Buchstaben getreulich nachzuformen. Weil sie so viel von ihm wußte, gehörte auch das dazu: Zuerst war ihm nichts Fremdes an Leilas Handschrift aufgefallen, bei der ersten Botschaft noch nicht.

Erklärlich, denn die Tatsache, *Post von Leila*, mußte ihn ja überwältigen. Als er einem Kollegen davon erzählte, nickte der und wandte sich dann ab, vermutlich mit dem Gedanken, der Dekan habe recht daran getan, den aufs Schwerste gekränkten verlassenen und verlorenen Ehemann zu beurlauben, eine Handlung, die der Kollege zunächst als übertrieben und deshalb als ungerecht klassifiziert hatte. Aber wenn dieser Neurotiker und mittlerweile sogar wahrscheinlich Psychotiker jetzt sogar *Post von Leila* bekam – *bekam!* Ha ha, zum Lachen, wenns nicht zum Heulen gewesen wäre – dann eignete er sich vorerst bestimmt nicht für seine akademischen Aufgaben.

Als dann Emmanuel darüber zu grübeln anfing, warum Leilas Post jetzt nicht mehr die ordentliche muschelförmige Schrift mit den hochaufsteigenden Großbuchstaben aufwies, die ihn an die Silhouette einer kleinen Stadt mit Kirchtürmen und manchmal Kathedralen erinnert hatte, fehlte es ihm doch immer noch an Geduld und Neugier und Zeit, die er allein auf sein Gefühl eines weichen, herzerwärmenden tiefen Trostes wenden wollte. Außerdem war er ja dauernd etwas betrunken, seit dem grauenvollen siebten September, also seit sie weg war, und die mit dem im Whisky runtergespülten Camonil – immer mal wieder eine halbe, eine ganze, eine achtel, dann wieder eine, die etwas größer war als halb – und Leilas Text verschoben seine Bodenhaftung und alle Erdschwere, es ging aufwärts, aufs Angenehmste löste er sich aus den Gravitationsgesetzen, Emmanuel fühlte sich erhöht, wenn er auch auf seinem harten Schreibtischsessel saß, so schien er doch zu schweben. Bevor Leilas zweite Botschaft – himmelblau mit weißen Wölkchen – eintraf, beachtete er auch noch nicht den Poststempel, genausowenig die Frankierung: Kam diese Post aus dem Ausland? Das beschäftigte ihn damals gar nicht, er warf die Couverts weg. Was ihm auffiel, war: Leila redete jemanden an. *Wissen Sie, Sie verstehen.* Oder handelt es sich um Selbstgespräche? Falls sie jemanden kennengelernt hatte, auch das stimmte ihn weich. Eifersüchtig war er in ihren neunundzwanzig Ehejahren nie gewesen. Worauf auch? Sie war ihm treu gewesen, ob ganz freiwillig oder nicht, spielte keine Rolle. Sie mochte noch so flirt- und schmuseversessen sein, im innersten unzerstörbaren Kern hielt ihre Gewissenhaftigkeit Wache, wie eine ernste alte Wärterin.

Leilas Post beruhigte Emmanuel so gründlich, daß er, darin fühlte sie sich sicher, schließlich kannte sie ihn gut, gar nicht darüber nachsann, durch welches Geheimnis sie zu ihm gelangte. Sie glaubte, seine Monologe zu hören: Meine Gebete werden erhört. Wenn auch auf eine nie erwartete Weise. Auf so ein Mysterium wäre ich nie gekommen. Und außerdem war Leila immer ein Mensch gewesen, der sich auch nur die geringste Postsache förmlich abrang, das Schreiben hatte sie lebenslänglich angestrengt, sie hatte es gehaßt, jedoch, als Opfer ihrer Gewissenhaftigkeit, gehorsam Weihnachts-, Geburtstags- und Beileidskarten mit Inhalt gefüllt, wobei ihr fast immer das Kunststück gelang, in drei oder höchstens vier kurzen Sätzen das unterzubringen, was zu sagen war. Sie fing solche Karten, kostspielige Doppelkarten zum Falten, mit großen Buchstaben an, beendete sie mit Buchstaben in der gleichen Größe, es ging ihr nicht wie anderen Menschen, die, wenn sie sich eingeschrieben haben, zum Kartenende hin immer kleiner kritzeln müssen. Ihre Post hatte stets etwas Ästhetisches. Sie war nicht sehr inhaltsreich, aber diszipliniert und gleichmäßig in Anblick und Ausdruck. Darin hatte sich ihre Post, seit ihrem Weggang von zu Haus, ganz gewaltig verändert.

Am regenverhangenen Tag, als er in Leilas fünftem Sendschreiben *Nimms doch nicht so schwer, was ist denn schon dabei, so was passiert doch allen* las und wieder las, sah er ihr gutmütiges rosiges dickes Gesicht vor sich, es hing vor der Regenwand des Fensters wie ein freundlicher Lampion. Er las auch: »... du solltest allmählich drüber wegkommen, du hast immer noch nicht die Gebrauchsanweisung vom Mikrowellenherd studiert, und außerdem steht der Gefrierschrank unbenutzt herum, dafür habe ich ihn mir schließlich nicht seit Jahren gewünscht, er müßte gefüllt werden« ... und dann folgten ein paar Nutzanwendungstips, geradezu mütterlich, woraufhin er sie wieder mit einem von Selbstmitleid schweren Herzen vermißte. Ihr Gesicht schwebte immer noch vor ihm, aber jenseits der nassen Fensterscheibe, ein von den gleichmäßigen Regensträhnen abgelutschtes rosiges liebes Lolly, das noch für mindestens eine halbe Stunde im Mund herumzuwälzen wäre. Dann erblickte er, wie wenn man lang auf den Mond schaut und den Mann im Mond graublaß aus der hellen Fläche herausphantasiert, auf dem Lollylampion ein geradezu sarkastisches Lächeln in der gewohnten Leila-Art, so als wolle sie ihm wieder einmal zu seinem Nutzen etwas mehr Realitätssinn suggerieren. Die Gute. Das tat sie, weil er doch von neuem in Ängsten und furchtbar nervös aufgewacht war. Die Gute. Die Liebe. Der lange Mittagsschlaf schadet dir, hätte sie jetzt gesagt. Auch sie hatte immer zu lang mittags auf ihrem Bett herumgelegen, aber zu ihrer Zeit kams vom viel zu deftigen und reichlichen Essen, weshalb sie sich so schwerfällig und lebensuntauglich in die letzte Hälfte des Tags zurückquälte. Emmanuel prägte sich dieses bei allem Spott doch liebevolle Lächeln ein. Er blickte wieder auf ihr himmelblaues Briefpapier, und da lugte Leilas Kopf über einem von diesen Wölkchen hervor, der Kopf glich dem Mond, abnehmend, zweiter oder dritter Tag, schon etwas lädiert und oben abgeplattet, und er erkannte ihr Gesicht jetzt als den Mann im Mond höchstpersönlich, worauf ein fast heiterer Friede in ihm einkehrte. So schaffte er die paar Schritte in den Haushaltskeller diesmal zuversichtlich, als lenke sie ihn dorthin, wo er sich nach ihrem Willen endlich um den Mikrowellenherd kümmern sollte. Ja, da stand er, einschüchternd, er wartete nur darauf, von ihm studiert und dann in Gebrauch genommen zu werden. Machs, machs, sagte er, sagte Leila. Leila sagte außerdem: Es ist meine letzte Anschaffung vorm Gefrierschrank. Aber als Emmanuel bei dieser Versuchsanordnung am Gefrierschrank anhielt, mußte er doch wieder weinen, herrje, verdammt nochmal, und das schreckliche Gefühl aushalten, in seiner Mitte, Körpermitte, Seelenmitte, zerrissen worden zu sein. Diese Empfindung hatte Emmanuel vor ein paar Tagen Leilas bester Freundin anvertraut und sich selbst dabei gewundert. Er pflegte nach außen hin eher trocken über das Elend seiner Verlassenheit zu sprechen, einsilbig, unpersönlich. Es war Leilas tiefe Stimme, die stets so klang, als sei sie kolossal satt: Endlich endlich habe ich ihn, meinen Gefrierschrank. Sonderbar, jetzt war Emmanuel gerührt. Früher brachten Bekundungen dieser behäbigen Konsumentenzufriedenheit ihn gegen Leila auf. Mein armer Liebling, jammerte er ziemlich laut. Schließlich war er im Keller, außerdem könnte er überall im Haus laut jammern, er hatte es ja für sich, das ganze große Haus, Leilas Haus, sie wars gewesen, die den Ausbau durchgesetzt und über seine Furchtsamkeit gelacht hatte, er brauchte auf keinen Menschen Rücksicht zu nehmen. Das tat er allerdings meistens doch. Ihm schien jemand zuzuhören, jemand war ihm auf den Fersen, beobachtete ihn. Gott, Leila, irgendwer.

Beim nächsten Mal betrachtete er das Couvert, sechste Post von Leila. Es war nicht frankiert, ein Poststempel fehlte.

»Heute gibst du dir aber endlich einen Ruck und betrittst mein Zimmer«, las Emmanuel sich halblaut vor, so lang, bis eine Hypnosewirkung ihn dorthin leitete. Gut, er war jetzt in ihrem Zimmer. Aufhalten konnte er sich hier vorerst keine Minute länger. Es war ein ordentliches Zimmer, Leila räumte pedantisch auf, vermutlich ihr Ausgleich für das Chaos auf anderer Ebene. Der flüchtige Eindruck – ihr riesiges Bett, die malvenfarbige Garnitur und die Vorhänge aus demselben Stoff, die breite weiße Schrankwand und ihre Batterien von kosmetischen Artikeln vorm Frisierspiegel, so viele Tuben und Tiegel und Fläschchen, als gelte es, jede kleinste Haut- und Haarparzelle einzeln und gesondert von den andern mit einem Spezialpräparat zu behandeln – nichts wie weg.

Im Arbeitszimmer schrie er, die Stimme gedämpft, seine Bücher an. Ich kann euch nicht in die Hand nehmen. Euch kann ich immer noch nicht lesen. Emmanuel nahm sich Leilas Brief vor:

»Man sollte es nicht meinen, aber es stimmt, ist die reine Wahrheit: Nichts, was sie alle betrifft, mit denen man mehr oder weniger eng verbunden war, nichts davon interessiert mich hier noch wirklich. Ja selbst das grausige Leiden meines armen Emmanuel nicht, man stelle sich vor! Selbst das berührt mich hier kaum, hier, wo ich es gut habe wie nie zuvor. Vielleicht deshalb, weil ich nicht leide. Ich hab vergessen, wie das geht: leiden. Gut, tut mir alles leid für ihn, aber mehr auch nicht. Trotzdem empfinde ich die schon erwähnten Hoffnungen für sein Fortkommen, Drüberwegkommen, aber irgendwie nüchtern. Findest du das erbarmungslos, Manuel?«

Ja, das fand er. Andererseits, weil er sie mehr liebte als oftmals früher im Zusammenleben, wo sie einander geplagt hatten wie jedes Ehepaar es dann und wann tut, freute er sich für sie, die nicht mehr wußte, *wie leiden geht* – oh, und er, währenddessen, er wußte es noch besser als jemals zuvor, und da hatte er es eigentlich auch schon gut genug gewußt.

»Und ich möchte als etwas sehr Wichtiges unbedingt festhalten: Meiner besten Freundin nehme ich nichts übel. Sie grämt sich meinetwegen mit ihrem Schuldbewußtsein. Grämt sich, weil ich weg bin und weil sie deshalb nichts mehr gutmachen kann. Könnte sie nur sehen, wie ich ihr abwinke. Ist vorbei, meine Liebe, alles vergeben und vergessen. Schon wahr, ich fand immer, etwas mehr Zeit hätte sie sich doch für mich abzwacken können, ich verlangte wirklich oft dringend nach ihr, und sie wandte sich ab, keine Zeit keine Zeit, ich geb es ja zu, sie war chronisch überbeschäftigt, ich war chronisch unterbeschäftigt, die Langeweile wurde eine Krankheit, sie brachte mir die Angst, die Angst brachte den Suff ... aber okay, es sollte sie jetzt nicht mehr belasten. Ich bin weit weit weg und drüber weg.«

Leilas Gutartigkeit griff Emmanuel ans Herz. Er wußte, wie schmerzlich Leila ihre beste Freundin vermißt hatte. Und die beste Freundin wäre ihr eine Hilfe gewesen. Aber sie war wohl weder der Typ für Plauderstündchen wie die zweitbeste Freundin, die Ersatzfreundin, noch hatte sie Zeit, wirklich, sie war überbeschäftigt. Trotzdem hörte er noch immer, wenn auch ohne Groll, Leila manchmal murren: Ein bißchen Händchenhalten könnte sie ja mal. Kein Mensch hat nie Zeit. Großzügig, diese Rehabilitationsschrift für die beste Freundin. Emmanuel kam einfach aus der Rührung über seine bei äußerlichen Themen zwar gesprächige – Essen, Kleider, Einkäufe, Ausgehen, Fernsehen – aber im Privaten verschlossene Leila nicht hinaus.

Und unmittelbar an ihn, mit Anrede: »Stell dir vor, es ist nicht, wie du denkst: Ich bin nicht bei meiner Mutter, bis jetzt, ich habe sie noch nicht gesichtet. Darin hast du dich geirrt. Mir zuliebe? Oder weil ich immer sagte: Als erstes würde ich zu ihr wollen.«

Nun wieder wie für einen Uneingeweihten: »Wissen Sie, meine Mutter war von früh an mein wichtigster Mensch und sie blieb es, von meinem Mann abgesehen, aber das ist was anderes. Daß sie mir öfter auf die Nerven ging, ist auch was anderes. Sie hat ein bißchen viel gequasselt und alles besser gewußt, na, solche Sachen eben, sich reingehängt in unsere Angelegenheiten, wenn wir uns hatten vollaufen lassen und so weiter. Egal. Sie war und sie blieb die Henne, ich das Ei, beziehungsweise das Küken, ein ziemlich massives Küken, ha ha, aber dann war ich wieder das Ei, ich habs gebraucht, mich immer mal wieder von ihr bebrüten zu lassen. Ich werde sie treffen, eines Tages, da bin ich völlig sicher, schon weil mein Mann das vermutet. Und wenn ich ihm auch nicht alles glaubte, *das* habe ich ihm geglaubt. Er wird recht behalten.«

Hoffentlich bald, sagte Emmanuel diesmal so deutlich, als wäre Leila oder sonst jemand bei ihm im Zimmer.

Leilas nächster Brief handelte wieder von der besten Freundin, wieder ein Freispruch, noch gründlicher, vom erhöhten Pult des Richters verkündet. Kaum hatte Emmanuel diesen Freispruch studiert – und er liebte bewundernd sein nachsichtige Leila als gnädige Verteidigerin und Richterin in Personalunion, da hob er den Kopf aus den Handmuscheln, wohin er ihn bei der Lektüre, mit aufgestützten Ellenbogen, bettete, und über den grasnarbigen, winterlichen kalten kleinen Platz unterhalb seines Arbeitszimmers, in dem sein Schreibtisch am Fenster stand, sah er eben diese beste Freundin huschen. Als sie dem Haus näher kam, veränderte sich ihre Gangart. Sie wurde langsamer. Emmanuel mußte an einen Menschen denken, der sich am Strand Mut macht und zügig aufs kalte Meer zugelaufen ist, um zu baden, und den nun die Vorahnung vom Schock der eisigen Brandungswellen bedenklichere zögernde Schritte aufzwingt. Ein paar Hüpfer vor den ersten kleinen flüsternden Wellenausläufern. Das Meer schien ein riesengroßes tiefes *Ach Ach* zu stöhnen. Das Meer war in diesem Fall Emmanuel. Seine Verlassenheit im Haus. Leilas Verschwinden. *Ach Ach.* Und die beste Freundin begann, näher aufs Haus zu, schon im Meer, die Arme auszubreiten, um wenigstens die, so lang es nur ging, vor dem kalten Wasser zu schützen. Sie wirkte wie eine Tänzerin, in sanften Wellenbewegungen hoch- und niedergehoben.

Die beste Freundin gab sich einen Ruck – so wie die Badende endlich in die kalte See eingetaucht wäre –, sie eilte sich auf dem Weg zum Haus, und Emmanuel beobachtete, daß sie im Laufen etwas aus ihrer Manteltasche zog, er erkannte ein Couvert, himmelblau mit weiß, und das warf sie, jetzt als Tieftaucherin mutig, in seinen Briefkasten.

Seine Ach-so-ist-das-Erkenntnis schluckte Emmanuel wie einen zu großen Bissen herunter, so hatte er es neulich gemacht, als er einen Apfelschnitz unzerkaut durch die Kehle würgen mußte: Da stand plötzlich die zweitbeste Freundin, die ebenso wie Leila entsetzlich viel stillstehende Zeit totschlagen mußte, vor ihm, war durch die offene Verandatür eingedrungen, und Emmanuel wollte doch für sie alle miteinander in seiner Verlorenheit der darbend zurückgelassene Ehemann sein, der er ja auch war und vielleicht dieses und jenes tat, nur ganz bestimmt nichts *aß*. An diese dumme Lage mußte er denken, an das zu große Apfelstück, jetzt bei der Enthüllung des Rätsels, von woher Leilas Kassiber kamen und auf welchem Himmel und Erde verknüpfenden Weg. Aber er schluckte, er wollte von der Ach-so-ist-das-Offenbarung nichts wissen. Er brauchte diese Leila-Briefe garantiert noch unabsehbar lang und möglichst oft. Bis er in der zerteilten Mitte wieder zusammenwüchse. In der heutigen Post lobte Leila wieder ihre beste Freundin. Emmanuel konnte sein *aha* und ein etwas grimmiges Grinsen schwer unterdrücken. Aber dann kam er selber dran, endlich. Und wars nicht ganz Leila, Originalton Leila? Die Gewissenhafte, noch im Suff Pflichtbewußte?

»Hier, Mani-Liebling, ein paar Tips für die Bank. Du mußt allmählich auf die Bank gehen, es gibt einiges zu regeln.« Es folgten einige Anweisungen zur Tilgung der Hypothek, die auf dem Haus lag, einiges über Depositenkonten – das las er nicht genau –, und dann wandte Leila sich offenbar wieder der anonymen Gestalt zu, er dachte: wie einem Kurschatten:

»Wissen Sie, daß wir vor gut einem Jahr unsere sämtlichen Bestattungsangelegenheiten erledigt haben, ja, auch bezahlt, und das bewährt sich jetzt außerordentlich für einen so unpraktischen Menschen wie meinen Mann, den Wissenschaftler. Feuerbestattung, ohne Urne, wir werden in der Luft zerstäubt. Ich muß ein bißchen kichern, pardon. Und keine Grabstätte, zu der er hinmüßte, der Arme, er zerflösse ja in Tränen. So ists besser. *... zerging' und löst' in einen Tau sich auf* ..., das allzufeste Fleisch, nicht wahr, nun, Tau wars nicht bei mir. Pardon, ich muß noch mal kichern.«

An diesem Nachmittag wagte sich Emmanuel für die Dauer von fast einer Dreiviertelstunde aus dem Haus. In der Luft hing ein Nieseln, wie feuchtes Spinnweb, das sich sacht bewegte, aber bei der großen Holzhandlung an der Neustädter Chaussee schienen die wie durch ein feines Sieb gefilterten Tropfen ein wenig grauer und dicker auf Emmanuel niederzugehen. Sie benetzten sein Gesicht, das er hob, nicht mehr so flüchtig, sie hatten etwas Klebriges. Da mußte irgendwas verbrannt worden sein, und die winzigen Partikel hatten sich im Nieselregen verfangen. Emmanuel blieb stehen. Er streckte sein Gesicht jetzt diesem nassen Aschestaub entgegen. Leila war zwar jetzt schon seit einem Monat und zwei Wochen weg, aber so etwas, man denke an Vulkanasche, hält sich lang und kehrt immer wieder, es birgt sich in den entlegensten Wolken und geht an den erstaunlichsten Plätzen nieder, und Emmanuel hielt wie ein Beschenkter still, er schloß nicht einmal die Augen, nur mußte er ein ums andere Mal blinzeln, aber das freute ihn, und einen Aschekrümel rieb er sich aus der Augenbraue und betrachtete ihn auf der Zeigefingerkuppe; er murmelte: Leila, mein Liebling.